U0946645

人类起源
三部曲

A. G. Riddle

THE ATLANTIS WORLD 3

亚特兰蒂斯

美 丽 新 世 界

[美] A.G.里德尔 / 著　邢立达 何锐 / 译

四川文艺出版社

图书在版编目（CIP）数据

亚特兰蒂斯．3，美丽新世界 /（美）里德尔著；邢立达，何锐译．—成都：四川文艺出版社，2016.3（2022.3 重印）

ISBN 978-7-5411-4269-7

Ⅰ．①亚… Ⅱ．①里… ②邢… ③何… Ⅲ．①科学幻想小说—美国—现代 Ⅳ．① I712.45

中国版本图书馆 CIP 数据核字 (2016) 第 039833 号

THE ATLANTIS WORLD by A.G. RIDDLE
copyright © 2016 by A.G. Riddle
Published by agreement with the author c/o The Grayhawk Agency.
Simplified Chinese edition copyright ©2015 by Beijing Xiron Books Co., Ltd.
All rights reserved.

图进字：21-2015-93

YATELANDISI:MEILIXINSHIJIE

亚特兰蒂斯 3：美丽新世界

（美）里德尔 著　邢立达 何锐 译

出 品 人　张庆宁
策划出品　磨铁图书
责任编辑　周　轶
特约监制　何　寅
产品经理　沈夜莺
特约编辑　胡瑞婷
装帧设计　唐　旭　棱角视觉

出版发行　四川文艺出版社（成都市槐树街 2 号）
网　　址　www.scwys.com
电　　话　010-82068999（发行部）　028-86259303（编辑部）
传　　真　028-86259306

印　　刷　三河市冀华印务有限公司
成品尺寸　166mm × 235mm　　开　　本　16 开
印　　张　18.25　　字　　数　240 千
版　　次　2016 年 5 月第一版　　印　　次　2022 年 3 月第十七次印刷
书　　号　ISBN 978-7-5411-4269-7
定　　价　42.00 元

版权所有 · 侵权必究。
本书若有质量问题，请与本公司图书销售中心联系调换。010-82069336

献给一直鼓励我永不放弃的父母

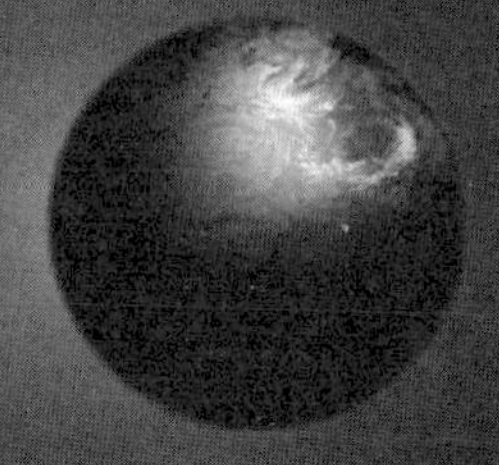

THE ATLANTIS WORLD

目录

序章

波多黎各

阿雷西博

阿雷西博天文台

最近48小时里，玛丽·卡德维尔博士清醒时的每一分每一秒都用在了研究射电望远镜接收到的信号上。她疲惫不堪，但仍兴奋不已。有一点她确信无疑：这是个有序的、来自智慧生命的信号。

天文台的另一位研究员约翰·毕晓普站在她身后，给自己又倒了杯酒。他已经喝光了苏格兰威士忌、波旁威士忌，还有朗姆酒，以及所有其他那些死掉的研究人员囤积的各种酒品，最终只剩下了荷兰桃味杜松子酒可喝了。他直接喝这酒——他没有可以用来跟它调配的东西了[①]。他啜了一小口，那味道让他缩了缩脖子。

现在是上午九点，他对这味道的厌恶大概还能再持续二十分钟，到时候他就该喝今天的第三顿酒了。

“你在臆想，小玛儿。”他边说边把空酒杯放下，聚精会神地往杯子里倒酒。

玛丽非常厌恶他叫她“小玛儿”。以前从没人这么叫过她。搞得她像是匹母马似的。但他是玛丽现在唯一的同伴，而且他们即将迎来一个重大发现。

瘟疫暴发之后，波多黎各到处都在死人，人们成千上万地死去。他们躲进了天文台，随即约翰就开始骚扰她。她对第一次调戏置之不理。两天后第二次就来了。此后每天他都有所行动，步步紧逼，直到她给了他的蛋蛋一记膝撞。那之后他老实多了，只一门心思喝酒，或者对她冷嘲热讽。

---

① 译者注：杜松子酒一般用来跟别的酒或者饮料调成鸡尾酒饮用而不是单独饮用。

玛丽站起身来，走到窗前，眺望着外面茂密的波多黎各山地丛林。这里唯一的文明迹象就是嵌在山间一片高原上、直指天际的“卫星天线”。阿雷西博天文台的射电望远镜是世界上最大的射电望远镜，人类工程的一个重大成就。它是一个奇妙的联姻：代表着人类巅峰成就的科技产品坐落在代表着人类过去的原始地貌之上。而如今它终于达成了它的终极目的——与地外文明接触。

“这信号是真的。”玛丽说。

“你怎么知道？”

“上面有我们的地址。”

约翰停杯罢饮，抬起头来：“我们得离开这地方了，小玛儿。回到文明社会，回到人们当中。这会让你好起来——”

“我能证明这点。”玛丽从窗边走回到计算机前，按动几个按键，调出信号图，“有两段信号序列。我得承认，我不知道第二段是什么。太复杂了。但第一段是在重复一个很简单的组合，一开一关，0-1。二进制数字。”

“一比特。”

“正是。然后还有第三个代码——一个终止符。每八个比特就会出现一次。”

“八比特，一个字节。”约翰放下了酒瓶。

“这肯定是个代码。”

“说的什么？”

“我还不知道。”玛丽又回到计算机旁，检查了一下进程，“离分析结束还有不到一小时了。”

“这也可能是纯粹的巧合。”

“不会。解开后第一部分的开头就是我们的地址。”

约翰大笑起来，又抓起了酒瓶：“你刚才差点就唬住我了，小玛儿。”

“如果你要朝另外一颗星球发送信号，最开始要放进信号里的是什么？必然是地址。”

约翰边点头边往杯子里继续倒酒：“嗯，嗯，还得填上邮政编码呢。”

“开始几个字节是两个数字：27624 和 0.00001496。”

约翰顿住了动作。

“想想看，”玛丽说，“整个宇宙里，什么才是普遍存在、永恒不变的？”

“万有引力？”

“万有引力是普遍存在的，但它的大小由时空曲率决定，由一个有质量的物体和另一个物体的距离决定。你需要一个共同的量度，一个无论身处宇宙何方的任何文明都会知道的东西，一个和它们所处的星球的位置和质量无关的东西。”

约翰茫然四顾。

“真空中的光速，这是个宇宙常数。无论你身处何方，它都不会改变。”

“没错……”

“第一个数字，27624，是地球到我们这个银河系中心的距离，以光年为单位。”

“这个距离上有一大堆行星——”

“第二个数字，0.00001496，是地球到太阳的准确距离，以光年为单位。”

约翰目瞪口呆了好一阵子，然后把酒瓶和半空的酒杯从自己眼前推开。他盯着玛丽：“我们中大奖了。”

玛丽皱起眉头。

约翰在椅子上往后一靠：“我们去把这个消息卖掉。”

“卖了换什么？我记得商场都已经关门了。”

“嗯，我认为交易系统仍然存在。我们可以要求保护，索要美食，或者其他的。我们想要什么都可以。”

“这是人类历史上最大的发现，我们不能把它卖给别人。”

“历史上最大的发现——在人类最为绝望的时刻。这个信号就是希望，它能把人们的注意力从现实引开。别做蠢事，小玛儿。”

“别叫我小玛儿。”

“瘟疫暴发之后，你躲到这里来是因为你希望从事你热爱的工作，直到最后一刻。我呢，我到这里来是因为我知道，在步行可达的范围内这里有着最大的酒类库存，而且我知道你会到这里来。是的。我从在圣胡安[①]着陆时开始，就为你痴狂了。”他抬起一只手，不让玛丽开口，“不过我要说的不是这个。我要说的是，你所熟知的世界已经消失了。人们现在处于绝望中，他们的行为都出于自私自利。对我来说是为了酒精和性。对那些你准备呼叫的人，是为了保住他们的权力。你会让他们拥有达到目的所需的手段：希望。你一旦把结果交出去，他们就不再需要你了。这世道跟你印象里的不一样了。小玛儿，它会把你嚼个粉碎，然后吐掉残渣。”

“我不会把它卖掉的。”

“你是个蠢货。理想主义者们会被这世界屠杀掉的。”

她身后的计算机哔哔作响。分析完成了。

她还没来得及去看看结果，大楼另一侧就传来一阵噪声。声音在办公室外的门厅里回荡。有人在敲门？玛丽和约翰面面相觑。他们等了一会儿。

敲门声越来越响了，最后传来了玻璃被打碎散落在地板上的声音。

传来了脚步声，步伐迟缓。

玛丽朝办公室门口走去，不过约翰抓住了她的胳膊：“待在这里。”他小声说。

约翰捡起一根棒球棍，瘟疫暴发后他一直带着这东西：“锁上门。如果他们到这里来了，肯定是岛上没食物了。”

玛丽伸手拿起电话，她知道现在自己该给谁打电话。她用颤抖的手拨了唯一能拯救他们的人的号码——她前夫的号码。

① 译者注：波多黎各首都。

上部

升起与落下

CHAPTER 1

摩洛哥北部海岸附近

海平面下 1200 英尺

阿尔法登陆舰

大卫·威尔在狭小的卧室里焦虑地来回踱步。他不知道何时凯特才会回来，甚至不知道她还会不会回来。他又朝染血的枕头瞥了一眼。十天前枕头上只有几滴血，现在上面的血已经成了一条小河，从她的枕头中间一直流到床上。

“我没事。”凯特每天早上都这么说。

“你每天都去哪儿了？”

“我只是需要点时间，还有空间。”

“需要时间和空间做什么？”大卫问过她。

“好起来。”

但她没好起来。每天凯特回来的时候，情况都更糟糕了。每一夜她的噩梦和盗汗都更加严重，还鼻血长流，大卫简直觉得这血会一直不停地流淌。他只能抱住她，耐心等待着，希望这个拯救了他的生命的女人，这个两周前他救出来的女人，能设法转危为安，恢复健康。但日复一日，她的健康每况愈下。现在她还迟到了，以前她从没迟到过。

他看了看自己的表，迟到三个小时了。

她可能在这艘庞大的亚特兰蒂斯飞船里任何地方。飞船埋在摩洛哥北部沿海和直布罗陀遥遥相对的群山之下，面积达六十平方英里。

最近这十四天里，每当凯特出去的时候，大卫就把时间花在学习如何操作这艘船的电脑系统上，至今也没学完。凯特打开了声控程序，好帮助大卫执行他没学会如何输入的指令。

“阿尔法，华纳医生的位置在哪儿？”大卫问道。

阿尔法登陆舰的船体内置计算机的声音在房间里轰响着：“该信息保密。”

“为什么？”

“你并非研究团队正式成员。”

看起来亚特兰蒂斯人的计算机系统也无法免疫说废话的毛病。大卫坐在床上，坐在那摊血迹旁。“现在最重要的是什么？我需要知道她是不是还好。”他有了个主意。

“阿尔法，你能给我看看华纳医生的生命体征吗？”

小床对面墙上的一块显示屏亮了起来。大卫飞快地浏览着上面的数字和图表——他能理解的那部分数字和图表。

血压：92/47

脉搏：31

她受伤了。或许更糟——快死了。她遇到什么事了？

“阿尔法，为什么华纳医生的体征异常？”

“该信息保——”

“保密。”大卫一脚把椅子踢到桌子下面。

“你的查询已经结束了吗？”阿尔法问道。

“绝对没有。”

大卫走向双开门，门“哧溜”一下打开了。他顿住脚步，然后抓起自己的手枪。只是以防万一。

大卫听到阴暗处传来什么东西移动的声音时，他已经在灯光昏暗的走廊里走了快十分钟了。他停下脚步，等待着。他希望自己的眼睛能渐渐适应天花板和地板上发出的微弱灯光。也许亚特兰蒂斯人看东西需要的光线强度比较低，也许是这艘船——确切说是他们占据的这块船体残片——正处于节能模式中。无论如何，这种暗淡的光线让这艘外星飞船看起来越发神秘了。

一个身影从暗处走出。

是米罗。

这位尼泊尔[1]少年会出现在飞船深处让大卫颇为惊讶。这艘船上的人除了凯特和大卫就只有米罗了。但他多数时间都在飞船外面。他睡在从这艘深埋地下的飞船通往山顶的倾斜通道外头，柏柏尔人会把给他们的食物放在那边。米罗喜欢在群星下入睡，伴着朝阳起身。大卫和凯特每天晚上去找他共进晚餐的时候，通常都会看到他在盘腿冥想。这两周里，米罗成了他们的士气官[2]。但此刻，在昏暗的灯光中大卫看到的这个年轻人，脸上满是忧虑。

"我没看到她。"米罗说。

"如果看到了的话，通过船内通信呼叫我。"大卫继续快步向前。

米罗跟在他身后，全力奔跑着好跟上他。大卫肌肉发达的身躯高达六英尺三英寸，米罗比他整整矮一英尺，相形之下有如一个小矮人。他们俩看上去就像是一个巨人带着他的年轻小伙伴一起在一个光线暗淡的迷宫里狂奔。

"我不用呼你。"米罗气喘吁吁地说。

大卫回头瞧了瞧他。

"我跟你一起去找。"

"你应该回地面上去。"

"你知道的，我做不到。"米罗说。

"她会生气的。"

"生气我不在乎，只要她没事就好。"

"我也一样。"大卫心想。他们默不作声地走着，走廊里只有大卫的靴子踏在金属地板上的声音和米罗轻微的脚步声。

大卫停在一道巨大的双开门前，激活了墙上的面板。上面显示着：

12 号中心医疗室

---

① 译者注：原文为藏族，但为和前两部保持一致，改为尼泊尔。

② 译者注：《星际旅行》剧集中虚构的星际飞船上的职务，负责提高船员们的士气。

他们身处的这部分飞船上只有这一个医疗室。大卫猜测凯特每天最可能来的地方就是这里。

他把手往从墙上的面板上涌出的那团绿色光雾中伸进去些，挥动了几下手指，门“哧溜”一下打开了。

大卫快步走进房间。

房间正中有四张医疗床。侧面的墙上一整面都是全息显示屏。房间里空空如也。她来过但是已经离开了吗？

“阿尔法，你能告诉我最近一次有人使用这间医疗室的时间吗？”

“这间医疗室最近一次被使用是在任务时间：9.12.38.28，标准时间：12.39.12.47.29——”

大卫摇了摇头：“本地时间多久前？”

“九百一十二万八千——”

“好了，够了。我们这一区域的飞船上还有别的医疗室吗？”

“否。”

她还会去什么地方？也许还有别的办法追踪她。

“阿尔法，你能给我显示一下目前飞船上我们所在的区域哪些部位耗能最多吗？”

墙上一块屏幕亮了起来，在空中投射出飞船的全息模型。有三个区块最亮：1701-D号生态室，12号中央医疗室，47号适应性研究实验室。

“阿尔法，适应性研究实验室47是什么？”

“适应性研究实验室能被用于进行各种生物学及其他方面的实验。”

“现在适应性研究实验室47在做何用途？”大卫期待着答案。

“该信息保密——”

“保密。”大卫嘟囔道，“那就对了……”

米罗拿出一根蛋白棒：“吃了好有力气走路。”

大卫领着米罗回到走廊里。他撕开包装，咬了一大口棕色的蛋白棒，默默地咀嚼着。吃东西似乎有助于减轻沮丧情绪。

大卫猛地停在了走廊当中，米罗差点撞到他背上。

他趴到地上，仔细看着地板上的什么东西。

“那是什么？”米罗问道。

“血。”

然后大卫走得更快了。地板上的血迹开始是零星几滴，后来越来越多，变成了长长的血痕。

在47号适应性研究实验室的大门外，大卫又把自己的手指插进墙上面板里涌出的绿色光雾中。他反复输入了六次开门指令，可每次都闪现出同样的信息：

权限不足。

“阿尔法！为什么我打不开这道门？”

“你没有足够的权限——”

“我要怎么进到门里去？”

“你进不去。”阿尔法的声音在走廊里回荡，语气不容争辩。

大卫和米罗在原地待了一会儿。

然后大卫平静地开口：“阿尔法，给我看看华纳医生的生命体征。”

墙上的显示变了，出现了一系列数字和图表。

血压：87/43

脉搏：30

米罗转向大卫。

“还在下降。”大卫说。

“接下来怎么办？”

“接下来我们等着。”

米罗盘腿坐下，合上眼帘。大卫知道他又在寻找内心的宁静了。这一刻大卫真希望自己也能这样，把一切烦恼从心中丢开。恐惧让他简直无法思考。他无比希望门“咻”的一声打开来，但他也同样害怕它打开。他害怕看到凯特的状况，害怕看到她在进行的实验，害怕看到她对自己所做的事情。

警报响起时，大卫几乎要睡着了。阿尔法的声音在狭小的走廊里轰响着。

“实验对象需要急救。情况严重。执行权限覆盖。”

通往研究室的大门滑开了。

大卫冲了进去。他揉着自己的眼睛，试图想理解自己看到的是什么。

米罗在他身后惊叹 ：“哇。”声音里满是敬畏。

CHAPTER 2

摩洛哥北部海岸附近

海平面下 1200 英尺

阿尔法登陆舰

“这里面是些什么？”米罗问道。

大卫扫视着研究室：“我毫无概念。”

这间屋子很大，至少有一百英尺长，五十英尺深。但这里和医疗室不同，房间里没有桌子。地上其实只有两样东西：两个直径至少有十英尺的玻璃缸。缸子里亮着黄色的灯光，不断有些白色的光点闪烁着从缸子底部往顶上飘去。右边的玻璃缸是空的，另一个里面装着凯特。

她飘浮在离地几英尺的高度，双手向外笔直摊着。她身上穿着的还是今天早上她离开卧室的时候穿的那套便衣，但多了一样东西：一顶银色的头盔。它盖住了她的整张脸，连下巴颏儿都没露出来。她最近染的那头褐发从头盔里伸出来，披到肩上。她眼睛部位的观察孔是黑色的，没有向他们透露任何关于她现在状况的线索。他们能看到的唯一线索是一道血流，它从头盔里流出，流下她的脖颈，在她灰色的 T 恤上染出一块红斑。红斑看起来每秒钟都在变大。

“阿尔法，这……这是怎么了？”大卫问道。

“请具体说明问题。”

“这个……实验，或者是进程，到底是什么？”

“复活记忆模拟。”

这是什么意思？伤害她的就是这个模拟吗？

“我要怎么把它停下来？”

“你不能。”

“为什么不能？”大卫问道。他有些不耐烦了。

"打断一次复活记忆过程会导致对象的毁灭。"

米罗转向大卫，眼神惊恐。

大卫用目光搜索着房间。该怎么办？他需要找到一点线索，找到着手的地方。他把头往后一仰，努力思考着。天花板上，一个孤零零的黑色玻璃球往下瞪视着他。

"阿尔法，你有这间实验室的监控视频吗？"

"当然有。"

"开始播放记录。"

"请确定时间范围。"

"从今天华纳医生进门的那一秒开始。"

左面的墙上现出了一片波动的亮光，渐渐形成一幅实验室的全息影像。两个缸子都是空的。大门朝两边滑开，凯特大步走进来。她走到右面的墙边，墙上亮了起来，一系列的显示窗口开始闪现，里面满是大卫认不得的文字和符号。凯特静静地站在那里，眼神左右飘移不定。她在看，在阅读着那些每个只停留不到一秒钟的显示窗。

"好酷。"米罗小声说。

大卫不由得倒退了一步。这一刻他才感受到了凯特变成了什么样，才感觉到了他们的思维能力之间存在的那道越来越大的鸿沟。

两周之前，凯特找到了亚特兰蒂斯瘟疫的疗法。那是一场世界性的传染病，刚一暴发就夺去了十亿人的生命，在最终突变之后杀死的人更是不计其数。这场瘟疫分裂了整个世界。生存率很低，但那些幸存者在基因水平上发生了变化。有些幸存者从瘟疫中得到了好处——他们变得更强壮、更聪明。剩下的则逐渐退化，退回到一种原始的状态。全世界的人们形成了两个敌对的阵营：兰花同盟，他们试图减慢和治愈瘟疫；伊麻里国际，他们释放出了瘟疫，并且鼓吹应当任凭这场遗传转变进行下去。凯特、大卫，还有一小队士兵和科学家阻止了瘟疫和伊麻里的计划。他们解析出了疗法的关键一环：过去亚特兰蒂斯人对人类进化进行干预时在人类基因组中留下的内源性逆转录病毒。

这些逆转录病毒大致上就是些病毒化石，在亚特兰蒂斯人对人类基因组进行修饰的那些个瞬间留下的基因残迹[①]。

在瘟疫的最后几个小时里，每分钟都有几百万人死去的时候，凯特发现了一个调和所有的这些病毒化石、治愈瘟疫的方法。她的疗法创造出了一个稳定的、一元化的亚特兰蒂斯 - 地球人基因组。但她为这个突破付出了高昂的代价。

让凯特得以成功的知识来自被压缩在她的潜意识中的记忆——一个亚特兰蒂斯科学家的记忆。那些亚特兰蒂斯科学家曾在千万年间持续在人类身上进行遗传学实验。这些记忆让她得以治愈瘟疫，但它们也夺去了她身上很大一部分人性——让凯特之为凯特而非那位亚特兰蒂斯科学家的部分。当时时间紧迫，瘟疫在全球蔓延，凯特选择了保留亚特兰蒂斯人的记忆，治愈瘟疫，而不是把这些记忆从自己脑海中除去，保护她的自我认同。

她曾告诉大卫，她相信自己能修复亚特兰蒂斯人的那些记忆给她带来的损伤，但随着日子一天天过去，大卫越来越清楚地看到，凯特的实验疗法没用。她的病情一天比一天严重，而且她拒绝和大卫讨论她的身体状况。他觉得她离自己越来越远了。而现在，当他看着录像回放里的凯特飞快地浏览着那些显示的时候，他知道他低估了她的改变的剧烈程度。

“她看得真有那么快吗？”米罗问道。

“更甚于此。我认为她是学得有那么快。”大卫轻声说。

一股新的恐惧在大卫心中油然升起。是因为凯特变化得太大，还是因为他现在意识到了这里的事情已经远远超出了他的理解能力？

“从易处下手。”他心想。

“阿尔法，华纳医生没出声也没进行触摸输入，她是怎么对你进行控制的？”

---

① 译者注：原文“面包屑”，典故来自格林童话中林中女巫的故事，主角汉塞尔用面包屑标记走过的路。

“华纳医生本地时间九天之前被安装了一个神经植入物。”

“被安装？怎么做到的？”

“华纳医生给我编程，让我进行植入手术。”

又是一件他们每天夜里那些“宝贝，你今天上班时做了些什么？”的讨论中没提到的事情。

米罗的眼神转向大卫，嘴角微微翘起：“我也想要一个这种植入装置。”

“我可不这么想。”大卫聚精会神地盯着全息影像，“阿尔法，快放。”

“倍数？”

“五分钟每秒。”

闪动着的文字信息窗口变成了实心的光波，就像在黑色的鱼缸中来回晃荡的白色水波。凯特纹丝不动。

时间一秒一秒过去。然后那些显示关掉了，凯特飘浮在亮起黄光的缸子里——

“停。”大卫说，“从华纳医生即将进入那个圆形的……管它是什么东西的时候开始重放。”

大卫屏住呼吸看着录像。那些文字窗口消失了，凯特走到房间后面玻璃缸旁边的地方。一堵墙壁分开，她从中抓出一顶银色的头盔，然后走到玻璃缸前。它分开一个口子，凯特走了进去，戴上头盔。然后玻璃缸封闭起来，凯特从地上升起。

“阿尔法，恢复快放。”

此后的画面都是一样的，但有一个地方有变化：血从凯特的头盔里慢慢渗了出来。

在最后一秒钟里，大卫和米罗进入了房间。然后屏幕上闪出几个大字：

录像结束。

米罗转向大卫：“现在怎么办？”

大卫来回看着屏幕和装着凯特的玻璃缸。然后他看到了旁边空着的那个。

“阿尔法，我能加入华纳医生的……实验吗？”

房间后面的墙板分开，露出一顶银色的头盔。

米罗的眼睛瞪得大大的：“这可不是个好主意，大卫先生。”

“你有什么好主意吗？”

“你不必这样做。”

“我必须。你明白的。”

玻璃缸转动起来，外面的玻璃打开了。大卫走了进去，拉下头盔，然后研究实验室消失了。

CHAPTER 3

大卫的眼睛花了几秒钟才适应了周围空间里四射的明亮光线。在他正前方，一个方形的显示窗口里闪动着文字，他仍然看不清楚。这地方让他想起了火车站和站上的到站 / 离站显示板，只不过这个又大又空的地方看不到入口或者出口，只有坚实的白色地板和里面透出灯光的弧形柱子。

阿尔法的声音响起：“欢迎来到复活档案馆。请给出指令。”

大卫走近显示牌，开始读出上面的文字：

记忆日期 （状况） 重放

12.37.40.13（损坏） 完毕

13.48.19.23（完整） 完毕

13.56.64.15（损坏） 完毕

接下来还有十几行——全部显示重放完毕。最后一条则是：

14.72.47.33（损坏） 重放中

“阿尔法，我可以做的选项包括？”

“你可以打开一个记忆档案，也可以加入一个正在进行中的模拟。”

正在进行中的……凯特应该在那里。她是不是受伤了……或者正遭到攻击。大卫四下张望。他没有武器，没有能用来保卫她的东西。没关系。

“加入进行中的模拟。”

“通知既有的参与者？”

“不。”他本能地答道。出其不意可能会有点好处。

明亮的火车站和显示板消失了，一个小得多也暗得多的地方渐渐出现。一艘太空船的舰桥。大卫站在房间后面。文字、图表和图像在这个椭圆形房间的墙壁上滚动，盖满了所有的墙面。在他前方，两个人站在一面宽大的观察窗前，盯着飘浮在黑暗太空中的一个星球。大卫立刻认出了这两个人。

站在左边的是亚瑟 · 雅努斯医生，亚特兰蒂斯科考队的另一名成员。在亚特兰蒂斯瘟疫的最后几个小时中，他帮助大卫从多利安 · 斯隆和阿瑞斯手里救出了凯特。但大卫对他的感觉仍然很复杂。这个天才科学家曾针对亚特兰蒂斯瘟疫创造出了一种错误疗法，这种疗法会把人类七万年的进化一笔勾销——把人类倒回到获得亚特兰蒂斯基因之前的那个状态。雅努斯发誓说，把地球人类的进化倒卷是从一个强大得难以想象的敌人手中拯救他们的唯一办法。

大卫对于站在雅努斯身旁的那位科学家则没有这种矛盾而冲突的感情，只有爱。屏幕上黑色的太空背景中反射出她那美丽的面容，大卫在倒影中依稀辨认出一些细节特征。她正聚精会神地盯着那颗行星的景象。这表情大卫看过许多次了，可他还是差点就沉迷在其中。不过这时从头顶上传来一个刺耳的声音，惊醒了他。

“本区域处于军事管制下。立刻撤离。重复：本区域处于军事管制下。”

另一个声音打断了这个声音。音调和阿尔法的一样：“撤离程序已设定。执行？”

“否。”凯特说，“西格玛，把来自军事烽火站的通知静音，让飞船保持在同步轨道上。”

“这太莽撞了。”雅努斯说。

“这个世界遭到了攻击。”

“不一定吧。”①

“我必须搞清楚这事。”②

---

① 译者注：此处原文疑似脱漏两行，据后文再次出现该段情节的 43 节补上。

② 译者注：43 节此处为“我们”必须查清楚——可能是在暗示大卫对亚特兰蒂斯语言的理解有误，或者是这里作者搞错了……

大卫走近观察窗。这颗行星很像地球，但颜色不同。海洋太绿，云层太黄，地面只有红色、棕色和浅褐色。地上没有树。一片荒芜的大地上只有些圆形的黑色陨石坑点缀其间。

“这可能是自然发生的偶然现象。”雅努斯说，“连续撞上了好几颗彗星，或者是一片小行星带。”

“不是。”

“你不能——”

“不是的。”观景窗上的画面聚焦到一个冲击坑上，“每个坑洞周围都有一系列道路，交会在坑洞的位置。这些地方原本是城市。这是一次人为攻击。也许是攻击者把小行星带弄了一部分过来，然后利用小行星碎块进行动能轰炸。”观景窗的画面又变了，显示出一片荒漠中隐约可见的一座城市废墟，里面的摩天大楼摇摇欲坠。“那些家伙让崩溃的生态环境去杀死居住在主要城市之外的人。在那些地区可能有答案。”凯特的语气不容争辩。大卫熟悉这种语气。他自己就听到过凯特这样子对他说过好几次话。

显然雅努斯也一样。他低头了：“乘贝塔号登陆舰去吧。那上面没有生态室，驾驶起来更灵便。”

他转过身，朝着舰桥尾部的门走去。

大卫有些紧张。但雅努斯似乎看不到他。凯特能不能？

凯特跟着雅努斯往后走去，但她停了下来，盯着大卫：“你不该在这里。”

“这是怎么回事，凯特？在外面你的身体不对劲。你快死了。”

凯特朝出口迈出两大步：“在这里我无法保护你。”

“为什么要保护我？”

她又迈出一步：“别跟着我。”她冲进了出口。

大卫也跟着冲了进去。

他站在飞船外面了。在行星表面。他转身四顾，试图——

凯特。她就在他前方，穿着一身舱外活动服，蹦跳着朝着一座城市废墟而去。在他们身后，一艘黑色的小型飞船停在红色的岩石地表上。

"凯特！"大卫边喊边朝她跑去。

她停了下来。

地面震动了一下，然后又震动了一下。大卫摔倒在地。天空开了个洞，一个红色的东西冲了出来，它晃花了大卫的眼睛，热得让他窒息。他觉得仿佛有一个流星级别的烙铁正朝他戳过来[①]。

他试图站立起来，但地面的晃动让他再次跌倒在地。

他在地上爬动着，头顶上传来的酷热和下方热得能烤肉的岩石让他觉得自己快被烤化了。

凯特看起来飘在不断震动的大地之上。她朝前跳跃着，按照地震的节奏调整着自己着陆的时间，让地面把她推向上方和前方，推向大卫。

她扑到了大卫身上。大卫真希望自己能透过环境服反光的观察孔看到她的脸。

他感到自己在下坠。他的双脚碰到了冰冷的地板，他的脑袋撞到了玻璃上。玻璃缸。研究实验室。

玻璃旋开，米罗冲了过来。他的眉毛高高扬起，张着嘴："大卫先生……"

大卫朝下望去。他的身上并没有被烧伤，但浑身是汗。血从他的鼻子里流了出来。

凯特。

大卫用颤抖的肌肉勉强撑起身子，踉踉跄跄走到她的玻璃缸前。玻璃打开了，她径直倒了下来，就像是个坐在灌沉罐[②]里的游戏参加者，直直向下摔落。

大卫接住了她，但他没力气，站不稳。他们一起滚到了冰冷的地板上，她压在大卫胸口上。

大卫摸了摸凯特的脖子。脉搏很微弱——但还有。

---

① 译者注：这个比喻和第二部中他被烙印的情节相关。

② 译者注：dunking booth，一种游戏装置。主体是一个大水缸或者水箱。上面漂浮着一个座位，坐着一个参与者。其他游戏参与者向某个和座位相连的篮筐或者其他目标投球，投中的话座位就会翻倒或者沉没，令坐在上面的人落入水中。

“阿尔法！你能救她吗？”

“不知道。”

“不知道？为什么？”大卫叫道。

“我还没对她的现状进行诊断。”

“见鬼！那就去做诊断啊！”

一块圆形的墙板打开，里面伸出一张平坦的桌面。

“进行全面诊断扫描。”

米罗冲过来，抬起凯特的脚。大卫抓住她的腋窝，榨出自己身体里的最后一分力气把她抬到了桌上。

大卫觉得那桌子滑回墙里的速度实在太拖拉了。终于一块黑色的玻璃盖住了墙上的圆孔。他透过玻璃向内窥视，只见一道蓝色的光线正从凯特的脚上往她头部扫去。

诊断扫描进行中……

“这是怎么回事？”米罗问道。

“我……我们……”大卫摇了摇头，“我完全没概念。”

屏幕上的显示变了。

总体诊断：

复活综合征导致的神经变性

预测结果：

死亡

预期生存时间：

4～7个本地日

急需治疗的问题：

蛛网膜下出血

脑血栓

建议措施：

手术治疗

预计手术成功率：

39%

大卫每往下看一行，心就往下沉一分。房间渐渐消失，他渐渐失去了感觉。他神不守舍地伸出手，撑在玻璃缸上。他盯着面前的屏幕。

阿尔法的声音无情地抽打着他，他仿佛又回到了那个一片废墟的行星上，那声音就像是那个炽热的烙铁，让他窒息。“依建议进行手术吗？”

大卫听到自己说了声“是”，然后他依稀感觉到米罗用双臂搂住自己，尽管米罗的胳膊只能勉强够到他的肩头。

CHAPTER 4

南极洲冰面两英里以下

多利安在飞船昏暗的走道中穿行。唯一能指引他方向的是前方的惨叫声。这些天他一直在寻找叫声的来源。当他靠近的时候，叫声总是会停下来，然后阿瑞斯就会现身，强迫多利安离开这个在南极洲的冰盖下面积达两百五十平方英里的亚特兰蒂斯造物，让他回到冰面上，回去为最终攻击做准备——执行那些繁重而乏味的工作。

既然阿瑞斯待在这里，把清醒时的全部时间都花在发出叫喊声的房间里，那么重要的行动就必然是在这里进行。多利安非常肯定这点。

叫喊声停了。多利安顿住脚步。

又一声哀号猛然响起。他拐了个弯，又拐了第二次。叫声就在前面的双开门后头。

多利安靠在墙上等待着。答案。阿瑞斯曾答应告诉他答案，告诉他关于他过去的真相。和凯特·华纳一样，多利安生自另一个时代——在第一次世界大战之时[①]，他染上了西班牙流感，被一根亚特兰蒂斯的管子所救。然后在1978年复苏时，他的脑子里带着一个亚特兰蒂斯人的记忆。

多利安拥有阿瑞斯的记忆。这些被压抑在潜意识深处的记忆驱动着他这一生的行为。多利安只看到过其内容的几个瞬间：在地上、海上、空中的战争，以及太空中规模宏大至极的战争。多利安渴望知道阿瑞斯过去遇到了什么，渴望知道他的历史。那是多利安的过去，他的人格的源头。他渴望理解自己，搞清楚他这辈子行为背后的动机。这比什么都重要。

多利安再度擦去鼻子里流出的一滴血。近来他的鼻血流得更频繁了，头

---

① 译者注：原文为大战之前。据三部曲的前书改。

疼和梦魇也更严重了。他身上有些不对劲。他把这想法暂且放到一边。

门打开了，阿瑞斯大步走出来。他看到多利安，一点也不惊讶。

多利安用力朝船舱里望去。一个人吊在墙上，几根皮绳深深勒进他摊开的双臂，深得有血流出来。他的腿上和胸口上的伤口也在流血。门关上了，阿瑞斯停在了门口："你让我很失望，多利安。"

"彼此彼此。你答应告诉我答案的。"

"你会得到答案的。"

"什么时候？"

"快了。"

多利安逼近阿瑞斯："我现在就要。"

阿瑞斯伸出一只手，横着挥出去，砍到多利安的脖子上。多利安倒在地上，艰难喘息。

"多利安，你下次再对我发号施令，那就会是你这辈子最后一次开口说话。明白了没？如果换了别人，你刚才做的那些我都不会容忍。但你在某种程度上就是我，程度比你所知的更深，而且我比你自己还要更了解你。我没有告诉你我们的过去，是因为那些事会干扰你的判断。我们还有事要做，知道全部的真情会让你有危险的。我对你十分信任，多利安。要不了几天，我们就能控制这颗行星了。幸存者们，活下来的那部分地球人——我提醒你一句，地球人这个种族是在我帮助下创造出来的，在我帮助下免于灭亡的——会成为我们创建军队的兵源。"

"我们要跟谁作战？"

"一个强大得你毫无概念的敌人。"

多利安站了起来，但和阿瑞斯隔开了些距离："我现在对敌人的强大有一定概念了。"

阿瑞斯再次快步走起来，多利安隔着一段距离跟在他后面："他们一天一夜就击败了我们，多利安。想想看，我们是已知宇宙中最先进的种族了——比我们发现的那些失落的文明更先进。"

他们又走到了那个十字路口。一道巨大的门打开，露出里面排开去几英里远的玻璃管，里面装着亚特兰蒂斯的幸存者们。“只剩下这些人了。”

“我记得你说过，他们再也无法复苏，因为他们被攻击带来的精神创伤太深重，无法克服。”

“是的。”

“你把一个人弄出来了。那是谁？”

“他不是他们中的一员，不是我们的人。他跟你无关。你要关注的是即将到来的战争。”

“战争即将到来。”多利安嘟囔着，“我们兵都还没凑齐。”

“坚持下去，多利安。相信我，要不了几天，我们就会掌握这个世界了。然后我们就着手准备大战，一场拯救所有人类世界的战争。我的这个敌人也是你们的敌人。地球人共享了我们的部分遗传物质，所以这个大敌也会找上你们的。迟早的事，你们不可能躲得掉。但我们在一起，就能和他们战斗。如果我们不能趁着现在还有机会聚集起我们的部队，我们就会失去一切。成千个世界的命运都掌握在你的手中。”

“是啊，上千个世界。我想指出，我认为存在个至关重要的难点——人力。地球上大概还剩下二三十亿人。他们病还没好，虚弱不堪，饿得要死。这就是我们的兵源——还得我们能控制这颗行星，而我对这点都不能肯定。所以，顶多二三十亿人，还不怎么强壮，就是我们‘军队’的全部了。我就姑且称之为军队吧。用这军队去对抗统治着整个银河系的强权……抱歉，但我觉得我们真没啥机会赢。”

“你的智力应该不止于此的啊，多利安。你觉得这场战争会是你想象中的那种原始的太空战争吗？金属和塑料的飞船，飘浮在太空之中，用激光和导弹互射？拜托。你觉得我会没考虑过我们的状况吗？数量不是我们赖以取胜的关键。我四万年前就制订了这个计划。你参加进来才三个月。要有信心，多利安。”

“给我个理由。”

阿瑞斯笑了："你那小心眼里真的认为你可以用激将法让我把你希望知道的所有答案都告诉你吗，多利安？想要我让你感到舒适、完满、安全？你来南极洲最开始就是为了这个目的，是不是？来找你的父亲？发掘出你过去的真相？"

"你竟然对我这样——在我为你做了那么多事之后还这样？"

"你是为你自己做事，多利安。把你真的想问我的问题问出来吧。"

多利安摇了摇头。

"说啊。"

"我到底怎么了？"多利安盯着阿瑞斯，"你对我做了什么？"

"我们总算有点进展了。"

"我身上有什么地方不对了，是不是？"

"当然有了。你是个凡人。"

"我的意思不是这个。我快死了，我能感觉得到。"

"每个人迟早都会死的，多利安。我救了你的族人。我有个计划，我们会在这个宇宙中建立起持久的和平。你不知道这有多难解释。"阿瑞斯走近多利安，"有些真相我还不能向你披露。你还没准备好，要有耐心，答案会来的。我会帮助你理解过去，这是很重要的。你的误解可能会毁了我们，多利安。你很重要。没有你我也能完成这些事，但我不想这样。我等了很长时间，才等到一个你这样的人在我身边。只要你有足够强的信心，我们能做到的事情就无可限量。"

阿瑞斯转过身，带头离开了十字路口，离开了装着那些管子的长厅，走向传送门所在的入口。多利安默默跟在他后面，心中开始交战：盲目服从，还是反叛？他们一言不发地穿好环境服，穿过了前面的冰窟。"钟"还挂在上面。

多利安徘徊了一下，他的眼神飘向他发现父亲的冰槽。他父亲当时已经冻僵了，穿着那身舱外服被封在冰层当中。是"钟"和他的伊麻里副手杀死了他。他的副手背叛了他。

阿瑞斯走上前面的金属吊篮："只有未来才是重要的，多利安。"

沉默中，黑暗的垂直井筒过去了，吊篮停在了冰面上。一排排住宅分散在平坦的冰层上，就像是一队钻在雪地里的毛毛虫，一眼望不到头。

多利安生长在德国，之后去了伦敦。他以前还以为自己知道什么叫作冷。南极洲这片荒野冷得无与伦比。

他和阿瑞斯大步走向中间的指挥室。伊麻里的员工们穿着厚厚的白色风雪衣在屋子之间窜来窜去，有些人停下向他们敬礼，其他人则被风刮得只能埋头。

在毛毛虫形居所的外面，重型机械和工作人员正沿着外围继续修筑工事。已经有人把这里叫作“南极要塞”了。足有两打轨道枪沉默地盘踞在地上，指向北方，随时准备应对攻击。伊麻里相信会有人攻来的。

地球上没有哪支军队做好了在这里发动战争的准备——即便在瘟疫之前也没有，之后就更没有了。在这些轨道枪面前空中力量毫无意义。大规模的地面部队在海上火力的掩护下前来攻击也绝不会成功。多利安想起了纳粹，他想起了这些他父亲的后继者，想起了他们对俄国发动的愚蠢的冬季战役。兰花盟如果在这里登陆，也会面临同样的下场。不过他们多半会来的。

指挥中心里的士兵们在多利安和阿瑞斯经过的时候纷纷在走廊两边排成队列，向两位领导立正敬礼。他们走进战情室，阿瑞斯朝作战部长发话：“我们准备好了吗？”

“是的，长官。我们已经占领了世界各地的那些资产。伤亡极小。”

“探测队伍呢？”

“已经就位。他们在周围的各个位置都已经钻到了指定深度。个别位置遇到了些麻烦，在冰层中遇到了气包，但我们加派了增援队伍。”部长停顿了一下，“不过他们还什么都没找到。”他在键盘上按了一下，调出一幅南极洲地图。地图上散布着许多红点。

“他在找什么？”多利安心中纳闷，“另一艘飞船吗？不会。如果有的话，马丁一定会知道的。另外的什么东西？”

阿瑞斯回头盯着多利安。这一刻多利安忽然有了种情绪，他已经许久没感受到这种情绪了，即便在下面的走廊里阿瑞斯攻击他的时候也没有——恐惧。

“他们把我给他们的设备放下去了吗？”阿瑞斯问道。

“是的。”作战部长答道。

阿瑞斯走向房间前方：“给我接通全基地的广播系统。”部长按了几下按键，朝他点点头。

“为我们的事业工作的勇敢的男人们和女人们啊，为我们的目标奋斗牺牲的人们啊，听着：我们为之做准备的那个日子到来了。几分钟后，我们将会向兰花盟提出和平建议。我希望他们会接受。我们想要在地球上获得和平，这样我们就可以为和一个不知和平为何物的敌人的最终战役做准备。真正的挑战即将来临。今天，我在此感谢各位的服务，我还要请求各位在接下来的几小时里保持信心。”阿瑞斯紧紧盯着多利安，“当你们的信心受到考验时，别忘了：如果你想要建立一个更好的世界，你首先要有勇气破坏现存的世界。”

CHAPTER 5

佐治亚州

亚特兰大市

保罗 · 布伦纳医生翻了个身，朝闹钟望去。

5:25。

它还有五分钟就会响了。然后他会把它关掉，起床，准备好——没什么好准备的。没什么要做的工作；没什么要完成的任务；也没有一张紧急事务清单，等着他依次完成上面的事项。只有一个破碎的世界，茫然摸索着方向。而且在最近这十四天里，这方向跟他一点关系也没有。他似乎应该得到有生以来最好的睡眠质量，但却若有所失。因为某种原因，他总会在五点三十分之前醒来，在闹钟响起之前就起来，准备着，等待着，仿佛今天一切就会改变似的。

他掀开床单，步履蹒跚地走进主卫生间，开始洗脸。早上他从不冲澡——他喜欢迅速动身去办公室，第一个到达那里，抢在那些要对他做报告的组员之前。工作之后他总是会去健身房。这样结束一天的工作能帮助他在家里更放松，帮助他忘掉工作，或者说试图忘掉。在他这一行当中忘掉工作这很难，总会有新的流行病暴发，或者是疑似暴发，或者是一堆要处理的乱七八糟的官僚事务。领导疾控中心的全球疾病监测和紧急反应部是个艰难的工作。传染病只是问题的一部分。

保罗私下还有个秘密。过去二十年来，他一直在和一个全球性的联盟一起工作，筹划应对终极瘟疫，一场能消灭全人类的传染病暴发——一场以“亚特兰蒂斯瘟疫”的形式到来的传染病。他这些年来的辛勤工作没有白费，那个全球特别工作队伍“统一体”控制住了瘟疫，并最终找到了疗法——这多亏了一位他从未谋面的科学家，凯特 · 华纳医生。亚特兰蒂斯瘟疫在很多方面对保罗来说仍然是个谜。但他知道一件事：这场瘟疫已经过去了。他本该兴高采烈。但他感到的却大半是空虚，漫无目的，茫然失措。

他洗完了脸，伸出一只手理了理自己头上粗硬的黑色短发，让头发盖住所有没头发的地方。他从镜子里看到了身后空荡荡的大床，有那么一会儿考虑起要不要回去睡觉。

"你梳洗准备要干吗呢？瘟疫已经过去了，没什么要做的事情了。"

不对。并非完全如此，有个女人在等着他。

他的床上空荡荡，但这间屋子里并非如此。他已经能闻到烹饪早餐时散发出的味道了。

他蹑手蹑脚走下楼梯，小心避免惊醒他十二岁的外甥马特[①]。

厨房里传来锅碗的当啷声。

"早上好。"保罗在踏进厨房门槛的同时轻声说道。

"早。"娜塔莉亚边说边侧过平底锅，把炒鸡蛋倒到盘子里，"来杯咖啡？"

保罗点点头，坐到凸窗旁的小圆桌边，从窗子向外俯瞰着院子里的斜坡。

娜塔莉亚把盛鸡蛋的盘子放到一大碗燕麦片旁。这顿早餐的最后一道菜是培根，用锡箔盖着好保存热量。保罗默默地把食物盛进盘子里。瘟疫之前，他早餐时通常边看电视边狼吞虎咽，但他更喜欢现在这样——有人陪伴着一起吃。他已经很长时间无人陪伴了。

娜塔莉亚往自己的麦片里加了少许胡椒："马特又做噩梦了。"

"真的吗？我一点动静都没听到。"

"大概在三点钟。我让他平静下来了。"她尝了一口混着麦片的鸡蛋，然后往里面加了些盐，"你该跟他谈谈他母亲的事了。"

保罗一直怕的就是这个。

"我会的。"

"今天你准备做什么？"

---

① 译者注：马修的昵称。

“我不知道。我想大概要去仓库一趟吧。”他朝边上的大号食品储藏室比了比，“再有几周家里的食物可能就吃完了。最好在兰花坊被搬空之前就添加些储备。到那边还有点路。”

“好主意。”她顿了一下，看起来想要转换话题，“我有个叫托马斯的朋友，他跟我的年龄差不多。”

保罗抬起头：你的年龄？

“郑重声明，我三十五。”她边说边浅浅一笑，仿佛是听到了他没说出口的问题，然后她的笑容消失了，又低头盯着食物，“他妻子两年前死于癌症。他悲痛欲绝，在房间各处都保留着他妻子的照片。直到他再度谈起她才真的有所好转。对他来说，那是得以继续前行的关键。”

她的丈夫也死了吗？死在亚特兰蒂斯瘟疫中，还是死在瘟疫暴发前？这是她想要告诉我的信息吗？保罗在发掘逆转录病毒上是个专家，在任何类似的实验室工作中也是。可人类,特别是女人……对他来说那就真是不解之谜了。“是的，我同意。对一个……失去了亲人的人，我认为谈起这件事对健康很有好处。”

娜塔莉亚俯身向前正要开口，房间另外一头却响起了一声闹铃，破坏了这一刻的气氛。不，不是闹铃，是电话铃。保罗的固定电话在响。

保罗从座位上站起来，拿起电话。

“我是保罗 · 布伦纳。”

他听着电话，点了几次头。然后想要问那边一个问题，但没等他说出口那边就挂断了。

“谁？”

“政府。”保罗说，“他们派了一辆轿车来接我，兰花坊出了什么问题。”

“你觉得会不会是瘟疫病毒又突变了？出现了新一拨传染？”

“也许。”

“要我陪你去吗？”

统一体整合全球力量，建立了一支意在治愈亚特兰蒂斯瘟疫的研究队伍。

娜塔莉亚是其中仅存的成员了。在那之前，她曾是在疾控中心的一个实验室里工作的研究员。她不太可能在研究方面有所帮助，但因为某种原因，保罗的确想要她一起去。可还有个更重要的事情需要她。“我需要有人待在这里陪着马特。我不能让你……”

“你不用这样。你回来的时候我们会在这里等你的。”

保罗走上楼，迅速换装。他有点想要继续和娜塔莉亚说话，但他必须承认：穿上正装，被人需要，有要去的目的地，这种准备奔赴工作现场的感觉太好了。他听到外面响起了汽车喇叭声。他从窗口往外窥视了一下，看到一辆黑色的茶窗三厢轿车。发动机在空转，朝刚蒙蒙亮的寒冷早晨的空气中排出大股的白雾。

他走到大门口，从衣橱里拽出自己的风衣。在玄关对面的一张小桌子上放着一个相框，里面是保罗和他妻子的结婚照。不，前妻。她四年前就离开了。

“娜塔莉亚想说的是不是这件事？她以为我妻子死了？”

当然是。所有那些照片都还摆在外头，散布在整栋房子各处。

保罗有股难以抑制的冲动。他一定要在离开前郑重地把这个错误纠正过来：“娜塔莉亚。”

“稍等。”她在厨房里喊道。

保罗又瞟了一眼那张结婚照。和他妻子最后一次谈话时的情景在他脑海中浮现。

“你工作得太多了，保罗。你总是花太多时间在工作上，这样是不行的。”

保罗当时正坐在沙发上——离他现在站着的地方十英尺远——盯着地板。

“搬家公司明天来搬我的东西。我不想跟你吵架。”

他们也确实没吵架。事实上，他对她一直没什么恶感。她搬到了墨西哥，这些年来他们一直保持着联系。不过他始终没把那些照片拿下来，也从没想过要这样做。现在他头一次为此感到有些后悔了。

娜塔莉亚的语声打断了他的回忆：“以防万一他们没给你准备吃的。”

保罗接过她手中的棕色纸袋。他朝桌上的照片指了指：“关于我妻子——”

车喇叭又响了。这次是长鸣。

“等你回来我们再谈吧。注意安全。”

保罗伸手想拉住她，但迟疑了一下，还是伸手拉开门，大步朝轿车走去。车里走出两个陆战队员，较近的一个为他打开了车门。几秒钟后车子就开动了。

保罗转过头，从车后的窗子朝他家那栋两层砖楼望去。他真希望自己能在那里多待些时候。

CHAPTER 6

佐治亚州

亚特兰大市

第二兰花坊

保罗·布伦纳从四楼会议室的窗户朝外望去，试图搞清眼前的状况。人们在街上排成几条长队，队伍前头是一批医护人员，他们测量人们的数据，让人群分别进入几栋不同的建筑物。再之后那些人从楼里慢步走出，一副精疲力竭的样子。看样子似乎在对所有人进行体检。

“你在想什么，保罗？”

保罗转过身，就看到了新任国防部长特伦斯·诺斯站在门口。原本是位陆战队员的他，尽管现在穿着一套合身的深蓝色西服，看起来仍然像个士兵：脸庞瘦削，姿态僵硬。亚特兰蒂斯瘟疫肆虐期间，保罗曾在视频会议中和诺斯碰过几次头，但还从没和真人会面过。真人毫无疑问更让人印象深刻。

保罗指着下面的街道：“我不知道我看到的这是什么。”

“战争准备。”

“要和谁作战？”

“伊麻里。”

“这不可能。欧洲人在西班牙南部击溃了他们。他们陷入了混乱中，而且瘟疫已经被控制住了。他们已经不构成威胁。”

诺斯关上了身后的门，打开会议室里的大屏幕：“你所说的是有组织的军事冲突。一场和过去的战争一样的战争。”

“而你说的呢？”

“一种新型的冲突。”诺斯在自己的笔记本电脑上操作了几下，屏幕上出现了一系列的视频。穿着没有标识的黑色制服的部队袭击了多个工业设施和仓库。保罗认不出那些地点，只知道它们肯定不是军事基地。

“这些都是食品仓库。”诺斯说，“兰花同盟各国政府在瘟疫暴发的最初日子里就把食品供应纳入了国家管理之下，派了少许部队守卫这些仓库。最后一个视频里是伊利诺伊州迪凯特市的阿彻·丹尼尔斯·米德兰公司[①]总部。伊麻里的军队一周前占领了那里以及其他十几个重要的食品加工厂。”

“他们想饿死我们？”

“这只是他们计划中的一小部分。”

“你们不能把那些地方抢回来吗？”

“当然可以。但如果我们攻击的话，他们就会把那些地方炸毁。这让我们投鼠忌器。我们重建食品加工厂的速度不可能足够快。”

“你们能不能安排人去加工食品——”

“我们正在试图这样做。叫你来这里不是为了这个。”

“是为了什么？”

“我会一五一十说个清楚的，保罗，好让你清楚情况之后做出决定。”

做出什么决定？保罗有些好奇。

诺斯又按了几下键盘。屏幕上显出一份皱巴巴的文件的扫描图。“这是一份伊麻里的声明，正被四处散发。里面预言说人类社会即将崩溃，末日灾难和审判日即将来临。它号召所有希望看到人类种族生存下去的人聚集在伊麻里的旗帜下，并且指明了战术。第一步：占领所有的食品供应设施——从大型食品加工厂到农场。第二步：能源网络。”

保罗想开口说话，但被诺斯打断了：“他们已经夺取了我们百分之八十的煤炭储备。”

“煤？”

“在美国的能源工业中，煤仍然占有超过百分之四十的份额。没有了煤，那些火电厂很快就会停止运转。核能和水力电站还能继续供电，但所有的火

---

① 译者注：美国著名食品公司，世界四大粮商之一。

电站关闭就够让我们完蛋了。”

保罗点点头。应该有什么内容和病毒或者生物学有关才对。能源和食品……把他叫过来不会是为了这些。“宣言中还有第三步吗？”

“稍等。伊麻里承诺说，那些跟从他们号召的人会得到帮助——一次其规模全世界都见所未见的攻击。他们承诺说，兰花同盟会在一天一夜之内就被打垮，被消灭。”

“核攻击？”

“我们不这么认为。核武器存放地点戒备森严，而且这办法也太容易想到了。应该是某种非常规的思路。我们有个线索——人造卫星。昨天夜里，我们失去了和兰花同盟控制的所有人造卫星的联系，国际空间站也一样，私人卫星也同样没有了反应。今早第一批卫星进入了大气层。它们的残骸会在大气中烧毁，今天傍晚之前就会落到地面上。”

“有人把它们给打下来了？”

“不是，它们被黑了。一种非常精巧的病毒被注入了控制软件系统中，我们成了睁眼瞎。这样做唯一的原因只能是他们已经要准备发动攻击了。末日灾难，伊麻里的攻击，无论是什么，很快就要发动了。”

“你认为那可能会是生物攻击？又一拨瘟疫？”

“有可能。”诺斯说，“老实说，我们对此也毫无概念。总统希望对任何攻击都做好应对准备。”

诺斯的一个手下走进了会议室：“长官，我们需要你。”

诺斯离开了，保罗独自留在屋里，沉思着自己刚知道的事情。如果这次袭击是生物袭击，保罗就是领导全球进行反击的合乎逻辑的人选。他开始做好心理准备。一个个场景在他脑海中闪过，他的思绪飘向了娜塔莉亚和马修。他得把他们弄到统一体来……

门又开了，诺斯慢吞吞地走了进来：“攻击已经开始了。”

CHAPTER 7

佐治亚州

亚特兰大市

疾控中心总部

走在统一体的大厅里，保罗的感觉相当怪异。在疾控中心的这片区域里，他和统一体的同事们曾和一场全球性瘟疫奋战，它持续了八十一天，夺走了接近二十亿人的生命。八十一天里，他睡在办公室沙发上，没完没了地喝咖啡，跟人声嘶力竭地争吵，一次又一次濒临崩溃。然后，最终取得了突破。

现在走在大厅里的是另外一群人了：士兵，国防部的雇员，还有些保罗辨认不出身份的人。

国防部长诺斯正在统一体主战情室里等着他。玻璃门分开，然后在保罗背后合拢，让他们两个人单独在一起。覆盖着对面整面墙壁的屏幕上仍然显示着十四天前保罗走出去时显示的画面：世界各地兰花坊的死亡率数据。数值从百分之二十到百分之四十不等。只有一个例外：马耳他。华纳医生和她的团队在那里发现了疗法拼图上的最后一块碎片。马耳他闪着绿光，旁边浮着一行字："死亡率 0%"。

诺斯在一张摇摆试验台旁找了个位置坐下："我手下的一支队伍刚刚去接娜塔莉亚和你的外甥了，保罗，他们很快就会到这里了。"

"谢谢。我已经联系了我团队里的人——还活着的人。等他们一到这里，我就开始给我之前国外的合作伙伴们打电话。"

"非常好。据我所知，此刻正有人和他们进行着类似的对话。那么，从最紧要的事情着手吧。我们需要获得你访问统一体控制程序的根级别账号的登录密码。"

保罗眯起了眼睛："我的登录密码？"

诺斯掏出一支笔，漫不经心地点点头："嗯哼。"

"为什么？"

"有人告诉我，只有你的账号才能朝那些兰花植入装置发送新疗法，让它们执行。"

"的确如此。"保罗心中响起了警钟。

"安全起见，保罗。你是个脆弱环节。你死了的话，账号密码也会随你而去——统一体在实际效果的层面上，也随你而灭。如果我们不能实施新的疗法，整个系统就毫无价值。我们需要冗余备份。"

"我们有。有两个人拥有账号密码：我和队伍里的另外一个人——我挑选的人。其他人没人知道那个人的身份。为了安全起见。想想看，如果伊麻里知道了统一体的这个账号密码会发生什么。他们可以在几个小时内消灭我们。"

"那个人是谁？"

保罗站起身来，快步远离诺斯。后者脸上的表情已经和之前大不相同了。另一个保有密码的人已经死了——和其他许多团队成员一起死在瘟疫暴发的最后几个小时里了。保罗本来想等剩下的员工到达之后重新选择一个保有密码的人，但现在他有些拿不定主意了。"关于登录密码我只能说这么多了。但我向你保证，我们不会失去统一体的访问权限的。"

诺斯也站了起来："之前在兰花坊里我们还没讲完呢。我们已经正式进入战争了。我们正试图寻求途径和我们的海军舰队联系，但海军有预设的规定程序。他们一旦和五角大楼失去联系的时间达到某个长度，就会发起攻击。炸弹很快就会开始落到南极洲伊麻里的中心总部上了。他们已经把开普敦、布宜诺斯艾利斯和其他地方的机构都撤走了，但我们会追杀他们的。和伊麻里正面作战我们并不担心。我们担心的是在自己家园中即将到来的战斗。我们估计伊麻里在美国这里的武装力量约有四万人，可能还更多一点，也可能少一点。这人数足够破坏我们的食品供应链，瘫痪我们的能源网络，但除此之外他们做不了多少别的事情了。"

"的确。"

“我读过你的档案，保罗。你是个聪明人，一个好科学家。我是个好军人。我花了好些年才学会玩政治,这是个不同的游戏。但你熟悉这套游戏规则，你是疾控中心的高层管理人员，你玩这个游戏很久了。你应该能看出会发生什么。”

“显然我没你以为的那么聪明。”

“他们切断了兰花坊的能源和食物供应，让我们只能把人员从里面撤出来。我们一旦这样做了，伊麻里就会开始把拥出来的大批疲惫不堪、又饥又渴的人群转化成他们的人。他们那套说法会吸引到数以百万计的我们这里出去的人。我们正在打一场宣传战：他们的意识形态和我们的相对抗。我们不是在和伊麻里军队作战，我们是在和他们的宣传作战。归根结底，是要不要消灭社会福利的问题。伊麻里希望出现一个由能够自立、不需要依靠政府生存的人所建立的世界。很多人喜欢这个主意,他们不想世界回到过去的状态。此外，我们这边还有个显而易见的事实：我们无法把军队置之不理，去照顾那些虚弱得怎么都无法去战斗的人。美国的胰岛素存量大约还够十天，抗生素实际上可以说是几乎用完了。我们现在只有在极端特殊情况下才使用抗生素。我们这段时间一直在兰花坊外面焚化死者，但我们快撑不住了。人口如此密集的情况下，可能在某个兰花坊里已经出现了新的耐抗生素超级病菌了。”

“超级病菌我们能对付得了。统一体就是为此而存在的。”

“超级病菌只是我们所面临的问题的一小部分。即便没有伊麻里的威胁，我们也即将面临全球性的人道主义危机。我们必须重建世界，可我们有太多张嘴要喂养了。我们有个机会，我们可以消灭一些我们养不起的自己人，并且与此同时,说服那些伊麻里的同情者不要投向那边。这是我们唯一的办法了。统一体和兰花植入装置是关键。我们将得以建立起自己的军队——从我们这边身强力壮的人里挑选。”

保罗紧张地咽了口唾沫：“我……我需要一段时间进行考虑——”

“时间是我们非常紧缺的东西，保罗。我需要密码。我得提醒你，娜塔莉亚和你的外甥在我手上呢。”

保罗感到自己不由自主地倒退了几步："我……我想要了解整个计划。"

"密码。"诺斯朝玻璃门外的士兵瞥去。

保罗觉得这是个威胁信号。他回到桌边坐下，轻声说："我认为你们应该在试着破解密码。"

"超过一周前就开始了。国家安全局说再有几天他们就能破解成功了，但卫星掉下来之后,我们决定把你叫来。我们真的很想以容易些的办法拿到密码。"

保罗点点头。他知道"麻烦的办法"会是什么。他努力把自己遭到折磨的景象从脑海里驱除，集中精力思考如果他交出了密码会发生什么事。他看到两种可能:一、如果诺斯是个伊麻里的间谍，那么他会利用密码杀死无数人；二、美国和兰花同盟即将犯下历史上最大的错误。而且他们多半会把这黑锅扣到保罗头上。他需要知道更多的信息。他需要些时间构思对策。"好吧。听着，我这两周一直在家里蹲着呢，我完全不知道发生的这些事。我同意我们已经被逼到了险境。我会交出密码的，但你得知道，统一体的系统有好几层安保措施，包括陷阱入口和特殊协定，以保证只有统一体的成员才能向每个兰花坊的居民身上都装有的植入物发送新的疗法。你需要我。我现在明白了我们面临的威胁，我只希望你能让我参与问题的解决过程。"

诺斯也坐了下来，把一个键盘拉到他身前："我想我们达成一致了。"屏幕上的显示变成了一系列数据。保罗认出了其中的一部分。

"你们已经进行了一次体——"

"简短地说，没错。我们完成了一份规模宏大的清单，全人类——兰花旗帜下的每个人的。"

"目的是？"

"这儿有两份名单：一份是我们能拯救的，即适合作战或者能做出其他贡献的；还有一份是那些不能的。"

"我明白了。"

"我们需要对那些不适合者启动安乐死程序，而且我们需要立刻执行。"

"人们不会受得了这种事情的。你们会激起暴乱——"

"我们打算就此谴责伊麻里。他们已经夺去了食物和能源，再加上这桩也不算冤枉。如果他们控制了统一体，他们也一定会这么做的：把弱者安乐死。数以百万计的人的死将会让活着的人有能力抵抗伊麻里的威胁。也会让伊麻里的'消灭福利社会'这个卖点化为乌有。没有了那些弱者之后，伊麻里能提供的一切我们也都能提供。伊麻里同情者们想要的世界将成为既成事实。"诺斯朝保罗靠近，"按动几下键盘，我们就能不战而胜，在末日灾难到来之前赢得这场战争。现在，我需要你的回答。"

保罗朝玻璃门外瞟了一眼。他的部下们正陆续抵达，但外面的卫兵把他们都引到了其他地方。这房间没有别的出口。

"我明白了。"保罗说。

"很好。"诺斯朝门外的卫兵比了个手势，一个瘦削的年轻人拿着一台笔记本电脑走了进来，"这位年轻人近来一直在研究统一体的数据库。他将跟你一起工作，保罗。他会看着你操作——并做好笔记，包括抄下你的登录密码。当然，是为了冗余备份。"

"当然。"

保罗开始敲击键盘，而他的新"助手"也开始了工作。

几分钟之后，保罗打开了统一体的主控程序，开始朝那年轻人讲解："安乐死程序实际上是一套预先编好的疗法……"

十五分钟之后，保罗输入了他的最终授权码，主屏幕上闪出一行字：

安乐死程序已发送至设定人群

保罗站起身来："接下来我想要在我的办公室里一个人待会儿。"

"没问题，保罗。"诺斯点出一个士兵，"把布伦纳医生送到他办公室里去。拿走他的电脑和手机，看看他需不需要吃点喝点什么。"

布伦纳回到自己的办公室里，坐在沙发上，盯着地板。他这辈子从没感觉这么糟糕过。

CHAPTER 8

佐治亚州

亚特兰大

疾控中心总部

保罗·布伦纳第一百次看了看自己手表上的时间，然后从沙发上起身，走到窗前。包围着疾控中心大楼的三圈军车，静静地停在那里。有些士兵站着在抽烟，但大部分坐在他们的悍马车上，或者是靠在沙袋上。

他办公室外的接待室忽然传来一阵叫喊声。门把“咔咔”作响，然后晃动起来。有人开始捶打这扇结实的木门。

“打开门，布伦纳！”诺斯的声音嘶哑，却仍然强而有力，这就足够把保罗吓坏了。

他还活着。保罗又看了看自己的表。

“布伦纳，再给你三秒钟！要不我们就自己把门弄开。”

保罗浑身僵硬。

他听到门那边有人在说“往下瞄，我们需要他活着”之类的话。随后门外响了几枪，木门的碎片溅到房间里。门打开了。

特伦斯·诺斯抓着自己的胸口踉踉跄跄地冲进了房间：“你想杀了我。”

“你该去医务室——”

“别玩这种把戏了，保罗。”诺斯朝卫兵们偏了偏头，“把他抓起来。”

卫兵们抓住保罗的胳膊，把他拖进大厅。

那个年轻的计算机程序员默默地站在统一体战情室里，看着诺斯把保罗顶在墙上，冲着他的脸一个字一个字地说：“你现在就把这停下来。要不我发誓，我会命令这些士兵开枪打死你。”

保罗感到难以置信：这男人居然还能站着。诺斯强健的心血管系统让他活得比保罗的预计久太多了。他在脑子里竭力寻找着任何能争取点时间的借口。

在他视野的边缘，他看到娜塔莉亚和马修进入了大厅。他想把目光移开，但为时已晚——诺斯也看到他们了。

“我会首先处决那个男孩，你可以亲眼看着。”他呼吸艰难地说。他松开保罗，倒在桌子上，喘息着。“少校……”

保罗吞了口唾沫，朝那三个士兵说道：“住手。少校，我相信你发过誓，会为这个国家抵御内外的敌人。我所做的也就是如此。三十分钟前，部长强迫我去利用统一体处决数以百万计的我们自己的公民。”

“他在说谎！”

“他没有。”那个瘦削的程序员说，“诺斯给我也下了同样的命令。我也不会执行这个命令的。几天前我就破解了登录密码了。这件事上我一直在骗他。”

诺斯晃了晃脑袋，厌恶地盯着保罗：“你是个蠢货。你让我们所有人都死定了。等伊麻里来的时候，他们会把我们一扫而光的。”

士兵们缓缓放下了手中的步枪。保罗松了口气，看着特伦斯·诺斯抽搐了几下，倒在地板上，咽下了最后一口气。这是保罗·布伦纳夺走的第一条生命。他希望也是最后一条。

保罗揉着自己的太阳穴，盯着窗户外面。他办公室那道破门忽然“咔嗒”一声打开了。

娜塔莉亚走了进来。她在保罗身边站了一会儿，盯着外头的几圈军队。最后她说：“我能帮你什么吗？”

“我们处境艰难。要看白宫下一步会怎么走了。统一体里的陆战队员们会听从托马斯少校的号令，他现在支持我。但如果政府下令对这里发动全面攻击，我们撑不了多久。”

“那么……”

“我们需要把马修送出去。我也不希望你留在这里。”

“怎么做？我们能去哪里？”

“兰花坊都不安全，城市也一样。走公路多半不行。我祖母在北卡罗莱纳州的群山中有间小屋。”他递给她一张地图，上面标出了一条线路，“带上马修和几个陆战队员，尽快到那里去吧。这里的仓库库存还很多。去拿上食物和饮水——悍马车里能塞多少就拿多少，然后在第二只鞋子落地之前就离开吧。”

“那你——”

“先生，有电话找。”保罗的秘书苏珊靠在门框上说。

保罗犹豫了一下。这是最后通牒——投降或者准备迎接弹雨和死亡的电话？“是不是……”

“是你前妻的。”

他由紧张变为惊愕。

娜塔莉亚的表情比他更加惊愕。

保罗竖起一根手指：“是的。我的前妻还活着，此外，嗯，我已经好几年没跟她说过话了。”

他转身对苏珊说：“告诉她我没空——”

“她说事情很重要。她听起来被吓坏了，保罗。”

保罗走到接待室，拿起电话。他踌躇了一下，不知道该如何开口。最后他拿定了主意：“我是布伦纳。”他原本没打算让自己听起来这么冷酷的。

“嗨。我是，嗯，玛丽。我……我很抱歉打电话——”

“嗯，玛丽，现在……真的很不是时候。”

“我发现了个东西，保罗。射电望远镜收到了一个信号，它是有规律的，某种类型的电码。”

“哪种类型的？”

对话结束之后，保罗挂了电话，从窗口看了看外面等着的那些士兵。他需要离开亚特兰大，可能要离开这个国家。如果那真的是段电码，它会改变整个局面。它肯定和亚特兰蒂斯瘟疫的阴谋有关。尽管保罗还不能肯定具体是什么关系，但它刚好在瘟疫被治愈的时候到来，这个时间上的重合不可能是偶然。他招呼站在他办公室里的陆战队员:“少校,如果我们能离开这里的话，你能给我弄架飞机来吗？”

三个小时之后，保罗站在玛丽的办公室里，努力想要理解她在说什么。

“打住。”他抬起一只手，“到底是一段电码还是两段？”

“两段。”玛丽说，“但里面可能是同样的信息，只是用了两种不同格式进行编码——”

“什么也别说了，玛儿！”玛丽的同事约翰 · 毕晓普按住玛丽的前臂，盯着保罗，“我们先谈谈孔方兄吧。”

“什么？”

“我们要一千万美元。”约翰犹豫了一下，“不——要一亿！”他伸出食指点在桌上 :“我是认真的。一亿——现在就给，不然我们就把这信息删除。”

保罗不解地朝玛丽望去 :“他喝醉了吗？”

“醉得厉害。”

保罗朝对面的陆战队员微微点头，然后他和另一名士兵就抓住了约翰。约翰又踢又闹，但还是被拖出了房间。

现在就剩他们俩了。玛丽换了副表情 :“保罗，你能来我很感激。真的。我有些喜出望外，我其实只指望能离开这里。”

“我们会离开的。”他指了指屏幕，“现在说说，电码里是什么？”

“第一部分是二进制。只有些数字——地球相对于银河系和我们的太阳系的坐标。”

“第二部分呢？”

“我还不知道。是四个数值组成的一个序列。第一部分只有两个——零和一。我认为第二个序列可能是一幅图像，或者一段视频。”

“为什么？”

“印刷四分色。青色、品红、黄色、定版色——或者说黑色。这样会是个很好的描述一幅高解析度图像或者一段视频的方式。图像可能是个信息，或者就是个宇宙中的‘你好’,一个问候。或者是告诉我们如何发送回信的指引。”

“嗯，嗯。也可能是个病毒。”

“有可能。我没想到这个。”玛丽咬了咬嘴唇，“信息的第一部分里那些二进制代码我们能读懂。这就意味着我们有二进制计算机技术，那么我们就可以把四分色图存成一个计算机文件，但我不明白要怎么——”

“不，我的意思是真正的病毒。脱氧核糖核酸病毒。ATGC——腺嘌呤、胸腺嘧啶、鸟嘌呤，还有胞核嘧啶。这四种核酸碱基构成了脱氧核糖核酸。或者也可能是核糖核酸链，那样就不是胸腺嘧啶而是尿嘧啶。这串代码可能是一个基因序列。可能是一个完整的生命的基因，也可能是个基因疗法。”

玛丽扬起了眉毛：“噢，是的，也许是。这是个……有意思的理论。”

“他们的遗传代码也可能由其他的核酸碱基构成。”保罗陷入了沉思，在屋里来回踱步。

玛丽四下张望着：“你……在你决定来之前就这么认为了吗？”

“没有。”

“那么……”

“我认为这个信号可能和亚特兰蒂斯瘟疫有关，可能和一场战争有关。我们谈话的这时候这场战争正在开始。”

“噢。”玛丽顿了一下，“哇噢。”

“我们得去找个人谈谈。她多半是地球上唯一能告诉我们这段信息是什么的人了。”

“太好了。我们给她打个电话——”

“所有的卫星电话现在都失效了。”

“它们怎么了？”

“我们得到她那儿去。我最后一次听到她的消息时她在摩洛哥北部。”

摩洛哥北部海岸线附近的海面下一千二百英尺深处，大卫·威尔正坐在一张金属小桌旁，盯着墙板上闪动的文字。

手术进行中……

一个倒计时在一秒秒计数。

3:41:08

3:41:07

3:41:06

3:41:05

但大卫满脑子都是一个数字——39%。凯特只有 39% 的机会从手术中活下来。

CHAPTER 9

南极洲

伊麻里军事基地“棱镜”

阿瑞斯和多利安跟行动主管一起坐在战情室后方。分析员朝他们走来。

“长官，我们收到了中国人的回复。”

“怎么说？”

“他们说，‘跟威胁要破坏三峡大坝的敌人之间是不可能有和平的。中国许多个世纪以来都以堡垒将野蛮人御于国门之外，这次也不会例外——’”

阿瑞斯抬起一只手：“够了。记录就写一个‘不’就足够了。”

“长官，实际上我们认为这是个机会，可能是在暗示谈判条件——想要和他们对话就得给予他们想要的东西。我们可以撤出三峡大坝，也许——”

“住嘴。再说下去每个听到的人都要被传染上痴呆症了。我们声明里的要求是‘无条件’投降。”

分析员点点头：“当然，长官。”

几分钟之后，那个分析员又回来了。这次他避开了阿瑞斯的眼神，把一张纸放在了多利安面前的桌子上：“美国人的答复，长官。”

没等多利安抬起头来他就离开了。多利安拿起那张纸看了看。上面只有一个词。他的嘴角翘了起来：蠢货。不，勇敢的蠢货。

他把那张纸递给了阿瑞斯。阿瑞斯念出了那个词。

“傻球。这什么意思？”

“这是个历史典故。”

阿瑞斯盯着多利安。

多利安笑了。他很高兴变换角色，成为捏着答案的一方。他决定让阿瑞斯也感受一下他之前所受的对待："我恐怕你没有足够的历史知识来理解这个典故。"

"也许可以请你赐教，给我上节历史课，多利安。这要求不会太过分吧。"

"一点也不，我们是一边的。你也知道吧，对我们而言互相分享信息是非常重要的。你同意吗？"

阿瑞斯盯着他。

"让我想想……1944 年，第二次世界大战的时候，在突出部战役当中，美国第 101 空降师被德国重兵包围在比利时城市巴斯通。他们收到了德国指挥官发去的一封劝降信。他们又饿又累，而且火力远不如对方。形势看起来毫无希望，但他们的回答很简单：傻球！"[①]

阿瑞斯继续盯着他，摆出一副耐心等待他继续的表情。

"德国人炮轰了那座城市，几乎把它夷为平地。但美国人坚守住了阵地。巴顿的第三军在不到一周后跟他们会合了。盟军赢得了战争。"

阿瑞斯磕了磕自己的下巴："这话到底什么意思，多利安？"

"这话的意思嘛，就是他们准备要战斗到最后一兵一卒。"

"那就这样吧。"阿瑞斯朝门口走去，"你们这个种族真的很愚蠢，多利安。"

是的，多利安想，但是他们是勇敢的蠢货，这个差别对他来说很重要。而且在这一刻，不知出于什么奇怪的原因，他对于他们的答复有些骄傲。尽管这回答太"傻球"了。

战情室里响起警报声的时候多利安已经差不多快睡着了。

"我们发现了信号。"一名技术员喊道，"超过一百架飞机！"

房间中央巨大的屏幕上的显示转换成了一幅南极洲和附近的大西洋海域的地图。蓝色的海域上闪动着些浅绿色亮点，紧挨在以伊麻里基地为中心的

---

① 译者注：原文 Nuts。粗口。国内对此信的翻译常避讳粗口而译为更文雅的说法，如呸、滚等。

一个白色圆圈外面。那些是兰花盟的舰队，大部分由来自美国、英国、澳大利亚、日本和中国的航空母舰和驱逐舰组成。它们一点点地靠近那条白线，但没有哪艘船越雷池一步。代表飞机的更小的黄色亮点则在一闪一闪地朝白色的陆地飞来。

“所有的舰船仍然处于轨道枪的射程之外，长官。飞机刚刚越线。我们要开火吗？”

“他们离能打到我们还要多久？”阿瑞斯问道。

“五分钟。”

“让无人机起飞。”阿瑞斯说。

多利安转向他：“无人机？”

“耐心点，多利安。”

屏幕上的画面变了，三个较小的绿色亮点离开舰队，朝南方移动，越过了白线。

“三艘驱逐舰进入射程。”技术员停了一下，审视着屏幕，“我们可以用前方的轨道枪阵列把它们击沉，长官。”

“那些驱逐舰要过多久能打到我们的轨道枪？”

技术员在键盘上操作了几下：“二十分钟，最多可能要三十分钟。”

“不理它们。”阿瑞斯说。

两分钟过去了，没人说话。多利安能感觉到房间里的紧张气氛。

又是一批黄点从舰队里飞了出来。有上百个亮点越过了射程，就像是沙漏里向下洒落的沙子，朝着白色的大陆和伊麻里基地袭来。

“第二拨飞机。这次有三百……不……四百架！”技术员的脸上满是惊恐，“他们发射了巡航导弹。我们得——”

“别开火。”

多利安望着阿瑞斯。他计划做什么？那些飞机轨道枪能全打下来，但它们发射的导弹可不行。一旦第一拨飞机开火，伊麻里的基地实际上等于全无防护。即便他们能从第一拨轰炸中幸存下来，打掉那些飞机，轨道枪的能源存量也是有限的——而且重新充能需要好几个小时。他们得现在就开火。

“给我显示无人机传回的画面。”阿瑞斯说。

巨大的屏幕右侧弹出了好几个小窗，里面显示出远处的美国、印度和英国飞机的视频画面。有三个视频窗块是黑色的。

“他们击落了三架无人机。”

领头的两架飞机发射了导弹。

技术员转向阿瑞斯和多利安：“我们收到信号。他们瞄准的是轨道枪阵列。我们可以——”

阿瑞斯抬起一只手：“这就够了。让无人机转向，继续拍摄记录。”他走到房间前部，站在人群面前，“他们开始了战争。接下来我们会终结这场战争——用尽可能人道的方式：以一次强有力的打击夺去他们所有的战斗意志。”

多利安朝阿瑞斯挪近了一步：他在说什么啊？

阿瑞斯按动了一下他手腕上的一个控制器。无人机传回的遥感画面显示出了结果。冰面上升起了巨大的光柱，然后屏幕右侧的所有小窗块全部变黑了。

在地图上，代表着飞机的那几百个黄点全部消失了。

地图闪动了几下，然后恢复平静。

多利安目瞪口呆，他终于明白了事情的真相。那些钻探队伍，那些阿瑞斯埋下去的装置。他融化了南极洲周围离开伊麻里基地一定距离以外、靠近舰队的范围内的所有冰层。无人机、那些照片和视频，他会利用这些作为证据，证明是兰花盟先动手开战，导致了大洪水。世人会相信吗？阿瑞斯融化了多少冰？一场历史性的大洪水会吞没整个世界。

人道的方式——阿瑞斯是这么描述的。多利安可不这么觉得。

CHAPTER 10

摩洛哥北部海岸附近

海平面下 1200 英尺

阿尔法登陆舰中

“饿不饿？”米罗问道。

“不。”大卫完全不知道自己这话是真是假。

米罗点点头。

“你该去上面。”大卫说话的嗓音嘶哑，眼睛盯着地板，“拿些吃的回来，等手术结束后她可能会饿的。”

“没问题。”

大卫不知道米罗什么时候离开的，仿佛他不过是眨了眨眼，然后那个少年就消失了。他只能模模糊糊知道自己是坐在从适应性研究实验室地板上升起的一面金属桌子上。他和米罗在这间实验室里找到了凯特。房间正中矗立着两个大玻璃缸。在它们旁边是一个闪动着灯光的圆筒形医疗舱，凯特正躺在里面，由这艘神秘的飞船用机械手在进行手术。

大卫的目光瞟向下方，房间渐渐消失，倒计时的数字似乎在跳跃前进。

3:14:04

2:52:39

“我怎么了？”

大卫把脑袋搁在桌面上，偶尔抬起来看一下倒数数字。

2:27:28

米罗回来了，坐在桌边。一些包裹散落四周。米罗问了个问题，又问了一个。

2:03:59

1:46:10

1:34:01

1:16:52

0:52:48

0:34:29

米罗静静地坐着。

大卫站起来走动着，眼睛盯着倒计时数字。

0:21:38

0:15:19

0:08:55

手术完成。

那些字在屏幕上闪动了一会儿。然后，下一批文字出现在屏幕上。大卫深吸了一口气，笑了起来。米罗蹦到了他怀里。

生存概率：93%。

术后恢复过程启动。

维持医疗诱导昏迷。

完成时间：2:14:00。

大卫没想到还会有个术后阶段。这是头一回有个被人所爱者由一艘古老的亚特兰蒂斯飞船来进行手术。过后他得就此去博客上发个文——为了外面每个可能会遇到同样事情的人。他笑得合不拢嘴了。这也太轻俏了，简直近乎愚蠢了。他努力集中精神："阿尔法，术后过程之后呢？"

"这套程序就完毕了。"

大卫瞧了瞧边上的伊麻里军用盒饭，他这才感觉到自己饿坏了。他抓起最近的一个饭盒，撕开了："你吃了没？"

"我在等你。"

大卫摇摇头："吃吧，你一定饿坏了。"

米罗从身边最近的配给食物上挖下一大勺，都没看看标签上是什么就直接送进了嘴里。

“要不要热一下？”大卫问道。

米罗边嚼着满嘴都是的食物边说：“你不是冷着吃的吗？”

“是的，但只是因为我习惯如此了。”

“因为敌人可能会看见火光？”

“没错。另外狗也可能闻到食物的味道。最好冷着吃，迅速吃完，然后把剩下的埋起来，如果可能的话就马上离开。”

“我想跟你用一样的吃法，大卫先生。”

他们俩每人都吃掉了双份。

大卫没再关心倒计时了，他现在感觉不一样了。他有信心凯特会活下来，尽管还不知道能活多久。阿尔法初步扫描之后的诊断结果是说四到七个本地日。到时候他们会一起面对的。现在重要的是他知道他能再次和凯特交谈，能把她搂在自己怀里。

一大拨记忆涌上心头——那些在手术期间他不让自己去想到的思绪。就好像之前他的思维把和凯特在一起的每个记忆都堵在外头，而现在它们破堤而出了。他遇到凯特的那天，他们在印度尼西亚争执得那么厉害，而仅仅几个小时以后他救了她。他在尼泊尔身负重伤，这次轮到凯特救了他。毫不夸张地说，是她把大卫从死神的门槛上拉了回来。

他们曾真心为彼此牺牲，在风险最大的时候对彼此坦白一切。这就是爱的定义。

在这一刻，他知道无论她之前在做什么，一定是为了保护他。但是危险何在?

圆形入口“嗞嗞”打开的一刻，大卫和米罗都冲了过去。

那张平台又伸了出来，他们退到一边。

凯特睁开双眼，盯着天花板……有些困惑?

看到大卫和米罗之后她的表情变了，她笑了起来。

米罗的目光在凯特和大卫之间来回打转："我很高兴你好起来了，凯特医生。我……我现在得去地面上了，有些事要做。"他鞠了个躬，离开了。

米罗总能给他惊喜，这个年轻人的直觉敏锐得真是让大卫都有些惊讶了。

凯特坐起身来。她的脸被洗干净了，已经没有血迹，皮肤熠熠生光。大卫注意到她的耳朵边上有一小块地方头发被剃掉了。是阿尔法干的，为了从那里伸进去够到她的脑部。

凯特迅速地把自己的黑头发扯了些过来，盖住那块区域，然后甩动一下脑袋把那一块隐藏起来："你怎么找到我的？"

"能源。"

"聪明。"

"我的确聪明。"大卫坐在坚硬的台面上，伸手搂住她。

"你不生气了？"

"是啊。"

凯特眯起眼睛："为什么？"

"我有几个坏消息。"大卫深深吸了口气然后说，"阿尔法在给你做手术之前做了一次扫描检查。你有脑部疾病，我记不得那个名词了。寿命期望值……阿尔法可能不一定对，不过它是说还有四到七天。"

凯特面无表情。

"你知道？"

凯特盯着他。

大卫从桌上跳了下来，面对着凯特："知道多久了？"

"这重要吗？"

"多久了？"

"瘟疫结束的第二天。"

"两周了？"大卫叫道。

"我不能告诉你。"凯特边说边从桌上滑了下来，贴近大卫。

"为什么不能？"

“我只剩下几天了。如果你知道的话，每天对你来说都会充满痛苦。这样更好，突如其来。等我死了，你可以重新出发，继续生活。”

“我对重新出发没兴趣。”

“你必须重新出发。这是你的一个缺点，大卫。当发生了不幸之后，你拒绝重新开始生活——”

“你到底怎么了？”大卫指着玻璃缸，“这些是什么东西？你为什么会濒临死亡？”

凯特垂眼望着地板：“事情相当复杂。”

“说给我听听，我想知道——全部，从头说起。”

“那也不会改变什么。”

“你有义务让我知道，告诉我。”

“好吧。我母亲在 1918 年怀上了我。她死于西班牙流感当中，那场传染病是我父亲无意中释放出来的：当时他们挖掘出了埋在直布罗陀海滨下面的一艘亚特兰蒂斯飞船。父亲把我放进了一根管子里，我在里面一直待到 1978 年，然后诞生。有件事我直到几周前才知道：那些管子是用来复活亚特兰蒂斯科学家的，以防万一他们意外身亡。”

“你是那些科学家之一。”

“差不多。生物学上，我是帕特里克·皮尔斯和海伦娜·拜尔顿的女儿，但我拥有的部分记忆来自那支亚特兰蒂斯科考队中的一名科学家。我不知道的是，雅努斯——”

“他是那支亚特兰蒂斯科考队里的另一名成员。”

“是的。雅努斯抹掉了他搭档的部分记忆。我只有一部分的记忆。雅努斯的搭档是被阿瑞斯杀死的。”

“另一名亚特兰蒂斯人。”

凯特点点头：“一个军人，来自他们沦陷的母星的逃亡者。一万三千年前，在直布罗陀海滨，他试图摧毁科学家们的飞船——这艘飞船。结果只把它从中间炸成了两截。一部分被埋在了直布罗陀海峡的摩洛哥侧，雅努斯被困在其中。他渴望着复活自己的同伴,但他有个秘密,我直到两周前才意识到这点。”

“是什么？”

“他想要让她复活，但失去一部分记忆。”

“所以有了被损坏的复活档案。”

“是的。我认为那些应该和她过去做的某些事有关。我相信那些记忆中的事情是在亚特兰蒂斯母星上发生的，也可能是在他们科考途中。”

“为什么要把这些记忆隐藏起来，不让他的同伴知道？”

“是一些会对她造成无法修复的伤害，永远改变她的记忆。”

“为什么你以前不知道有这些记忆？现在为什么知道了？”

“我认为她的记忆一直都在，驱动着我，影响着我的决定。我选择成为自闭症研究者，我试图分离出亚特兰蒂斯基因——考虑到这些被压抑的记忆的存在之后这些都说得通了。但我认为亚特兰蒂斯瘟疫激活了它们。在瘟疫最终暴发之后，我才能看到那些被压抑的记忆。”

大卫点点头，示意凯特继续。

“亚特兰蒂斯人分离出了控制成长老化的基因。在深空探索者身上这些基因被关闭了。复活程序会生成一个胎儿，然后把记忆注入其中，并促使它发育到接近我现在这个年龄。”

“然后你就会从管子里出来，准备从之前中断的地方继续？”大卫说。

“是的。但在我身上，事情并没有这样发展。我当时是个胎儿，被束缚在我母亲体内。我接收到了亚特兰蒂斯人的记忆——那些雅努斯希望我拥有的部分——但管子无法让我成长到标准年龄。我作为地球人出生，过着地球人的生活。我形成了属于我自己的记忆。”她笑了，“有些是跟你一起的记忆。然后亚特兰蒂斯瘟疫袭来了。我认为瘟疫带来的辐射重启了复活程序，重启了其中的发育过程。它试图覆盖掉我自己形成的记忆，但失败了。复活程序有个失效保护机制。如果大脑遭到破坏，或者是复活失败了，管子会摧毁生物体，重新开始复活程序。这个机制启动了。”

“你又不在管子里。”

“的确。但那套固定流程还是一样的。我的大脑，确切说是我的大脑颞叶，将会在几天内——四到七天内——关闭，然后我的心脏就会停跳。我就会死。”

“你会复活吗？”

“不会。这部分飞船里的管子被破坏了。”

大卫的脑海里闪过一个回忆：四根管子碎裂开来，崩塌到地板上，变成了一堆堆白色的碎末。

“这样更好。如果我复活了，会是在同样的年龄，带着同样的记忆，以及同样的脑神经问题。结果也会是一样的，我会死一次又一次，没完没了。”

“炼狱。就像南极洲的那些亚特兰蒂斯人。”

凯特点点头：“这样会好些。我会在此死去，永不复生，会很宁静。”

“宁静个鬼啊。”

“我对此已经无能为力了。”

“那你摆弄这些又是为什么？”大卫指着那两个玻璃缸。

“我在试图接触那些失落的记忆，希望它们能治愈我的病。”

大卫盯着她：“然后？”

“它们都消失了。雅努斯一定是把它们给删除了。我不明白怎么做到的——复活记忆的存储有着很严格的规则。计算机中心可能是被那次攻击破坏了，有些记忆损坏了。我本来希望能找到些关于摧毁了亚特兰蒂斯人的星球敌人的线索的，这些大敌有一天也会来到地球。这是我剩下的时间里能做的最有意义的事了。”

“不对。”

“那你觉得我应该做什么？”

“离开。”

“我不能——”

“我不要看着你死在这里，死在实验室里，飘浮在玻璃缸里，就像是个被拿来做实验的老鼠。跟我一起离开——”

“我不能。”

“你可以。听着，我生长在北卡罗莱纳州的一间小农场里，我攻读中世纪欧洲史博士读到了一半，而且我是个神枪手，我的个人状况差不多就是这样了。现在这些问题上我的脑子完全不够用，连皮毛都不懂。但无论未来的路会把我们带向何方，我都会勇往直前——只要我们在一起，我爱你。实际上，整个世界上我唯一爱的就是你。我们可以离开这里，我可以照料你。你可以死得像个人样。我们可以享受你剩下的时光，把每一天过得无比充实。”

“我不知道……”

“你还在犹豫什么呢？”

凯特从他身边走开几步：“我不想逃走，然后凋零，死去。我想要战斗，我想要奋力前行。我想要尽我所能地来帮助人们。这就是我成为一名科学家的原因，这就是我奉献一生的事业。我不想在我最后的时光里改变初衷，仅仅为了过几天舒服日子。我只希望这样度过我最后的时光。”

“为了死得有尊严呢？为了和我共度余下的时光？”

“我还是想要这样。”

“非要这样的话，我可以把你拖出去。”

凯特笑了：“我可不怕你。”

大卫忍不住摇摇头，笑了：“我想提醒你一下，我可是个训练有素的杀手。”

“我只害怕缺乏训练的杀手。”

他大笑起来，尽管他几乎一点都不想笑：“难以置信。听着，我只想请你考虑一下——离开这里。伊麻里已经被打败了，瘟疫已经被治愈了。你付出得够多了，先去睡一觉再说吧。我们早上再谈谈，希望然后我们能一起离开。”

他朝门口走去。

“你去哪儿？”

“呼吸点新鲜空气。”

保罗一直在望着飞机窗外的气象景观。他不知道外面是飓风，还是普通的恶劣天气。开始下雨了。起初是雨幕，然后变成了持续不断的激流。雨水把飞机往下压，让发动机工作艰难，让他、玛丽和三个士兵东倒西歪。

机身再次倾斜，猛然下跌，安全带狠狠勒进保罗肉里。他感到玛丽的手碰到了他的手，用力握紧。他很怀疑他们还能不能活着到达摩洛哥。

CHAPTER 11

摩洛哥北部海岸附近

海平面下 1200 英尺

阿尔法登陆舰中

之前是凯特需要独处的时间和空间，而现在轮到大卫了。

他沿着飞船的狭小走道前行，乘上电梯，走上通往地表的那段黑暗潮湿的斜坡，一路强迫自己不去思考。但事与愿违，他的思绪不断萦绕着那个迫在眉睫的选择：走，还是留。

要做决定的是凯特。但他知道，无论她会选择什么，自己都会跟她一起面对结局，无论如何。

他希望最后的时刻他们不会在这里——在这艘阴冷的外星飞船里。他想象着他们坐在他父母家里的炉旁，他读着书，她在他的臂弯里沉入睡眠；他们一起睡到日头高照，没有任何人任何东西会惊醒他们。对外面世界的任何东西都毫不在意地生活。他们有权得到这样的生活，他们已经经历了那么多苦难，为这世界做了那么多。

微弱的星光刺破了圆形地道浑然一片的黑暗。大卫走了出去，走进外面的月色中。几个装补给品的板条箱堆在运货板上，有几个纸盒子被打开了，乱七八糟的。大卫和米罗就是从那里面拿出的军用盒饭。控制了摩洛哥北部的柏柏尔人一直给他们供应了充足的给养，他们觉得他们欠大卫的情：大卫帮助他们占领了休达的伊麻里基地。远处巨大的基地灯火辉煌，警备塔上的灯光闪动着，光柱在基地周边扫过。警备塔后方的行政楼和宿舍也灯火通明。

天上的月光和基地里通明的灯火太亮，几乎让大卫没看到正坐在最外面的箱子旁的米罗。

少年正盘腿趺坐，紧闭双眼。一瞬间大卫还以为他睡着了，但他缓缓睁开眼睛，深深吸了口气。

“你该睡会儿了，米罗。”

“我也想，但我的大脑拒绝合作。”他站起身来，“凯特医生，她会活下去吗？”

“我不清楚……”

“请告诉我。”

“她说她好不起来了，说阿尔法的诊断是对的。”

米罗把目光移开：“你无能为力了？”

“有时候谁都无能为力，只能享受剩下的时光。这很正常。”

之后他们俩谁都没再说话，只是躺在那里，仰望星空。

一个小时过去了，也许更久。大卫对时间的流逝失去了感觉。他已经迷迷糊糊的时候，米罗打破了寂静：“你们会留在这里吗？”

“我希望不会。”

“那去哪儿？”

“美国。”

“你从那里来的？”

“嗯哼。北卡罗莱纳州，我在那里长大。如果她愿意去的话。”

“我也想去美国看看。”米罗瞥过来，“我学英语就是为了这个。”

“你应该去看看。”

大卫听到远方传来一声“咔嚓”，像是树枝断裂的声音。他集中精神再听，没有了。

“米罗，你带着步话机吗？”大卫小声说。

“是的。”米罗边说边拍了拍自己腰间。

“下去。除非我叫你，别回来。”

米罗眯起眼睛，然后点了点头，蹑手蹑脚地从山顶上这片空地溜了出去，回到了黑暗的通道中。

大卫缩到最近的一个箱子后面，握住自己的手枪。脚步声停了，但有人还在那里，他能感觉得出来。

凯特回到她和大卫的卧室的时候完全累垮了。她不知道这是因为手术的缘故，还是因为这几日里每天做的那些实验。也许是因为对大卫保守自己的秘密，然后最终告诉了他的缘故。她倒在床上，就靠在枕头和床单上的血迹旁。

她慢慢地把床单和枕头套扯下来，把它们扔到房间对面的小屋里的床上，然后给这张床换上新的床单。

她脑袋跌进枕头里后瞬间就睡着了。

她还没睁开眼就知道床上是空的。船员生活区里这些狭小的床铺不是设计来给两人用的，所以如果大卫和她都在床上的话睡起来会暖和许多。不过她还是伸出手，抚摸着他之前躺过的那片冰冷的区域。

这一刻她做出了决定。

她会跟大卫一起去他希望去的地方，共度最后的时光。她这样做是为了他，也是为了她自己。

她又闭上了眼睛，然后睡得很香。这是她睡得最香的一次，自从她……有记忆以来。

等待不是个很好的策略。大卫认为在树林里面的人知道他的大致位置，而且可能不止一个人。

他正准备冲到隔壁的补给箱后面时，一个强有力的声音在夜色中响起。大卫认得这个声音：“很高兴看到你的警觉没变迟钝。”

大卫站直身子，然后看到了索尼娅，柏柏尔人部落的首领。她现在掌握着休达。她从森林里走了出来，脸上带着几分戏谑。

“你完全可以打声招呼的。”

“跟你一样，我喜欢给人惊喜。”

大卫笑了。他明白索尼娅是在指他突袭占领伊麻里基地的事情——在索尼娅和她的部落的帮助之下。

他伸手指了指那些箱子："我觉得你给我们的补给过量了。"

索尼娅戏谑的笑容消失了："考虑到未来的形势，这些并不太多。"

大卫朝基地看去。没错，那边的灯火比通常的夜里更多。他们在准备发动攻击。

"多久以后？"

"几天，甚至可能是明天。如果谍报人员没搞错的话，伊麻里的反击将会是全球性的。一场遍及每个大洲的战争。"

"怎么可能？我还以为他们已经被打垮了。"

"他们整合了原有的军力，而且吸引到了新的志愿者。他们已经在动手抢占世界各地的能源厂矿和食品仓库了。"

"你在逗我玩吧。"

"很多人不希望这世界回到原来的样子。伊麻里的方案和他们的世界观对很多人有吸引力。"

大卫又扫视了一下基地："你不是在策划防卫基地，你是在策划一次攻击。"

索尼娅点点头："伊麻里在往山区运动，试图占据有利地形来拖延战斗时间。西班牙人计划把他们赶下海，赶到我们的轨道枪的射程之内。这样我们就可以击溃他们，逼迫他们投降——如果我们能守住这里的阵地的话。"

大卫点点头："这计划不错。"

"这是更大规模的计划的一部分。兰花盟正考虑发起一次总攻——把伊麻里彻底解决掉。"她指向一架停在跑道上的飞机，"天一亮我就要出发到美国去。我会代表北非参加。"

"参加什么？"

"全球军事委员会。"

大卫对于索尼娅正在参与的事业的规模终于有了个概念："恭喜。"他说完就转过身去。

"我希望……"

“你不在期间我会去管理休达？”

“你可以再一次拯救生灵。”

大卫的视线沿着通往飞船和凯特的昏暗通道延伸：“我不能。”

“你来这里是要拯救那个女人？”

“是的。她病了，她需要我。”

“看着亲人受苦是世上最难受的事情。如果你要待在这里，你最好把这些给养拿下去。我不知道攻击会持续多久。”

“我们已经在考虑是不是去美国度过她的最后几天。”大卫回头看了看跑道，看了看那架他从马耳他开到休达来的飞机。

“但如果你要用飞机的话……”索尼娅笑了，“我会把你们在中途放下去。你为我的族人们做了那么多，这点事是最起码的。”

“那多谢了。”

开始下雨了。他们俩朝远方看去，这场风雨看起来要越下越大。

“看样子雨会很大啊。”大卫说。

索尼娅猛地转过头，似乎听到了什么。

大卫靠近她身旁，摆出防御架势。

她把一根手指按到耳机上：“来了一架飞机，是美国军用运输机。在请求着陆许可。机上的乘客说他是保罗·布伦纳医生，希望跟华纳医生讲话。他说她能证明他的身份。”

大卫琢磨着这个要求。他从没见过保罗·布伦纳，而且他不知道这人要怎么证明自己的身份。在战争迫在眉睫之际，大卫认为有可能这个打电话来的人是伊麻里的人冒名顶替的，希望这样能让他乘坐的飞机溜过轨道枪的防卫圈，撞击基地。

“问问他华纳医生是怎么治愈瘟疫的。”

几秒钟后，索尼娅转述了布伦纳的回答：“他说这是个陷阱问题。他不知道华纳医生怎么做到的。只知道她在马耳他找到了某些东西，然后把疗法发给了当时身在统一体的他。他也想问华纳医生这个问题呢。”

“问问他到这里来是不是就为了这个。”

“不。”索尼娅说，“他说是为了一条卫星广播的密码信号，说它可能跟直布罗陀和南极洲发现的那些东西有关。”

大卫皱起了眉头。现在已是大雨滂沱了。

“你想让我们把他赶走吗？”

“不。”大卫说，“让他着陆，但是看着他。派几个人把他带到山上来。别让他进去。”由于某种原因，大卫认为最好把其他人都挡在飞船之外，“我会把凯特带上来。”

CHAPTER 12

摩洛哥北部海岸附近

海平面下 1200 英尺

阿尔法登陆舰中

大卫踮着脚尖溜进了卧室，虽然其实他用不着。

他在小桌前的椅子上坐下，面对着床铺 ："我知道你醒着。"

凯特坐了起来 ："你怎么总是能识破？"

"你脸上略带微笑，就像是在隐藏什么东西。你做间谍的本事差透了。"

凯特脸上那个他爱死了的可爱笑容又保持了几秒钟。然后它消失了，整个房间里的每一丝空气似乎也都随之消失无踪。

"我决定了。"

大卫望着地板。

"北卡罗莱纳州听起来不错。"

"是的。我们在那里会过得很开心的。"

"我相信会的。知道我没剩下多少时间了让我有了看问题的新视角，提醒了我什么才是最重要的。是你。不过我……有两个要求。"

大卫感到胃部有点紧 ："继续。"

"第一，那两个从我实验室里被带走的男孩。伊麻里侵入玛贝拉兰花坊的时候，我把他们留给了一对西班牙夫妇照料。等……我死后，我希望你去找到他们，保证他们能安全地被抚养长大。"

"我会的。另一个要求呢？"等凯特讲完之后，大卫呆呆地看着她，"这可是个艰巨的任务。"

"如果你说不我也能理解。"

"我要说的是……好的。我会做到的，即便拼掉我这条命。"

“我可不希望那样。”

刚经历过那样一趟航程和着陆之后，乘着吉普车穿过摩洛哥山区的这趟旅程对保罗来说感觉就像在郊游。他和玛丽并肩坐在后座上，两个摩洛哥士兵坐在前排。他们让保罗的护卫士兵等在飞机上。前排的一个士兵回头盯着他们，手中拿着一把貌似来自“二战”时代的步枪。大雨如注，车子开个没完没了，可这把枪给保罗带来的压力比这些更大。

他听到远方传来一阵震耳欲聋的轰鸣。

他回头看了看。尽管雨幕几乎完全遮住了视线，但能看到的那一点画面已经把他吓坏了。一堵二十英尺高的水墙从海面上升起，拍向铺展在下头的军事基地。然后又是另一拨巨浪，里面还夹着什么东西。保罗努力想看清楚。看上去像是……一艘驱逐舰。它在浪头顶上打着转，就像是个被潮水冲向岸边的塑料玩具。驱逐舰撞进了基地中，翻滚向前，碾平了沿途遇到的一切。

保罗觉得口干了。

水流涌过没铺沥青的路面，他感到爬坡的吉普车在打滑，失去牵引力。

“减速！”保罗叫道。

那个士兵抬起步枪对准保罗，朝他喊叫着什么。

驾驶员把车子开得更快了。保罗示意玛丽系好安全带。几秒钟后，一个大浪打了过来，将吉普车从泥泞的道路上卷进空中。

“你为什么改变了主意？”大卫问道。

“我想想……”凯特脱下了衬衫，“我觉得应该是你说的那些享受我们剩下的时光的话。”

大卫亲吻了她，她伸手去扯他的上衣。

“你说服力很强，你知道的。”

“没错……”大卫正要脱掉上衣，突然停了下来，“等等。差点忘了，保罗·布伦纳来这里了。”

“他来干吗？”

“嗯，我完全不知道。我们得到上面去跟他——”

飞船晃动起来，把大卫甩到了房间对面的舱壁上。凯特砸到了他身上。

凯特立刻用手摸索大卫的头部，看有没有伤口。

他瞪大眼睛，晃了晃脑袋。听觉和感觉清晰起来，也能看清楚东西了：“我没事。”

“飞船遇到了爆炸。”凯特说。

“什么？你怎么——”

“我的神经植入物。”

又是一次晃动，但这次大卫有所准备。他用一只手抓住固定在墙壁上的桌子，另一只手抓住凯特。

“地震？”大卫在嘈杂中叫道。

“不。我认为是英国人在海峡里布下的水雷，有某股力量把它们拽下来了。”

飞船又摇晃了一次，这次更加猛烈。

“飞船要被炸坏了。”凯特说，“阿尔法现在没反应了。”

“跟我来。”大卫把她拉起来，他们开始在昏暗的走廊里艰难跋涉，试图离开这里。

保罗把玛丽脸上的头发拂开，试图看清出血的伤口。她睁开了眼睛，保罗下意识地抽回了手。

“我没事。”玛丽边说边看着空空如也的前排座位，“那些士兵呢？”

“没了。被甩出去了。”

水流进了车底。保罗首先解开自己的安全带，然后解开了玛丽的。

“这是怎么回事，保罗？”

“不知道。”

“龙卷风吗？”

“可能吧。”他希望自己的谎话能安抚到玛丽。

玛丽的反应告诉他，她不相信。过去他们是夫妻的那段日子里的某些东西她还记得。

“我们走吧。我们必须爬到更高的地方去。”

玛丽抓起自己的笔记本电脑包。

“扔了它，玛丽。”

“我不能——”

“它会被泡坏的，带着徒然拖慢我们的速度。我们必须走了。”

保罗把她从吉普车里拉了下来，踏上泥泞的路面。风雨交织成一堵墙朝他们撞来，把他们推倒在地上又滚了两圈才离开。

保罗爬了起来，这时候他才第一次看清下面的那片混沌——几秒钟之前那里还是叫作休达的城市。

玛丽脸上的表情让他下定决心。保罗抓住她，推着她转过身子，大喊一声：“跑！”

CHAPTER 13

爆炸现在没那么频繁了，但大卫和凯特在跑动中仍然小心翼翼。

“可能是什么引起了爆炸？”大卫问道。

“可能是海啸把水雷卷到了船身上。”

大卫的脑海中闪过自己和索尼娅的谈话。一次海啸——在伊麻里发动全球攻势的同时袭来？他不相信这是巧合：“是阿瑞斯和多利安干的。”

“怎么做到的？”

“南极洲的冰盖，他们把冰层融化了。那艘飞船上有武器吗？”

“没。等等，有些排险炸弹，用来炸小行星和彗星的。”

“它们能融化冰层吗？”

“绝对行。彗星的主要成分就是冰。”

“你怎么知道的？”

凯特放慢了脚步：“我不知道。”她琢磨了一下，“我知道是因为她知道。这感觉真古怪。”关于彗星的种种小知识自然而然就出现在她脑海中——就像是她自己的记忆一样。之前她致力平息那场瘟疫的时候，她的精力集中在科学方面。当时想起她那位亚特兰蒂斯人前身的知识要费点劲。

“我们继续走吧。”大卫说。

他们在走廊中奔跑。时不时飞船就又被炸得摇摇晃晃，让他们不得不停下来扶住舱壁。

上到地面之后，大卫立刻就感受到了情况有多糟糕。现在应该是早上了，他们应该迎来朝阳，但此刻天空一片黑暗，几乎是漆黑一片，而且一颗星星都看不到。到处传来崩塌破坏的声音：巨浪撞在下面的岩石上，远方的建筑在轰然崩塌，天际雷声隆隆，在他们的胸中激起共振。

他们呆呆地站了一会儿，麻木地任凭瓢泼大雨打在身上。

大卫侧过身子，大声叫喊。他的声音在喧闹中几乎难以分辨："下去。我稍后就跟过去。"

他跑到空地上，越过那堆补给品。在山底下，海平面附近，曾是休达要塞的地方现在成了一片崩塌的废墟。它遭受到的这次猛烈攻击实在超乎想象。

基地几乎完全被淹没了。只有少数楼房还露在水面上，但也在迅速倒塌。

本该载着他们离去的喷气机底朝天躺在距离被淹没的跑道好几百英尺远的地方。

大雨如注。大卫努力遮住自己的脸，睁大双眼。

他看到有什么东西在他视野的边缘移动。是米罗和索尼娅，他们跑了过来。他们三个人一起躲到了空地旁的树下。风越来越大，他们被迫全都把手伸向树干，紧紧抓住，好在越来越高的风速下稳住身子。

"我是上来找你的。"米罗叫道。

"很机灵。"大卫说，"你做得很对。"

索尼娅侧过头靠近他的耳朵："看起来我们低估了敌人。"

"严重低估了。"

大卫听到身后传来一阵抽吸声，仿佛所有的空气和声音都被抽走了。暴雨也几乎停息了。透过眼前的沉沉暮色，他看到一堵水墙升起，朝着山区扑过来。它会冲过山顶，卷走上面的所有东西——以及所有人。

保罗感到脚下的水面在上涨。冷水沿着他的双腿向上攀爬，仿佛在预告着他和玛丽的死亡。

他努力更快地抬腿落脚。感觉这原本的山区仿佛变成了个湖泊，他好像是在浅水区里做水中健身操。

玛丽掉到了后头。

"我得歇歇。"她边说边弯下腰，大口大口喘着粗气。

保罗试着估计了一下到山顶还有多远。两百码？也许是三百码？

雨几乎停了，也许这场大风暴终于结束了。但水还在往他的腿上爬——

现在已经快淹到他的膝盖了。如果水位最终趋于平稳，也许他们可以游到陆地上去。中途可以挂在树顶上或者爬到从休达漂过来的大块碎片上休息一下。

但如果水会淹没山顶，他们唯一的选择只能是找些东西做个筏子，然后试着往内陆划，找地方登陆。但新的海岸线离这里会有多远？几英里？还是几百英里？

山脊对面有响动——仿佛大地在做深呼吸。保罗能感到一阵气流从他身边吹过，朝着大海刮去。

“继续走吧。”他抓住玛丽的手，在没膝的水中划动双腿，拉着她朝山脊走去。看到那堵水墙从海面上冲来以后，他能做的也只有继续向前而不后退了。

有一阵子他以为玛丽会松开他的手，但她反而是握得更紧了。

保罗从山上望着下面的山谷——现在那里完全被淹没了。他们可以跑回去，试着钻到水下，找东西抓着。这样会不会安全些？他完全不知道。

或者他们可以跑到山顶上去。如果那个巨浪没过山顶……

他做出了决定。

他用力拽住玛丽的手，而她竭力用最快的速度跟着他，不发一言。

他感到玛丽和他的力气都在逐渐耗尽，只能更加拼命向前。

最后玛丽跌倒在水中。保罗一把把她拉了起来：“继续走。”他边说边用手臂搂住玛丽，几乎是半拖着她向前。她的腿在水中走着，踢开水面。

前方森林到了尽头，前面是一片空地。这还不是山顶，但……

那里有几个人影，在朝着一块凸起的岩石移动。

“救命！”保罗大叫道。他松开玛丽的手，她立刻朝水中倒了下去，四肢着地。保罗朝前面冲去，边跑边在空中前后挥舞双手：“嘿！”

那几个人影停了下来，然后两个人朝他跑过来。他们在水中穿行的速度简直让保罗为之惊讶。一个是男人，身高超过六英尺，体格健壮，是一个士兵。另一个是女人，也差不多高，不过要苗条些，她的皮肤是深棕色的。

男人用自己的肩膀顶住保罗的腹部，把他扛了起来，抓住他的双腿，冲回了空地。额外负担保罗的重量只让他的速度变慢了一点点。保罗看到那个女人把玛丽以同样的方式扛了起来，然后紧跟上来。

一个留着一头黑色短发，身材瘦小的亚裔少年正在从几个乱七八糟的堆在空地上的大箱子里拿出些小包裹。

“得走了，米罗。”那男人招呼道。

他把保罗放下，那女人也放开了玛丽。救了他们的这两个人全速朝着一面岩壁跑去……然后消失了。

那亚裔少年停在那面岩壁前，招招手："过来！”他转过身，穿过了岩石。

保罗和玛丽赶忙跟上去,从同样的位置穿过了岩壁。显然那是个全息投影。

投影后方几乎是一片漆黑，只有隧道尽头有一个微弱的黄色光源，好像是辆停在远方的火车。

“过来！”前头有个声音叫道。

保罗再次抓起玛丽的手，和她一起在黑暗中用疲惫的双腿缓缓前行。

巨浪拍在山上的声音震耳欲聋。保罗觉得自己周围好像变成了一个刚刚开火发射过的炮筒。随之而来的震动把他和玛丽甩到了左侧的洞壁上。他们滚落地面，水从他们身上冲过。这条通道是往下倾斜的，会被水灌满……

一双手再次放到了保罗身上，然后他向上升起，悬在空中穿过通道。那个士兵把他扛起来了。

黄色的灯光越来越亮,水流的声音也越来越响。最后他看到一对门打开了，然后他们五个人离开了通道，进入了一台电梯。那男人在一个面板上操作了几下，门迅速关闭了，但电梯里的水已经有三英尺深了。不过他看起来并不在意。电梯里的灯光闪烁起来，电梯抖动了几下。保罗不知道这是不是电梯失去动力的表现。

他靠到电梯墙上，想查看一下自己身上的伤情。他浑身上下都疼，肌肉不断抽搐，很难分辨到底哪里有问题。

“我是保罗·布伦纳。”他对面前这群人说。

“我就猜你可能是。”那个军人说，“我是大卫·威尔。”

“谢谢你救了我们……这是第二次了。”

“不必在意。”大卫盯着地上的水，“只是完成我的工作。”

那个少年朝保罗笑笑：“我叫米罗。”

电梯门打开了，水流向外面干燥的走廊里。一个女人站在走廊上。保罗认出了她。在对亚特兰蒂斯瘟疫进行临床研究的几个月里，保罗在视频中看到过她许多次，在电话里和她交谈过几次。但这还是他头一次亲眼看到凯特·华纳本人。

CHAPTER 14

保罗摊开凯特提供的那套整洁的干衣服，开始脱下自己被打湿的上衣和裤子。他把湿衣服丢到小床上，用枕头尽量吸掉身上的水。他身上湿透了，简直让他怀疑自己身上的水永远也干不了。

“你知道这地方？”

玛丽正瞪着他。她仍然穿着自己那套潮乎乎的衣服，全然不顾桌上就放着一套为她准备的干净衣服。这间小卧室里现在只有他们两个人，狭小的空间让她的声音显得特别大。

“我知道。”

“我们结婚的时候就知道？”

保罗已经可以预想接下来的发展：“我知道这事有二十年——”

“你……明知道有艘外星飞船，就埋在直布罗陀附近。都知道了有二十年了，我们做夫妻的时间里你一直都知道。你的天文学家妻子日日夜夜都在苦苦搜寻外星生命的蛛丝马迹，而你一个字都不告诉我？”

“玛丽——”

“这是背叛，是不信任——”

“我发过誓，玛丽。我知道这艘飞船存在，但我今天之前从没进来过。我过去对它一无所知，现在也一样。我在统一体里的任务是和亚特兰蒂斯瘟疫战斗。”

“它们之间有关联？”

“是的。瘟疫就是来自这艘飞船，来自它的安保设备。它在 1918 年被人们挖掘出来。”保罗看到玛丽开始脱衣服，停了下来，“我出去等你换完衣服。”

“别走。我想听听这些——在只有我们俩的时候。”

“我可以……”

“保罗，你以前早就都看过了好不好？”

保罗还是背过了身子，他似乎能看到玛丽在嘲笑他的古板。

“那么是建造这艘飞船的人引发了瘟疫？”玛丽问道。

“是的。亚特兰蒂斯人一直在做遗传学实验，在引导人类的进化——从七万年前多巴大灾难几乎导致人类灭绝时开始。我们认为1918年的西班牙流感是他们实验中的一个意外。他们的一个装置，‘钟’引起了这场传染病。凯特·华纳，你刚才见到的那个女人，治愈了亚特兰蒂斯瘟疫。她是一位一战老兵的女儿，就是她父亲发现了‘钟’。西班牙流感大流行的时候，凯特的母亲死在了那场传染病暴发中。她父亲把她和她肚子里的凯特一起[①]放进了一根复活管里。那根管子在这艘飞船的另外一个部分。凯特在1978年出生。她父亲在20世纪80年代失踪了。马丁·格雷医生收养了她。格雷是统一体的创建人和领导。他在90年代初我参加的一次会议上雇用了我。他在亚特兰蒂斯瘟疫期间死了。”

“你相信这些人吗？”

保罗扭头瞥了一眼：“相信。嗯，我一直相信凯特。在山腰上被救了之后，我觉得我也相信另外几个人。”

“你觉得我们应该把我们所知的事跟他们共享吗？”

“是的。我还要说一句，我这些年来一直在忙的，就是统一体的事情，为了应付瘟疫。”

玛丽沉默了一小会儿：“这样的话，我得说那是值得的。”

保罗望着她滑步穿过双开门，进入外面的走廊。

那是值得的。对此他一直都确信无疑——直到现在这一刻。

保罗和玛丽进入会议室的时候，凯特正在阅读飞船的全面自诊报告。他们俩都换上了凯特提供的干衣服。

① 译者注：原文无此十个字，据前后文补。

大卫、索尼娅和米罗都聚在一张高高的桌子顶头，整理着他们的盒饭、武器和其他补给品。保罗先对大卫打了个招呼：“我要再次感谢你在外面救了我们。”

“没什么。”

“我们想要告诉大家一些事情：我们来这里的原因。”保罗说完对玛丽点点头。

玛丽自我介绍了一下，然后说了说自己的学术背景：一个专门寻找和分析地外生命信号的射电天文学家。

“大约两周前，射电望远镜接收到了一个有规律的信号。一段密码。”

“这不可能。”凯特说。

“我亲自核查过了。”

“有信号的拷贝吗？”

“有。”玛丽拿出一个优盘，“信号包括两部分。第一部分是段二进制序列，里面是两个数字：地球的准确位置。第二部分是由四个数值组成的密码。”

凯特试着从阿尔法登录到烽火站，希望验明这个信号的真伪。

大卫看起来明白她在做什么。他朝凯特做了个表情，看样子是说：别抛下我们的客人不理。

保罗没等凯特说什么就开口了：“为什么你说不可能？”

“十五万年前，两个亚特兰蒂斯科学家来到这颗行星上研究原始人类。按照他们的常规程序，他们布置了一个‘烽火站’。它会过滤我们看到的光线，并且阻断从地球发出或者发向地球的信号。”

凯特觉得玛丽一副马上就要哭出来的样子。

“怎么了？”凯特问道。

“没什么……只是我感觉我的灵魂在像中子星一样垮塌[①]。”玛丽说。

凯特觉得这个比喻有点太夸张了。

---

① 译者注：中子星是超新星爆发的中心星体残骸向内剧烈垮塌形成的。

“为什么他们要布置这么个东西？为什么要把地球藏起来？”保罗问道。

“为了保护。那两个科学家知道银河中存在某些危险——”

“什么样的——”大卫刚开口就被凯特打断了。

“我不知道。我的记忆里面没有这部分。”

没等任何人发问，凯特就开始解释。由于命运的捉弄，她在 1978 年出生时就带着一个亚特兰蒂斯科学家的记忆——另一位科学家，亚瑟·雅努斯希望他的搭档复活时带着的那些记忆。

“那么……”玛丽说，“那两个科学家，或者说你们——”

“那两位科学家。”凯特纠正道，“我只是从记忆中看到他们做了些什么。”

“好吧。他们布置烽火站是为了保护我们还是为了保护他们自己？”

“都有。”

“那为什么这个信号会穿过屏蔽？”

凯特利用她和阿尔法的链接登录到烽火站的系统里。那个轨道通信站上记录了一个进入地球圈的信号，并且允许它通过了。还有更让她吃惊的事情：“真的。两周前有一次信号传输。还有一个信号发出，由烽火站发出了一条信息。”

“谁发的？”大卫问道。

“肯定是雅努斯。”凯特说，“你和他进入亚特兰蒂斯母船救我的时候。多利安救出阿瑞斯的时候。”

“你能看到他广播的信息内容吗？”大卫问道。

“不能。我本该可以的，但这边被禁止访问那条信息了。我不知道为什么，可能是这艘飞船遭到的破坏导致界面出了问题。”

“另外那条信号是什么？”

凯特试着访问烽火站的文件目录，但也被拒绝访问。不过……“是亚特兰蒂斯语的信息。”

“这怎么可能？”大卫问道。

“是不应该啊。”凯特朝众人解释了一下有关的事情：亚特兰蒂斯人的母星在五万年前被攻陷，战争中仅有的一批幸存者逃亡到了地球上。在那个烽火站的保护之下，他们的敌人找不到他们。是一位亚特兰蒂斯军人阿瑞斯将军把他们带到这里来的。阿瑞斯加入了科学家们的队伍,和雅努斯的搭档串通，秘密对人类的进化进行操纵。最终阿瑞斯背叛了科学家们，杀死了雅努斯的搭档，把雅努斯打伤，困入了绝境。

“那么，是雅努斯朝某人——很可能是个亚特兰蒂斯人——发送了一条信息，”大卫说，“而且貌似他得到了回应——所以这条信息能越过烽火站。”

“是的。”凯特说。

“对是谁发来的有什么猜想吗？内容？”大卫问道。

“没有。”凯特陷入了沉思。

“可能是个盟友。”索尼娅说，“那是条求救信号。”

“这世界是需要挽救。”保罗开始向大家讲述他的经历：美国政府如何试图利用统一体消灭那些它觉得太虚弱无力去战斗或者养活自己的人，“我认为其他国家也会遇到同样的问题。这场全球大洪水很可能会让形势更加危急。”

“让你简直不知道在这场战争中该站在哪一方了。”大卫说。

“的确。”

“我们这里状况如何？”大卫向凯特问道。

“糟透了。这艘船大体上要宕机了。计算机的主处理器都完蛋了。我们现在在用紧急动力和通信线路，所以我还能和烽火站连上。外面的船壳到处都破了口子。通往山上的通道完全被淹没了。

“如果山上还有地方在海平面之上，我们也只能游泳过去了。”凯特看了看大卫的表情，“不，这下面没有氧气瓶。船上有很多舱外活动服，但它们放在这几个区域。”她在屏幕上调出一张地图，“全部在爆炸中被摧毁了。”

“我们被困住了。”大卫说。

“差一点。在船的另外一头有个传送室。”

“是不是跟另外一段里面的那个——那个连接到南极洲的飞船的房间一样？”

“是的。那个传送门可以轻松把我们送到两个地方。南极洲,或者是烽火站。但通往南极洲的传送被那边封锁了。”

“而且无论如何去那边也太危险了。”大卫说。

“我同意。我们一踏过传送门阿瑞斯就会立刻知道。但我们可以去烽火站。如果我们到了那里，我们还能看到那条信息，并且可以发送回复。”

“这主意我喜欢。”大卫说，“比被淹死强多啦。”

“我也是。不过，要到达传送门那边可能有点……小小的麻烦。”

CHAPTER 15

南极洲

伊麻里作战基地“棱镜”

多利安透过屋子里的大型观景窗看着伊麻里的人在拆卸那些白色的毛虫形建筑,以及南极要塞剩下的残余。阿瑞斯下令拆掉营地的命令让人大吃一惊，而他要求的处理方式更让人吃惊：把它沉到海里去。

伊麻里的人这几个小时一直都忙着拆卸轨道枪、房屋，以及中间地带的所有东西，然后把拆开的部件装到冰上跑道上的一队队飞机上，由飞机把它们丢到海里去。

为什么？多利安搞不懂。这不合逻辑啊——辛辛苦苦建起这一切，然后把它们全丢到海里。

阿瑞斯命令多利安把余下的人员撤到南非的山区里去，伊麻里将在那里建立新的总部。

在他身后，一小群中层干部、蠢货和科学家还在争论着细枝末节的问题。多利安早早就从谈话中抽身了，他没法心安理得地浪费自己的时间。他们制订计划的行为毫无意义。他们只是在完成阿瑞斯给出的指令而已。他千万年前就策划好了这一系列行动，而且他认为多利安不配知道计划细节，一点都不想把细节分享出来。

“如果巴拿马地峡现在被淹没了，大西洋和太平洋就重新连在一起了。我们所有的模型都没用了，全球海洋环流将……”

他们的模型。多利安哑然失笑。

“地轴是个大问题。我们都知道，南极冰层的重量对地球自转有稳定作用。如果消失的冰够多，地轴就会偏移，赤道会移动——”

“然后将会融化更多冰层。”

“是的，我们可能将要面对冰层的完全融化，这可能就是全体撤退的原因。”

“我们要不要多叫些人手？”

“他没说——”

“给我们的命令里暗示了，以最快速度全员撤退。”

一个技术员朝多利安走来：“阿瑞斯将军请你去飞船上见他。”

多利安真的很想跟“阿瑞斯大人”说让他的召唤见鬼去吧，但他只是慢慢地离开了房间。

十五分钟之后，他来到了冰下两英里深处，进入了那艘巨大的亚特兰蒂斯飞船，站在一间他之前从没见过的房间里。阿瑞斯站在那儿，他面前的终端上滚动着一行行多利安不认得的文字。

“我知道你对我很不满，多利安。”

“向您致敬！为了您这么轻描淡写的说法。”

“我今天拯救了许多生命。”

“真的吗？我确实相信我那原始的地球人数学知识在你们那发达的亚特兰蒂斯算术面前算不了什么，但我会把飘浮在这颗行星表面上的有毒汤汁里的数以百万计的尸体算作‘死亡人口’。不过，嘿，这只是我，你卑微的穴居人宠物的看法。”

多利安感觉得到阿瑞斯很想斥责他，想反击，就像之前在走道里那样。但这位亚特兰蒂斯人控制住了自己。“他需要我做什么？”多利安说道。

“我之前没告诉你这计划，是因为那样你会试图阻止我的。”

“不。我会杀了你的。”

“你会试图杀了我而已。所以不告诉你，我就拯救了你的性命——这是又一次了。”

“又一次？”

“我进行的遗传学干预导致了你们这一种族的出现，我把这算成第一次。说回现在的问题。我们控制了这个世界，多利安。我们已经赢了。接下来我们将会建立起一支军队，赢得未来。在外面有个敌人，他们找到这个世界只是时间问题。你们不可能幸存——除非我们携手合作。我们能拯救这次洪水中幸存下来的人们。我们能领导我们的人离开这颗星球，去找到我们的敌人，出其不意，赢得我们在这个宇宙中生存的权利。”他转过身，踱步走开，让这些话语发酵一会儿。

阿瑞斯再度开口的时候，声调温和多了：“如果我今天没有那么做，这世界上的每个人都会被杀死的。我们今天牺牲了许多生命，但在战争中，人们必须牺牲生命才能胜利——而你必须获胜才能保存你们的文明，你们的生活方式。历史不是由失败者书写的。他们被焚化，被掩埋，然后被遗忘了。”

“外太空的战争是你先挑起的。”

“外面的战争开始于千万年前，你没见过那个战场的景象。它跨越了每个人类世界，战线长度和这个银河系的直径一样。”

“你想要我做什么？”

“你有你的使命，多利安。你一直都知道的，等我们击败了我们的敌人之后，你可以回到这里，按你的想法对这个世界为所欲为。”

“哦。那我该谢谢你，因为你杀死了我数以百万计的同胞，然后把我们这个一塌糊涂了的世界送给我。你真是帮了大忙了啊。”

阿瑞斯叹了口气：“你对你所参与的大业的规模仍然缺乏概念，多利安。不过你很快就会有了，非常快。”

“尽管我非常欣赏这次末日之后的战前动员，我心底还是暗暗怀疑，我被叫来这里是因为你需要我做什么事情，而且也仅仅为这一个原因。”

“我从没对你说谎，多利安。我对你隐瞒了一些东西——全是为了你好。你被叫来是因为我们遇到了一个麻烦。”

“是我们？还是你？”

“我的麻烦就是你的。无论你喜不喜欢，我们现在是一边的。”

房间对面有一块面板闪烁了几下，亮了起来。上面出现了一幅图像。多利安觉得那是一个深灰色的空间站。

“那是什么？”

“烽火站。”

“烽火站？”

“烽火站是一套特殊的通信阵列，我们的研究队伍和军队布置的。它们会遮蔽下面的世界，屏蔽所有地面发出或者收到的通信信号和光线。基本上把地面上发生的一切都隐藏起来了。这一个过去十五万年来一直在地球轨道上运行。全靠了它我们才仍然能活着。”

“那么哪里出问题了？”

“问题在于我们的敌人正试图让它停止工作。而一旦他们成功了，如果那个烽火站被摧毁或者关闭了，他们要不了几天就会到达这里，然后他们会把我们给杀个精光。”

多利安盯着那个悬浮在太空里的灰色空间站：“我听着呢。”

阿瑞斯走近多利安：“让我们试试以你想要的方式进行交流。你想知道什么？”

“为什么是现在？”

“十四天前，这边发出了一条信息。”

“雅努斯。”

“在科学家们的深空飞船上，就在破坏它之前，他用自己的账号登录烽火站，发出了一条信息。”

“给我们的敌人？”

“我不能确定。我看不到他发出的信息，但我认为它被我们的敌人侦听到了。他们可能知道了信号源的大致区域，但不知道到底是从哪颗星球上发出的。他们对所有可疑的星球发送了回复信息，在信息里编进了相应的地址信息，好让接受者认为它是专门写给他们的。然后他们就等着出现一个回应，或者是有一个烽火站被关闭。你们似乎有个成语来描述这种行为？”

“是啊。投石问路[①]。”

---

① 译者注：原文直译为“摇动小树丛”，指打猎时晃动可能有猎物潜伏的灌木丛来试探状况。

“嗯，他们正在投石问路。”阿瑞斯说。

“那问题何在？只要我们不回复，也不关掉——”

“问题在于，有人刚才试图登录烽火站的系统。从阿尔法登陆舰——科学家们在摩洛哥海边的那艘飞船——的残骸上。”

“凯特和大卫。”

“我也这么想。如果我没搞错的话，他们现在正在去烽火站的路上。在他们如今被困在其中的那部分飞船里，有个能通往那边的传送门。”

“困？”

“现在他们那里应该已被完全淹没了。”

“如果他们到了烽火站……”

“他们可能发送一条回复信息——朝着接收到的信息的来源——或者是直接关掉烽火站。一旦他们这样做了，我们的敌人将会在几天内到来。你必须阻止他们到达烽火站。”

“他们比我早出发，已经领先了。”

“是的。如果你没能在阿尔法登陆舰上截住他们，就跟着他们到烽火站上去。阿尔法登陆舰上的传送门的系统里也输入了你身上亚特兰蒂斯人的基因。”

“任务目标？”

“杀。我们不需要他们活着了。别抱侥幸心理，多利安，风险实在太大了。”

“为什么我们不能从这里直接到那个烽火站上去？我们也有传送门。然后我可以守株待兔。”

“这里的传送门里没有烽火站那边的资料——只有科学家们的飞船上有。访问权限都有严格限制的。但你有我的记忆，还有能登录那边系统的我的基因。你可以跟踪追击。烽火站绝对是你能阻止他们的最后一站。这次任务会决定我们所有人的命运，多利安。”

CHAPTER 16

见凯特还在寻找着适当说法的样子，大卫揉了揉额头说：“很抱歉，但每次我听到‘我们可能有点小麻烦’的时候，这话的意思几乎总是，我是说，99% 的时候是，‘我们大难临头了’。”

“我……我要说没那么严重。”凯特说。她再次调出了飞船的结构图，“通常，我们可以从外围走廊走到传送室去。但现在那边被淹没了。”

“中间那个很大的舱室是什么？‘1701-D 生态室’。”

“那个就是可能出麻烦的所在——我们要从这里穿过去。”

“这房间是？”

“生态室的意思是这是用来装生物圈的。1701 是收集那个生物圈的星球编号，而 D 是尺寸编码——最大号。这个生态室有五英里长，三英里宽。”

“生物圈？”

“能自给自足的生态系统。亚特兰蒂斯人会从拜访的各个世界收集生物，差不多就像是做雪景球那样。登陆舰，例如这里的阿尔法登陆舰，带着生态室里的机器来到星球表面，对当地世界进行研究，收集数据。然后它会选取该行星的物种的一个子集，制造出一个生态平衡的生物圈。目标是收集亚特兰蒂斯人可能会喜欢看的外星物种，等回到母星后就把它拿去展览。”

“所以这就好像是个可移动的动物展览会。”索尼娅说。

“是的。科学家们用这个来获取支持。科研活动要获得资助是很难的，即便在亚特兰蒂斯世界也一样。”

大卫举起手要求发言：“我认为这里的关键词是‘外星物种’。”

“没错。问题的一部分就在于此。”凯特说。

“其他的部分呢？”

“通常当生态室完成物种采集之后，登陆舰会把它带回到深空母船上储存。

但当这艘飞船遭到攻击的时候，这个生态室还没有被卸下去。生物圈理论上应该能无限期自我维持下去——它们的能源系统是独立于登陆舰的，而且生态室的控制计算机会不断读取数据，进行干预来维护生物圈的平衡。”

“所以如果我们进去，它可能会试图……把我们除去来保持平衡？”大卫问道。

“如果我们通过的速度够快，这不是个问题。”

“所以问题在于速度？”

“是的。嗯，这是问题之一，但并不是最大的问题。这个生态室曾被甩来甩去——一次是一万三千年前，阿瑞斯攻击科学家们，把这艘登陆舰撕成两半的时候；在九个月前，我父亲摧毁了直布罗陀的另外半边船身，把这半边推到了摩洛哥岸边的时候是又一次；还有今天，当那些水雷在飞船上炸得噼啪作响的时候。里面的环境现在是什么样实在不好说。有些物种可能已经灭绝了，另外一些可能发生了突变。更不用说部分地形可能会变得无法通过了。”

保罗看看凯特，又看看大卫：“抱歉，不过听起来好像越来越糟糕了。”

大卫又揉了揉额头：“我们回到前面的问题吧。当初刚收集好的时候，生态室里面是什么样？还有，千万请对我讲清楚里面那些外星生物是什么样的。”

“好的。”凯特深深吸了一口气，“1701 号世界大部分地区都是一片广袤的雨林，类似于亚马孙平原。”

“里面有蛇？”大卫马上问道。

“绝对有。”

“我恨蛇。”

“它们在致命捕食者名单里排名较低。”凯特说，“研究日志里说 1701 世界位于一个双星系统中——这意味着它有两个太阳。”

大卫和玛丽都朝她露出一副“我们知道双星系统什么意思”的表情。保罗盯着地板，看样子很紧张。索尼娅的表情一片空白，完全无法看出她在想什么。而米罗跟他们所有人形成鲜明对比：脸上露出一个大大的笑容，就好像是个游乐园里的孩子，坐在旋转木马上等待着旋转开始。

“生态室里的白天很长。”凯特说，“日照时间大约有二十个小时。两颗太阳运行时在中天交会的那段时间特别亮，特别热。夜晚持续大约五个小时。这段时间的情况可能会……比较危险。”

“那些外星生物。”

“是的。科学家们从没见过像1701号世界上的那种动物那样的捕食者。它们是些会飞的爬行动物，在夜间捕猎。它们真正与众不同的是在漫长的白天里的行为。它们会趴在山顶上，吸收阳光。它们的身上覆盖着一层鳞片，那些其实是些光电转换细胞。它们会在白天充电，收集太阳能，在夜里驱动那些细胞。它们利用电能来隐蔽自己，变成基本上不可见的。”

“好酷。”米罗说。

“我们能在一天之内穿过去吗？”大卫问道。

“我很怀疑。如果地面的状况和1701行星上差不多的话，森林会很稠密。我们得砍出一条路才能过去，至少要在里面扎营过一夜，也许两夜。”

“那些家伙有多聪明？”

“很聪明。它们有社会结构，成群捕猎，能迅速适应新的环境。”

“我能跟你单独谈会儿吗？”

凯特和大卫来到卧室，房间里只有他们两人。他说：“你刚才说的肯定是想逗我玩的吧。”

“什么？”

“我们住在一个侏罗纪公园雪景球隔壁两周了，而你就从没想到过提一句？”

“嗯，我没……没想到会这样。”

“难以置信。”

凯特坐到床上，把自己的头发理到耳朵后面：“好吧，我道歉。我得说，难道你从没好奇过为什么这艘登陆舰这么大吗？足有六十平方英里啊。”

“不，凯特，我其实一直都没停止过考虑为什么这艘登陆舰这么大。”他在房间里踱来踱去，“我现在的感觉就像是《侏罗纪公园》里的山姆·尼尔[①]，猛然意识到迅猛龙的笼子打开了。”

凯特有些好奇男人的大脑里到底哪些部分是用来优先存储电影场景而不是生活中的其他各种细节。也许亚特兰蒂斯人的研究数据库中的某个地方有答案。她勉力抑制住查询答案的冲动。

“这里还有别的生态室吗？”

“是的。”凯特说，“飞船上有两个——每边一个，以保持平衡——这就是为什么1701-D还装在船上。但另一个是空的，在一万三千年前被炸坏了。本来应该装进个地球生物圈的。”

“长毛猛犸象或者剑齿虎展览？”

“类似的东西。”凯特冷冷地说道。

“抱歉。今天一天都够糟糕的。”大卫按摩了一下自己的眼睑，“先是惊闻你出了问题，然后……我本以为多利安和阿瑞斯已经被打败了……”

“如果我们能到达烽火站，然后联系上那些发出信息的人，叫来救兵，我们就能扭转局面。”凯特说，“还有个问题。”她看到大卫脸上恼火的神色，赶忙继续说道，“但我觉得这一个问题我们能应付得了。通往生态室的大门被堵住了。阿尔法没法将它打开。”

“为什么不行？”

“我也不清楚。可能是生态室把门锁上了，阻止外来入侵，或者是别的什么原因。”

大卫点点头。

“你想要怎么办？”她问道。

“我们别无选择。我们从顶上尽可能多地带了一批食物下来，但也吃不了多久。我们只能试着到烽火站上去——为了我们，也为了其他所有人的缘故。我们把生态室的门炸开，然后进去碰碰运气吧。”

---

① 译者注：《侏罗纪公园》男主角扮演者。

三十分钟后，大卫和索尼娅把最后几块炸药在1701-D生态室的大门上安放好。

“我们所有的炸药一半都在这儿了。”索尼娅说，“如果这还不够的话，我们到时候就没法出去了。”

“车到山前必有路。”大卫说。

他们设定好定时器，然后退开。

即便他们离爆炸点这么远了，爆炸的回音仍然震耳欲聋。尘雾弥漫，充满了生态室大门两边的走道。六个人小心翼翼地靠了过去，地板和天花板上的灯泡在灰黑色的尘雾中闪闪发光，为他们指引着方向。

大卫第一眼看到生态室大门的那一刻，他终于轻松下来：爆炸炸穿了大门。但他们的好运也就到此为止了。

CHAPTER 17

“我的世界正走向灭亡。”看着外面海上的风暴迅速地形成，狂暴，然后同样迅速地消亡，多利安这样想到。

这趟航程感觉就像是连续几小时不断地乘坐云霄飞车：这一秒飞机还在下坠，朝着一片漆黑的未知俯冲；下一秒它就转为滑翔，阳光透过窗户照耀进来。他和他手下的六名士兵都被紧紧绑在座位上，自从出发以后再也没人开口说过一个字。有三个人在差不多一个小时前就吐了。有两个人至今在飞机颠簸得特别厉害的时候还会每隔大概一刻钟就干呕。另外三个人一直在目不转睛地直视前方，紧咬牙关。

至少这样一来他就知道在开始作战的时候哪些人可以用得上了。战斗很快就会打响了。在这片不断扩张的广袤海洋下面的某个地方，大卫正等着他。

多利安有两次几乎杀死大卫——一次在巴基斯坦，第二次在尼泊尔[①]；也有两次“确实”杀死了他：两次都是在南极洲那艘亚特兰蒂斯飞船里面。第一次大卫在南极洲复活了，就在多利安对面。那多亏了大卫身上来自凯特的亚特兰蒂斯基因。大卫更强壮，可多利安更聪明。更确切地说，他会做出大卫做不出来的事情。大卫不是个生存第一主义者。他遵守的道德准则一直都是他的弱点所在。多利安第二次杀死了他，可他又在摩洛哥海岸附近的亚特兰蒂斯遗迹中复活了。

今天将会是他们的最后决战。

但凯特·华纳比他们俩都更聪明，她聪明得无与伦比，而且她拥有些多利安所不具备的知识。这是他们的优势：大卫的战斗力，凯特的智慧。但多利安有出其不意的优势。还有另一项优势——为了拯救他的人民，他可以无

① 译者注：原文“在中国”。按前文改。

所不为。他是人类历史进程的缩影具象。他是一个生存主义者：他会挺身挑战看似不可能的逆境，做出其他人，像凯特和大卫这样的人不屑于做的事情。他就是人类求生意志的精髓所在。

对于和大卫的这次最终决战多利安心中还是有几分紧张。这是一次真正的考验——他到底能否胜过对手。

如果他能获胜，他就会将目光转向阿瑞斯。这个亚特兰蒂斯人是条操弄人心的毒蛇。多利安不信任他，下一个要死的就是他。不过多利安先得了解全部真相，特别要搞清楚阿瑞斯怕得要死的那个“敌人”是怎么回事。

“长官，我们到达空降目标点了。”多利安的耳机里响起了飞行员的呼叫声。

多利安从狭小的窗户望出去，能看到的地方全是绵延无尽的波涛。

多利安有些惊诧，这些地方之前是摩洛哥海岸的。

“把探测器放下去。”他说。

他拿起平板电脑，分屏同时观看两个遥感画面。右手边显示新海床的等高线图，左边则是传回的视频画面。多利安找到了山脉的顶峰，它现在也完全被淹没了。他点击平板电脑，改变探测器的朝向。几秒钟之后，那艘亚特兰蒂斯飞船“阿尔法登陆舰”进入了视野。它被深埋在地下。

“给它做上标记。”多利安说。

他们要潜水下去，然后找到气闸室的入口。

“列队准备跳伞！”多利安冲那六名士兵喊道。

飞机再次飞过这一区域的时候，他们离开了飞行器，朝着漆黑的海面笔直下坠。他们的身体姿势犹如一杆杆投枪，双手紧贴在身侧，背后背着氧气瓶。他们接触水面的同时，刚才的风暴停息了，阳光透过云层，照亮了他们投入未知水域的身影。

多利安钻入水里，随即转过身去，搜索自己的部下。他们中有一个往下冲得太低，撞到了水面下的岩石上。此刻他正漂在黝黯的水中，阳光照亮了这具破碎的尸体。

另外五个身影散布在周围，太阳的光线在水中勾勒出他们的轮廓。

“列队，跟我来。”多利安朝头盔里的内置对讲机喊道。

那些士兵朝他聚拢过来的时候，多利安在他们中间的昏暗水域里看到了什么。有个别的什么东西浮在水中，不是垃圾。

水中的静寂被粉碎了。一声爆炸，然后一股白色的泡泡和气体猛然喷出，吞没了多利安，把他抛向水下的山壁。他在岩石上翻滚不停，努力想要抓住个东西稳住身体。最终他停了下来，他马上把手伸向自己的氧气瓶，氧气瓶完好无损，安全没问题。他转过身，朝水中望去，动荡正在平息。他的部下还剩下四个人了，漂浮在这深渊之中。他们在对讲机里七嘴八舌了一阵，然后停下来等待他的命令。

“别动。”他对他们说，“我会引导你们绕过水雷。”

多利安利用自己能看到疑似水雷的物体的有利视角指挥着部下一个个朝下潜来。他不能再失去更多部下了。等他们全都安全抵达了下面的飞船后，他也跟了过去，边在水中游动边小心避开任何可能是水雷的东西。

黑暗渐渐将上面照下来的每一缕光线吞噬殆尽，那些可能是水雷的东西的阴暗轮廓也越来越难以看清。多利安只能靠自己的记忆和头盔上射出的那一小束光线来引导自己的方向。

他看到那四个士兵漂在前方。还有四十英尺了……三十……二十……

他到了。气闸室的控制方式跟南极洲那边的入口是一样的。他靠近的时候门就自动打开了，他和他的手下一拥而入，离开了黑暗的大海。

气闸室排出了进入其中的海水，多利安脱掉身上的潜水服，朝墙上的控制面板走去。熟悉的绿色光雾涌了出来。多利安把手指插进其中，面板上随即闪现出：

阿瑞斯将军

登录许可

多利安调出一份飞船内部结构图。

飞船已经遭到了严重的破坏。不知道究竟是因为凯特的父亲——帕特里克·皮尔斯释放的核弹爆炸呢，还是因为那些水雷。整片整片的区域都被炸坏了，被水淹没。飞船现在在动用紧急动力源。还有，最重要的，要到传送室去只有一条路线可走。

多利安指了指地图：“1701-D 生态室。南入口。我们的目的地就是这里。”多利安朝自动步枪弹匣里压进第一颗子弹，“格杀勿论。”

CHAPTER 18

大卫从头到脚都是泥。他的肌肉早就感到酸痛，现在已经灼痛起来了。但他仍继续挖掘着，把一铲又一铲泥土和岩石抛到地道后面。米罗、玛丽和凯特等在后面，把土石一桶桶慢慢运出去。

有只手放到了他肩上。他转过身，看到了索尼娅。“休息一下吧。”她说。

“我还能接着干一个——”

“然后你就会累垮了，接着我也会被累垮，保罗会被累垮，然后我们就都得等着了。”她从大卫手中夺过铲子，开始挖掘坚实的地面，同时保持朝上的斜度。他们希望这样能挖出一条通往地表的路，挖开一个进入生态室的出口。

凯特是对的：这个生态圈里的情况在过去一万三千年里发生了沧桑巨变，而且这变化对他们是不利的。泥土现在堆到了房间这边，把大门埋在了地下。埋了多深，他们不知道。可能是十英尺，也可能是一百英尺。大卫不知道他们的口粮够吃到什么时候，也不知道如果他们不能很快看到生态室里的人造阳光的话该怎么办。

大卫回到他和凯特的卧室，立刻就倒在了椅子里，随即一头扎向旁边小金属桌子上凯特给他留下的那份快餐。

他饿坏了。他埋头大吃，只有喘气的时候才停嘴。

凯特走进房间，往桌上又放了一份吃的。

“我不吃你的口粮。”他说。

“反正我也不吃。”

“你需要保持体力。”

“你更需要。”凯特说。

“要是你能让那个雅努斯给米罗的量子魔方工作起来我就不用这么费劲啦。”

“这问题我们早就说过了啊。我的知识当中存在空白，很大的好几片。”

大卫竖起叉子，摆出防御姿态：“只是随口一说。”他吃完了第一份快餐，眼珠子往第二份转去，“我算是知道你父亲在直布罗陀海底挖地道的滋味啦。”

“这也太夸张了。我不明白你为什么不用炸药把路炸开。”

“炸药量不够。我们弄开大门就用掉了一半的炸药，才刚刚把门炸穿。我们可能会需要另外一半炸药来炸开另一头的门——前提是我们能成功穿过生态室。”

凯特撕开了第二份食物的包装：“吃了它，不然就浪费了。”

没等大卫说什么，她就离开了房间。大卫叹了口气，继续用餐。下一轮他一定要干双倍的工作，无论索尼娅会不会阻止他。

门打开了，米罗冲了进来：“大卫先生！”这少年笑着报告，“我们挖通了。”

“喝水休息！”大卫发声让这一列在茂密的雨林中穿行的六个人停了下来。他们全都拿出自己的水壶，大口小口喝了起来。三个小时的跋涉，多数时间都是上坡路，他们全都累坏了。

大卫把砍刀交给保罗。保罗换到了最前头的位置，准备继续在这片茂密的雨林中砍路。周围到处都是绿色、红色或者紫色的植物，藤蔓在树木之间织成了一张张大网，树木朝着上方伸展，挡住了大部分来自人造太阳的阳光。呃，这里是来自两个人造太阳的阳光。

大卫研究着投射在丛林地面上的阴影，试图大致估算出白天还剩下多少时间。“晚上会很危险的。”凯特这么说过了。

“你们管那些会飞的隐形的爬行动物叫什么？”大卫问道。

“艾齿兽。”①

“如果我们在这里扎营，它们会进入这密林攻击我们吗？”

① 译者注：exadon，模仿古代生物命名的生造词。似乎是来自 exa-（艾，艾克沙，等于 10 的 18 次方）和 -don(牙齿)的复合。

“我不知道。也许吧。”

大卫感觉到凯特有所隐瞒：“告诉我。”

“它们倾向于攻击任何进入它们领地的新种生物。这是它们的一种进化效应，一种学习方法。这是科学家们对它们感兴趣的原因之一。”

“太棒了。”

大卫放下背包，把狙击步枪挂到肩上。

“你要干吗？”

“去爬树。”

从雨林的顶上往下看到的美景令人屏息。大卫从未见过像这个圆形生态室一样的地方。为了将这美景尽收眼底，他在原地站了好几分钟。房间的穹顶散发着热量，模拟出飘着云朵的天空。雨林止步于房间正中，从那儿开始是一片绿色的平原，延伸出去有一英里多一点。再过去是一片小些的森林。相比这边，那片林子里的地上岩石更多，地面是朝下的斜坡。尽头是房间的出口。看到那边没被堵上让大卫松了口气。看来底下的土壤完全是被晃到他们这一边来了。实际上，他们要够到那边的门还得搭起一个梯子或者是堆起一串台阶才行，之后还得把门炸开。不过这里还有个亮点：他们可以少用点炸药，这样等他们出去以后收拾起来也方便些。

那片青翠的平原三面都被雨林包围，只有右面是一条水流宽缓的小河。一群体躯硕大、类似河马的四足动物正聚集在河岸边泡澡。再过去，生态室的右侧，整面墙都覆盖着岩壁。

在岩壁最高处的悬崖顶上，大卫终于第一次见到了艾齿兽们的模样。他数了数，共有十一只。它们散布在石崖上，一动不动，闭着眼睛，身躯在阳光下闪闪发光，那样子就像是群镀了银的玻璃翼手龙。大多数艾齿兽的光泽都完全像是银色的镜面，只有两头例外。它们的身上覆盖着色彩鲜丽的鳞片，就像是教堂里的彩色玻璃窗。他把这个现象默默记住，准备等会儿问问凯特。他估计这些家伙的翼展大约有十二英尺，除此以外在这个距离上他实在看不出别的什么细节了。

一号太阳正在落山，森林边上的树木在地上投下两个清晰的剪影：一个指向开阔的平原和出口前那一小片森林，另一个朝着反方向的森林内部，朝着他们来的方向。他们的选择也只有这两个。

如果当他们穿过平原的时候夜幕降临，那些艾齿兽会轻轻松松地把他们一个个都抓去吃掉的。

“你看到什么了？”索尼娅问他。

在大卫上去瞭望的时候，索尼娅一直在继续砍树开路。他很高兴她能这样做。索尼娅作为一个领袖比起他自己各方面都毫不逊色，甚至可能犹有过之：她曾经统率过一支柏柏尔人部族，其中的战士和长老们是来自许多不同势力的幸存者。她带领着这支力量成功地战胜了休达的伊麻里军队。她就是“积极行动者”之一的典型。

大卫解说了一遍他们的处境后，六个人站在茂密、昏暗的丛林中，等待着做出决定。大卫瞧着这群人像是一伙超级英雄：打扮各式各样，五花八门。

米罗、玛丽和凯特带着大号的行李包，里面装着食物，还有些东西凯特只说那些是科学家的探险装备。对大卫来说这些东西犹如一个神秘盒，会在今天傍晚打开，给他个惊喜——如果他们那时候还活着的话。

问题的关键在于保罗和玛丽。他们到飞船上的时候已经精疲力竭，因此无论是挖掘还是开路的时候，大卫和索尼娅都尽快把保罗替换下来。

保罗看起来感觉到了注视着他和玛丽的目光：“我们能坚持的。我同意我们应该全速朝另一片森林行进。”

“穿过平原的时候由我和索尼娅来背行李吧。”米罗笑着说。他跃跃欲试要拿起自己的行李了。这个年轻人的精力仿佛无穷无尽。大卫接着他说：“我们从森林最边上走，希望那些艾齿兽不会看到我们。”

大约一个小时之后，他们砍开把他们挡在雨林中的最后一丛树木和藤蔓，走上了平原。玛丽和凯特背上的行李包交给了别人，他们六个开始穿过这片绿色的平原朝着远方的树木前行。每个人的注意力都放在右边的岩壁上，放在那些很快会在夜色中隐身、起飞、捕杀猎物的捕食者身上。大卫从没这么害怕过夜晚的到来。

凯特赶上来和他并肩："行李给我背一下吧。"

"绝不。"他心中隐隐约约在怀疑，她的身体状况对她的影响有多严重？她身上有没有哪里在疼？这场跋涉会不会缩短她的寿命？四到七个本地日。他一直努力不要想起这个时间。

他朝那些艾齿兽点点头："为什么里面有两头颜色鲜艳的？"

"是繁殖期的缘故。当食物充裕的时候，就会出现那些彩色。这时候求生和捕猎比较容易，部分成员把注意力集中在交配上，把自己和其他成员区别开来。但有些则会选择保留自己体内的能量——选择不在色彩上消耗能量。当繁殖期完结之后，那些更艳丽的会首先死掉。那些把能量储备起来的可以抓到它们，轻松杀死它们。不久前它们的数量刚刚锐减过一次。"

"所以那些是幸存者，最好的猎手。"

"没错。而且它们多半很饿。"

"好上加好啊。"

随着行进的路程越来越长，"水歇"也越来越频繁，而他们喝的水则越来越少，大部分时间都在喘息，在按摩腿上的肌肉，有时候还会把行李放下，四仰八叉躺下休息一会儿。

大卫和索尼娅轮流走在队伍前头，带领这群人以尽可能快的步伐前进。二号太阳落山的那一刻他们刚好走到了树林边上。

大卫领着大家朝林子里又走了一小段，走到树木比较密集、下面的灌木丛比较浓密的地方。

"我们在这里扎营。"

凯特打开第一个背包，拿出一个黑色的方盒子。盒子上升起一片熟悉的蓝色光芒，凯特把手指插进去动作了几下。

几秒钟之后，盒子开始一片片展开，先是形成了一块大约十二英尺见方的地板，然后形成一个突出的开口。展开还在继续，这次是向上，形成了一圈没有窗户的墙壁，最后在顶部合拢成一个光滑的圆顶。这个……大卫觉得应该是个帐篷的东西的前方，有个闪着微光的黑色入口。他探头进去，太惊人了。他走了进去，凯特也跟了进去。左前方角落里的地板上伸出一张加大号双人床，甚至还有一张小桌子，右侧墙边还有一条长凳。

"真不错。"他说。

凯特给米罗和索尼娅也架起了一个帐篷。米罗蹿进去的速度之快是大卫从未见过的。

凯特伸出手开始设定保罗和玛丽的弹出式住宅，但又犹豫了："我可以在里面设定两张双人床，也可以设定一张加大号的。"

保罗有些踌躇不安。

玛丽把视线移向旁边，不过很快开口："我觉得两张床……大概会让我们……"

凯特点点头，然后帐篷开始成型。

大卫躺在床上。这张床和他们在登陆舰里的卧室里那张床一样，是某种自适应泡沫材料的，舒适得好似天堂。他必须强迫自己坐起来。他不能让自己就这么睡着。宝贵的时间正在流逝。

凯特坐到床上，朝他微笑。

"这些亚特兰蒂斯人的玩意儿还不算太糟糕嘛。"大卫说。

"让你想起了童年？"

"有点。"

"你做过童子军吗？"

"想过参加，中途放弃了。"

"我觉得你是不会放弃任何你热爱的事业的。"她调笑道。她又在用他说过的话反攻他自己了。

"嗯，我其实不热爱童子军。我们那时候可没有亚特兰蒂斯人出品的野营装备。我当到了‘威备乐士’[①]，然后就退出了。”

“那是什么？”她边说边拿出一罐油膏，坐到他身边的床铺上。

“那是……无关紧要——你在干吗？”

“脱掉你的裤子。”

“嘿，女士，我不知道你们那边野营都怎么个搞法，但——”

“真有趣。这是给你腿上外敷的消炎药——”

“哦，你的嘴巴真是太甜了。不过我现在得让你就此罢手。”他坐起身来，抓起自己的枪，努力表现得漫不经心，“我很快回来。”

“你去哪儿？”

“有些事情要去处理一下。我会回来的。”他没等凯特挽留就离开了，然后快步走出营地。他走到树林边缘的时候，听到有人沉默地跟在他身后。

他转过身，看到了索尼娅，她肩上也挂着枪。

“你应该回去。”

“你应该停止对我发号施令。让我们把这事快点干完，我们都知道必须做什么，不是它们死就是我们亡。”

---

① 译者注：美国童子军序列中正式童子军之前的最后一个级别。1960 年后该名字被解释为“我准备成为忠诚的童子军”，之前被解释为“狼熊狮童子军”——此前三级分别被称为狼级、熊级、狮级。

CHAPTER 19

多利安把枪端在身前，沿着亚特兰蒂斯飞船中昏暗的走廊一路前行。靴子被他脱下来系在一起，挂在脖子上，垂在他胸口。

他的四个部下也赤脚踩在地上，小心翼翼地不发出任何动静，生怕在几乎是一片漆黑的空旷走廊里制造出回音。

多利安不知道现在这种状况对他算不算有利。

大卫可能会等在任何一个拐角处。迫近的战斗让多利安既兴奋又害怕。这是最后了，他和大卫的最后一战了。如果他失败了，凯特和大卫到达了烽火站，他的世界就全完了。

多利安试过确定大卫和凯特的位置，但飞船上的计算机终端基本上都离线了。多利安不知道这是因为飞船遭到破坏的结果，还是一项节能措施。如果是后者，他可不想冒着暴露自己的风险激活飞船的计算机系统。但等解决了大卫和凯特之后，他肯定会打开计算机系统的。这还会带来新的可能，一个多利安在飞到这里的航程中一直在考虑的问题：找到答案。亚特兰蒂斯飞船把他看作阿瑞斯。也许它里面存有关于阿瑞斯的计划的线索；或者有关于那个他这么害怕的敌人的线索。如果多利安能了解全部的真相，也许他可以改变力量对比，控制住地球上的局势。这可能是人类唯一的机会了。

最前方的两名士兵此时停止了移动。

他们到达了 1701-D 生态室的入口处。这里和多利安想象中的样子完全不同。走廊上到处都是一堆堆的黑色泥土，本应该是大门的地方，被扭曲的金属蜿蜒伸向生态室中。门被炸开了。

大卫在这里跟什么人交战过吗?

多利安示意他的部下穿上靴子，列队跟上他。

他蹑手蹑脚地摸到入口旁，窥视了一下生态室内部。里面飘出来的空气温暖而又潮湿。看到的东西让他摸不着头脑：那些巨大的绿色和紫色的植物是什么？这里看来是个生物圈，或者是间栽培作物研究室？温室？他本以为这个巨大的舱室是间仓库，要不就是另外一个存放着许许多多复活管子的储藏室。

他挑出一个人打头，沿着狭窄的泥洞朝前走去。这里很可能有陷阱。失去一个人他还能承担得起，这样对上大卫的时候他还有三个部下，加上他自己。获胜机会够大了。

但没有陷阱在等着他们，只有夕阳下一片茂密的雨林。大卫和凯特在雨林中砍出了一条道路，抓到他们看来会更轻松了。

大卫瞧了瞧正前方的岩壁。现在他只能看到那两头颜色亮丽的艾齿兽了。其他的要么是已经起飞了，要么是已经发动了它们的“隐身斗篷”，准备等最后一缕余晖消逝就开始捕猎。

它们是完美的捕食者。这里没有月亮，在没有光影的暗夜中，它们可以任意选择发起攻击的时间和地点。大卫真希望它们别那么勤快。

“我们得快点了。”索尼娅说。

“同意。”大卫收回自己的视线，找准目标。

“你觉得这样能有用吗？”

“很快我们就会知道了。”

索尼娅在他身边的草丛里趴下，和大卫同一时间开火。几秒钟后，前方缓缓流淌的河水变成了红色。

多利安在树顶上听到了枪声响起，但花了好几秒才找到声音的源头：是大卫和一个非洲女人——他们的伪装几乎是完美的。他们就在平原对面的树林边上，平趴在地上。他们在打什么？

然后多利安看到了他们的目标——一些巨大的兽类，体积可能比大象小一点，没有鼻子——从河边上平原旁的泥水中冒了出来。它们大声嚎叫着，身上鲜血直流。

他们是没食物了，所以在打猎？多利安有些疑惑。他们愚蠢的行为现在要让他们自己也成为猎物了。多利安从树上滑了下去。

“他们在平原对面的树林边上。快！我们可以给他们来个出其不意。”多利安说。他的部下们跟着他，沿着小路向前奔袭。

玛丽躺倒在床上，闭上了眼睛。她记忆里自己从没这么累过。嗯，可能她和保罗刚搬到亚特兰大那会儿，卸完行李之后有这么累吧。她的东西，还有他的。带着那么些东西在楼梯上爬上爬下把人累得精疲力竭。

为什么她会想起这些？仅仅是因为疲倦？不，那也是个激动人心、充满未知的时刻。

密码。他们很快就会知道里面的内容了。

她伸出自己的手，伸过分隔开两张床的狭小空间，把手放到保罗的手上。

他略微支起了身子：“你没事吧？”

“我很高兴你能来救我，帮我离开了波多黎各。”

“我也是。那里现在多半已经被淹没了。”

这时，他们听到帐篷外传来了枪支开火的声音。

米罗兴奋得睡不着，也吃不下东西，他盘腿坐在凯特医生从盒子里变出来的帐篷里。

这又是一个奇迹。他希望好好享受这趟奇异旅程中的每分每秒，他相信一定会有自己发挥作用的时刻。

凯特每一秒都越发确信：她希望跟大卫一起度过自己的最后时刻。此时此地，在她生命的尽头，这一切都变得清楚明白了。什么是重要的，什么是真正重要的。情、爱，她这一辈子的生活，她的真实面目。她简直等不及要看到大卫回来了。

第一阵枪声响起时她已经睡着了。

大卫开始从树林边上匍匐后退，离开原来的位置。但他仍然盯着那些巨大的动物，看着它们在泥浆里挣扎，因为枪伤而痛苦地嚎叫。索尼娅跟在他身旁。

“不是它们死，就是我们亡。”大卫平静地说。

“这世界就是这样。”她回应道。

大卫等待着，期待着那些艾齿兽会降下来，来吃更容易到嘴的猎物。

大卫看到那些河边的大型动物在日落时分沉到泥水中去的时候，他有了一个设想：那些艾齿兽在夜里狩猎的时候，主要依靠红外视觉来观察猎物的热量和移动。泥浆和泥土能让那些大型动物用来遮蔽自己，让艾齿兽难于发现它们，从而维持生态系统的平衡。也有例外的情况，如某只巨兽在夜里跑到了外头晃悠；或者是现在这样，巨兽们因为疼痛惨叫着从自己的藏身之处钻了出来。

大卫仔细观察着有没有任何光线变化，随时——最近的一只正在哀嚎的动物身上爆出了三道血口子，仿佛有三把大号的牛排餐刀沿着它的身侧拖了过去。它翻滚着，朝四面八方泼溅泥浆——很可能是另一个本能的防御措施。大大小小的泥浆团在空中飞过。有些一直往前飞，最后落到了地面上，但也有许多悬停在了空中。

空无一物的地方渐渐现出了翅膀的轮廓，然后是长长的尾巴，然后是脑袋，最前方长着一根长喙。大卫看着这些沾满了泥浆的艾齿兽使出全部力气，把两头巨兽给撕成了碎片。这场大屠杀的另外一幅场景让他更为关切：三只这种飞行怪兽正把另一只受伤的猎物拖走。它们把它的腿给折断了，用自己尖利的爪子深深扎进它的身体，把它吊在下方。大卫明白了：它们正在强迫剩下那些躲在泥浆里的动物眼睁睁看着同类死去，试图以此把它们引诱出来。

大卫希望那些巨兽能抵制住冲动，留在安全的地方，在泥浆里别出来。

艾齿兽比他以为的更加聪明——也更加凶残。

大卫匍匐着慢慢后退，他身边的索尼娅也一样。退到已经看不到河边的血腥场面的地方之后，他们站起身来，朝着营地跑去。

第一发子弹从大卫的肩头擦过。第二颗击中了三英尺外的一棵小树，把它的树干打得粉碎。碎片飞溅到大卫身上，打得他摔倒在地。他隐约意识到索尼娅正在开火还击，同时伸出一只手抓住他，把他拉起来。

多利安看到大卫倒下了，但他仍然继续开火。他不想有任何侥幸心理。

那女人正开火还击，但她只有一个人；他们有五个人。

他可以轻松截住这个女人和大卫，甚至可以把他们引诱出来。营地一定就在他们在树林里砍出的小路前方。

多利安想要亲手射出最后一颗子弹，他想亲自结束战斗。

他命令两个部下待在那块凸出的岩石上："继续对威尔和那个女人开火，把他们压制在原地。我去攻击营地，然后包抄他们。"

多利安领着另外两个部下穿过平原。那个女人朝他们开了几枪，但偏得很远——她只是在盲目射击。

多利安爬到山脊顶上才看到了河边的那场屠杀。那些长着翅膀，身上满是泥浆的怪兽正在把一些大型动物撕成碎片。场面一片混乱，到处都是血和泥浆，连多利安都被吓了一跳。这到底是什么地方？

他加快了脚步，他快要到小路入口了。等他朝营地开火之后，大卫和那女人将别无选择，只能回头发动进攻，自己送上门来。

CHAPTER 20

急促的枪声惊醒了凯特。她侧耳倾听，有两处来源，来来回回，互相交火。

她跳下床，抓起自己的背包冲了出去。然后她看到米罗、保罗和玛丽都在帐篷外面。

“收拾行李。”凯特朝他们喊道。她从一个帐篷旁跑到另一个帐篷旁，飞快地在控制板上输入收拢帐篷的指令。

现在完全是晚上了，周围一片漆黑。四周的声音只有枪声、森林里厚厚的树叶和枝条的飒飒声，还有远处传来的野兽的哀嚎声，这让凯特毛骨悚然。

她努力集中精神。帐篷自动折叠起来，他们四个人一起手忙脚乱地收拾着他们的行李。

“接下来呢？”保罗问她。

他们只有一件事可做。“藏起来。”凯特说。

大卫渐渐喘过气来了。有些碎片穿透了他身上的亚特兰蒂斯制服，但很大一部分碎片被衣服挡住了。

又一阵子弹打在他们背后的那些石头上，石子和尘土洒落在他们身上。

大卫在自己背包里翻找着，有什么他用得上的？

有。

他抓起一些枯死的灌木，划了根火柴，点起一支火把。

“别让火把熄灭。”他说完，从包里拿出一颗手榴弹，“还有，掩护我。”

他压低身子，以尽可能快的速度跑向河边的艾齿兽们。

多利安和另两个士兵马上就要跑到树林里了，此时他右边的男人忽然离地飞起，发出痛苦的喊叫声。血从这个士兵的身上流了出来，他的双脚乱踢，把多利安踢倒在地。有那么几秒钟他就那么浮在离地不远的地方，然后开始前后扭动，他的鲜血飞溅，溅到了什么东西……

是那种怪兽里的一只。

多利安扣动扳机，朝着那怪兽和他自己的部下猛烈开火，然后转动枪口，从一边扫射到另一边。

两头可憎的怪兽掉落在绿色的草原上。它们的身形忽隐忽现，鳞片就像是反光的小镜子。它们是机械还是生物？它们会流血，那么是活的，而且它们能隐身。

大地一瞬间似乎炸裂开来。

一颗手榴弹在平原边上爆炸了。一股泥浪升起，在空中显出一只翼展至少六英尺的生物。之前藏身在泥浆里的那些巨大的动物猛地冲了出来，正撞上这只沾满泥浆、暴怒不已的石像鬼般的怪兽。

在空地的另一侧，之前在一块凸起的岩石上朝着大卫开火的一个人大叫着飞上了天空。另一个男人转过身，奔向他们后面的森林，但他也被抓住了，升向空中，被撕成了碎片。那只野兽抓住他之后几秒钟他的哀号声就消失了。

多利安转过身，用目光搜寻着……

之前大卫和那女人待着的地方，火焰从草地的边上燃起，越烧越旺。

“那些怪兽是利用体热来搜寻猎物的，大卫试图扰乱它们的视线。”多利安想道。

他在后侧看到了得救的希望。多利安朝那边指过去：“那个山洞。快点。”他对自己的最后一名士兵说。

大卫又抓起一根木头，把它在火上点燃，然后用力投向草地上。地上齐膝高的草丛绿油油的，但他希望在地面附近会有足够的可以被点燃的枯草。至少，在树林边上的灌木丛可能会烧起来。他们只需要点起一条火焰的防线就好。

凯特能感到自己周围的丛林在发生变化。看起来它在运动：每片树叶，每根树枝，每棵树仿佛都爬满了小动物，仿佛它们都在慌忙逃离某个无形的敌人。然后凯特听到了爆炸声，闻到了烟味。发生了什么事情？她想起了一个新的危险。在这个封闭的环境当中，火灾可能会让他们窒息。她心里只想做一件事：朝着起火的方向跑回去，找到大卫。如果她真的这么做了，他一定会勃然大怒的，她很清楚这点，她也很清楚自己应该做什么。

她回头望着保罗、玛丽和米罗说："我们要加快速度，如果我们不能快点走到出口……"

保罗朝前踏出一步，从凯特手中拿过砍刀："第一班我先来，你先休息。"

多利安慢慢爬上岩壁。现在空气里到处都是烟雾。他手上的激光棒发出的激光刺入烟气中，仿佛是灯塔上的探照灯发出的光束在夜空中纵横。一旦光线被阻断，他就会立刻开火。如果有某只那种隐形怪兽朝他袭击过来，他只有这样才有打中它的机会。

但他没有遇到袭击，顺利到达了山洞入口。洞口直径大约有四英尺。他探头进去，然后迅速地点亮了一下手电筒。没有危险，而且也够深。

"收集些石头。"他对那个士兵说，"我掩护你。我们需要把入口堵上，这样那些家伙就看不到我们的体热了。"

几分钟之后，洞口内侧堆起了一堆石头。他和那男人爬了进去，然后挪动了一下洞口的石头，完全封住了洞口。他们安全了，只要他们不被窒息。

多利安靠在洞壁上,和剩下那位士兵面对面。他似乎听到那人发出咯咯声。在打鼾？多利安记不得这个人在飞行途中有没有呕吐过了。很可能剩下的这位是那些士兵中最好的一位。在对抗大卫和他那位女战士的时候他需要一个优秀的帮手。

多利安的思绪转回到了这个山洞。他漫不经心地有了一个念头：什么样的动物会住在这里呢？

那人又发出一声怪响。

“嘿，别用嘴呼吸啊。”

咯咯声变成了喘息声。

多利安踢了踢那人的腿。肌肉很硬，太硬了。多利安用靴子探了探，太细了。这腿感觉周长不超过八英寸，这士兵的腿应该要粗得多。皮肤很光滑，几乎是滑不溜秋。

多利安明白过来真相的下一刻，另一根粗粗的“绳索”缠上了他的脖子，滑进他和洞壁之间，然后绕过他的整个身子，把他的胳膊紧紧绑在身旁，把他朝地上拖去。这条巨蛇紧箍着多利安，他觉得自己要喘不过气来了。

CHAPTER 21

大卫和索尼娅背靠背穿过丛林。他们轮流用狙击枪上的瞄准红光在周围画着椭圆形的圈子，看有没有艾齿兽的蛛丝马迹。烟雾越来越浓，疲劳越来越重，但他们继续向前，一步又一步。

米罗让凯特感到吃惊，他体内仿佛有用之不竭的精力，她以前从没见到过有人能这样。他用衣服缠住自己的双手握住砍刀的地方，他一根又一根不停地砍断凯特觉得似乎永远也砍不完的树木和藤蔓，只有手上起泡是唯一能让他放慢动作的原因。

她听到身后的丛林里有轰鸣声，树上和地上的动物们四散奔逃。

保罗、玛丽和米罗都转过身望着她。

“藏起来。”

多利安觉得自己的生命正在流逝。那条蛇卷在他身上，从颈部一直到膝盖，越缠越紧。

他还有力气再动一下，他蠕动身子，朝一侧翻滚，然后朝前弯曲身子，用力推挤、碾压，然后把自己的背朝洞壁上撞去。

那条蛇仍坚持缠着他，但这条肌肉的绳索抽搐起来，松开了那么一瞬间——多利安也只需要这么一点时间。他从腰带上抽出了匕首，戳了下去。

蛇张开口咬住他的胳膊，上下牙都紧咬在他手臂上。但这一口成了它失败的原因。多利安用另一只手接过匕首，又戳了下去，用利刃插穿了蛇的脑袋，一直戳进自己的胳膊里。他无视痛苦，把匕首往外抽。匕首拖出来的时候，背面的锯齿把这条恶毒的动物的脑袋拉成了碎片。他又戳了一刀，这次力度比较轻，缠绕着他的蛇身松开了。

他把手伸到背后，在黑暗中迅速摸索着，同时仍然紧握匕首，准备应对新的攻击。

他抓住了那个小圆柱体，按动了开关。闪光照亮了洞里烟雾滚滚的狭小空间。

多利安隐约看到了另外那人的身影，随即对方就被烟雾遮蔽起来。他正要上前，一双眼睛让他骤然停了下来。一双冷酷的眼睛。那条蛇扭动着，摆动着，松开了那个男人。它退到了洞穴深处，避开火和烟雾，一路上眼神一直在多利安身上刷来刷去。

多利安跳过那条死蛇，摸了摸那人的颈部，脉搏微弱，他需要新鲜空气。

多利安爬到他们堆在洞口的石堆旁，推开石头。外头大火肆虐。这个畸形动物展览馆正当中的草地上火光熊熊，和升腾而起的黑烟形成鲜明对比。

多利安把那人拖到山洞外，放在地上平躺着，他会活过来的。但还能活多久？多利安不知道。

他把那人抱起来，找了个石凹——多利安觉得这地方利于他防御。他把那人放在一边，去找回了他们俩的背包，然后又收集了一堆石头。

多利安把自己塞进石隙里，把那个士兵放到自己头顶上。他的身子悬在上空，仿佛是面盾牌。如果他死掉了，至少也还能起点伪装作用。如果那些“石像鬼”会袭来，他也能阻挡一下那些家伙的利爪。多利安把收集来的石头堆放到他们周围，希望能多少遮蔽住他们散发的热量。

他握紧手中的枪，但没再把激光束来回晃动了。那条蛇耗尽了他最后的精力。他觉得自己累坏了，感觉几乎跟他每次和阿瑞斯交谈之后一样糟糕。那个亚特兰蒂斯人对多利安——以及对于全人类——就像是洞窟里的那条蛇一样：沉默无声，无影无形，在黑暗中抓住猎物，缠上去，意图把对方全部的精力榨得一点也不剩，然后吞噬掉可怜的牺牲品。

他望着火焰吞没了最后一片草原。火焰渐渐熄灭，余烬在黑夜中闪烁，多利安感到一股新的火焰在他胸中燃起。

凯特看到大卫从森林里沿着他们砍出的那条小路走来，浑身都松了一口气。

“大卫。”她呼唤着他，离开了自己藏身的地方，投进他的怀抱。

他发出一声闷哼，微微偏了偏脑袋。

他受伤了。凯特开始用手在他身上摸索，寻找着血渗出来的地方。

“我没事，只是些碎木。”

大卫打量了一下队伍里其他的成员。

“我们得加快速度。”他边说边和索尼娅一起走到队伍前头。其他人跟了上去。

两小时后，众人盯着 1701-D 生态室的出口猛看。

只有一个麻烦：出口离地面有将近二十英尺高。

大卫走到黑色的泥土和构成生态室墙壁的坚硬复合物交会的地方。这里的土壤颗粒很细，太奇怪了。

众人现在着重要解决面临的两个难题：首先要把炸药送到生态室大门口，然后，假设爆炸能炸开大门的话，还得让所有人都离开这里。对于如何够到大门的问题，他们迅速交流了一下不同意见；具体来说，是在怎么砍倒一棵树用来爬到门口的问题上的不同意见。我们可以用砍刀——要花太多时间。用点炸药——太危险，我们可能需要全部的炸药才能炸开门；如果炸药不够的话，我们就会被困在这里了。用枪打断树干——我们还需要子弹来对付多利安和艾齿兽，而且枪声可能会引来麻烦。

最终他们决定采用最“低技术”的方法把炸药放到生态室门口去：不用子弹，不用手榴弹，也没有噪声。

大卫站在最底下。索尼娅站在他肩膀上，尽力维持平衡，双手高举，每只手上托着米罗的一只脚。米罗往前伸手把炸药放到厚厚的大门上，按下启动按钮的时候，索尼娅的身子微微晃动了一下。

索尼娅用上臂接住掉下来的米罗。冲击力让下面的大卫猛然哼了一声。

然后索尼娅把米罗放下去，自己也跳到地上。他们全都逃开一段距离，焦急地等待着爆炸将会带来的结果。

尘埃落定之后，他们看到上面的走道里应急灯的微弱光芒。于是他们一阵欢呼，互相拥抱。大卫拥抱了凯特。米罗朝他们冲了过去，大卫也拥抱了他。玛丽发现自己被抱在了保罗的怀抱中。大卫朝索尼娅短暂地点了点头，后者的唇边露出一丝微笑。

他们再次搭起了人梯，这回是把队伍中的人一个个送出去：首先是米罗，然后依次是玛丽、凯特、保罗和索尼娅。索尼娅让其他人抓住她，她自己把三个背包上的带子接在一起，垂下去接近大卫。大卫助跑一段之后猛然起跳，抓住背包带，双脚用力在墙壁上一蹬，朝上蹿起一截，刚好够到索尼娅的手。她把大卫往里使劲一拽。其他人也一起用力，把他们拖进了走廊。

爆炸声惊醒了多利安。他后怕得要死——他本没打算睡着的。那士兵的脑袋转向他，“长官？”他声音嘶哑地小声说道。

“待在原地。”

多利安跑到石崖边上，用他枪上的瞄准镜寻找着声音的来源。

一道门，一个出口——大卫那帮人把它炸开了。他们一共实际上是六个人——除了凯特和大卫[①]之外多利安都没见过。多利安看着这帮人爬了上去，离开了。

他吸了口气，俯瞰着生态室。周围一片安静，在远方的角落里，雨林和入口相接的地方，一轮太阳探出了头。在对面的岩壁上，两只身上满是泥浆的“大鸟”摊开身子在晒太阳。

多利安不知道太阳出来以后它们是不是会一直待在那儿。如果是的话，他追踪凯特和大卫的路上就毫无障碍了。

---

① 译者注：原文无“和大卫”，但显然不合理。

凯特带着队伍沿着走廊奔跑，远离生态室的出口和里面的危险。

进入传送室后，凯特在那团绿色的光雾中操作了一下，然后转向那里的拱门。“我们准备好了。”

“你能把门关上吗？好不让多利安追踪我们。”大卫问道。

“不行。飞船现在处于紧急状态，这里是最后一条逃生通道，它无法被关闭。”

大卫点点头。米罗、两名战士和三位科学家依次走进那道闪烁着的白色拱顶光门，前往亚特兰蒂斯烽火站。

中部

烽火站

CHAPTER 22

玛丽·考德威尔穿过传送门后，兴奋得心脏都要从嗓子眼里蹦出来了[①]。地板是珍珠白色的，墙壁是亚光的灰色，但最吸引她的是铺在正前方那宽广的观景窗。她从未见过这样的景象。地球就悬在窗外，一个上面满是白色、蓝色和绿色花纹的球体，悬在一片黑色的幕布上。

能目睹这幅景象的之前只有极少数人类：宇航员们。他们都是英雄，冒着巨大风险前来观看这美景，为拓展人类的知识让自己命悬一线。玛丽在孩提时代曾梦想过这样的时刻：进入太空和宏伟的未知世界旅行。但对她来说要冒的风险太大了。她最终选择从事天文学，希望双脚踏踏实实站在地面上的同时为宇航事业做出自己力所能及的贡献。但眼前就是她所渴望的景象，所梦想的目标。

此时此刻，她觉得无论接下来发生什么，她都能含笑而终了。

保罗·布伦纳的脑海里只有一个念头：完蛋了。自从亚特兰蒂斯瘟疫暴发之后，他经常都有这种想法，但这次和之前不同。他这次感到自己有点精神错乱了。他和特伦斯·诺斯的对抗，他杀死对手的行为，已经几乎让他濒于崩溃了。再加上在摩洛哥洪水中的奔逃，刚才在那艘亚特兰蒂斯飞船里那个怪诞的圆形房间里发生的那些事情，最后还有这个：在环地轨道上俯瞰地球。

他习惯于努力控制、约束不受控的东西：病毒。他知道这场游戏的规则：病原体、生物学、政治。

而如今，他对脚下这块地方一无所知。

他几乎是下意识地转过头去，看着站在他身边的玛丽。他已经很久没看

① 译者注：原文是心脏快停跳了。英文中以此形容惊讶、兴奋、激动，和中文习惯相反。

到她这个样子了……很久很久了。

米罗的所见让他更加确信，他出现在这里并非无因，这里有需要他来完成的使命。在一个孩子的心目中广阔得无法想象、尺度近乎无限的那个世界，现在缩小成了一个小小的圆球，飘浮在外面，仿佛随时会被广袤的宇宙吞噬。这提醒着米罗，他是多么渺小，一个人的生命是多么微不足道——只是人类全体的浩瀚汪洋中的一小滴，眨眼间就会消逝。生命无常，身后只留下片片涟漪渐渐平息。

他相信，一个人的这一滴生命可成为剧毒，也可成为医治时代病痛的良药——一个时代也不过是水面上的薄薄一层，时光中的短暂一霎。米罗不是战士，不是领袖，也不是天才。他环顾四周，看着自己的同伴们，看着这些各行各业的精英。但他能帮上他们，有需要他来完成的任务，他确信如此。

大卫扫视了一下传送门所在的这个小房间，随即跑进房间唯一的出口外的圆形通道。他搜索前行，举着手中的枪前后摆动。现场空无一人。

烽火站内部的居住区看起来只有一层，形状好似一个茶盘。

他们刚出来的传送门所在的房间占据了中央的整个区域，就像是高层建筑正中心的圆形电梯间。

他还是从传送室和观景窗那边开始，顺时针又转了一圈。烽火站里包括四套跟登陆舰里的船员居室一样的房间（里面有一张小单人床，一张桌子，还有一个封闭的声波清洁舱——他直接把那地方叫作“卫生间”，但那里实际上是个无水卫生间，里面装着一堆颜色各异的频闪灯）；在后侧，传送门对面的位置是两个大房间，大卫认为是实验室；最后一块区域在观景窗的左手边，是个储藏室，里面堆满了银色的板条箱，还有几件舱外活动服。

他绕着太空站转完第二圈回到传送门那里时，其他的人都还痴痴地站在原地，望着观景窗。他必须让他们的注意力回到当下要完成的任务上来。虽然他们身心俱疲，他还是很想抓住那些成年人，晃醒他们，然后说：“来吧，大家！集中注意力！追杀我们的杀手随时都可能到达！”

米罗就算了。大卫无法想象要是他自己少年时来到这样一个太空站里，凝望着地球会怎么样。多半会尿裤子的。

凯特的脸上一片茫然，大卫知道，这说明她又在用身上的植入装置跟这个亚特兰蒂斯太空站进行通信。她的脸转向他，脸上的茫然变成了焦虑。这下他也焦虑起来了，确切说是更焦虑了。

大卫指了指传送门：“这是唯一的入口吗？”

“是的。”凯特说。

索尼娅被他们的话惊醒了：“设障防御还是伏击？”

大卫在脑子里快速过了一下他看到的可以利用的东西。要把传送门给封死完全不够，差得太多。“伏击。”他说。他朝四个居住舱所在的方向点点头，“我们在传送门的那一边准备伏击。”

他走到储藏室，和索尼娅一起把所有的银色箱子都搬了出来，把它们堆在垂直于传送门的方向上，这样一来他们可以躲在后面朝着储藏室的方向开火。大卫希望子弹能打中多利安以及他所有剩下的手下。大卫不知道这样做安不安全，但多利安多半会一穿过传送门出来就直接开火，所以……

凯特抓住他的胳膊：“我们得谈谈。”

“我站第一班岗。”索尼娅说完就在箱子后面找了个地方安顿下来。

凯特把大卫拖向最近的一间居住舱。

“这里还有三间宿舍，每人一间。”大卫说。还有四个人，只有三间房。不过他们会解决这个问题的。

保罗倒在小床上，开始脱掉那身亚特兰蒂斯人的衣服。门打开了，玛丽走了进来，放下自己的背包。

保罗本以为玛丽会和另外那个女人住一间的：“我可以去跟米罗住一起。”

“不。就这样。”

“你不想……”

“抱歉。索尼娅……我害怕她那种人。”

保罗点点头："嗯，我也怕。"

"至少还是有个把好消息。"多利安想道。那个差点被蛇勒死的士兵现在能走路了，而且他不是在飞机上的那帮反刍者[①]之一。所以大概他算是一开始的这六个士兵当中较好的了，而且无论如何也只剩下他一个了。

叫维克多的这家伙不怎么喜欢说话，这是个额外的好消息。

他们在丛林中跋涉了几个小时之后，维克多终于开口问道："长官，行动计划是？"

多利安停下脚步，拿出水壶喝了口水，然后把水壶递给维克多。他们现在能远远看到大卫炸开的出口大门上绽开的金属了。

"勇往直前，完成任务，不管前面会是什么奇怪的地方。"

"我们有麻烦了。"一关上门，凯特立刻对大卫说道。

大卫坐到桌边，疲惫终于压倒了他："你能不能别再这么说了？哪怕我们真的要完蛋了也别这样说。这句话比实际有麻烦更让我紧张。"

"那你想要我怎么说？"

"我不知道。也许说'我们有个要解决的问题'？"

"我们有个要解决的问题。"

大卫笑了，朝凯特做了个疲惫不堪、彻底投降的表情。这表情一下子就让她心软了。

"雅努斯的消息，内容跟我们想象的不一样。"

大卫环顾四周，等待着后续。

凯特在桌面上空调出一个显示屏，上面显示出雅努斯发送的信息。

"这……"大卫说，"这可真是个非常、非常大的麻烦。"

---

① 译者注：游戏《暗黑破坏神》里一种会吞食地上的怪物尸体然后吐出腐蚀液攻击玩家的怪物。参见反刍者《暗黑破坏神 2》。

CHAPTER 23

大卫坐在嵌在灰色墙壁里的桌边，努力把自己疲惫不堪的思维集中到雅努斯发出的那条信息上。

“再放一遍。”

凯特坐在他身后的小床边，用自己的神经连接下令播放视频。

“你想怎么办？”凯特问道。

“我们应该让大家都看看。”

大卫觉得他们别无选择，而且他认为他们应该共同做出决定。

大卫跑了一圈，把所有人都召集到烽火台后面的实验室里：这里空间比较大。凯特发出了让门都打开着的指令。此刻她和米罗、玛丽、保罗和索尼娅一起站在敞开的房间里。大卫替下了索尼娅，这很合理，她也该亲眼看看证据。他坐在传送门外的临时哨位上，枪口沿着出口指向空荡荡的储藏室。

凯特正要开始播放视频时，保罗走到屏幕前面，向凯特致意：“抱歉，但我能不能先说几句？我只是……不太清楚在这里开枪是不是不太合适。”他的眼神闪避着大卫的目光。

“我同意。”玛丽平静地说。

索尼娅的身子绷紧了。

大卫在那边叫喊着回话：“如果多利安·斯隆从门里走出来，我就朝他开枪。讨论到此为止。”

玛丽清了清嗓子：“嗯……我感觉也许我们该把这些箱子堆在传送门外头。这样等他出来的时候我们就会知道，然后你可以朝着传送门开枪——这样至少子弹会飞回对面那艘飞船里。”

“你是假设，”索尼娅说，“传送门会把子弹传过去。如果不是这样呢？

子弹会穿过传送门中的机构，我们就会被困在这里了。结果比因为子弹打破舱壁让我们死于空气流失要更糟糕得多，至少那样比较痛快。而且那也只是个假设而已。一艘这么先进的飞行器肯定能承受外部碰撞。这方面我不太懂，但我相信太空中飘浮着许多大大小小的石块，有些是在高速运动的。因此有理由相信，这个烽火站的结构也能承受来自内部的撞击，而且，如果发生泄漏的话，会有能力迅速自我修补。”

“我……嗯……我没考虑到这点。”玛丽的脸红了。

“要考虑的事情很多。”索尼娅说，“而且我们的精神都很疲惫了，还有很多未知的东西。”她转向凯特，“当然，要排除那些已知的因素。”

“哦，这个问题我也不知道。”凯特说。她来自亚特兰蒂斯人的记忆是断断续续的，而且她完全不知道这个太空站的性能如何——也包括不知道它能否经受住一场枪战。

“你说这有段电影？”米罗问道。

“是的，类似的东西。”凯特打开了大屏幕，开始播放视频。五个人都往后退了一点，围着屏幕站成半个圆圈。

雅努斯站在那艘飞船的舰桥上。他和他那位亚特兰蒂斯科学家伙伴乘着那艘飞船来到地球，然后把它藏在了月球背面，深埋在几千英尺的月岩和尘埃之下。

雅努斯说话的表情十分坚定。

“我是亚瑟·雅努斯博士，我是个科学家，是个毁灭已久的文明的公民。我们多年前犯下了一个巨大的错误，为此付出了高昂的代价——以我们全社会几乎所有成员的生命为代价。劫后余生者逃到了这里，这颗星球上，潜藏起来，等待时机。然后我们重犯了同样的错误。”

飞船摇晃起来，雅努斯身后，舰桥周围的面板闪烁摇曳，砰砰作响，然后纷纷熄灭。

“我要对你们说：你们，摧毁了我们母星的人们，被我们损害了的人们，请别在这颗行星的原住民身上继续你们的复仇。他们也是受害者。”

火焰爆发，吞没了整个舰桥，视频随之完结。

“嗯，那么……”保罗第一个开口，“这其实并不是发给盟友的。”

玛丽咬着自己的嘴唇：“我们怎么才能知道那个回复——我收到的回复——是针对这条信息的？还有，你知不知道发到这边的信息是什么内容？”

“不知道。”凯特说，“实际上，你收到的就是信息原文。有时候烽火站会把收到的信号进行编译，但这次没有。”屏幕上的显示换成了收到和发出信息的存取日志，“这条是雅努斯发出去的信息。十四天前，来自母船。奇怪的是他发送的途径是量子通信中继站——”

“量子通……”

“类似于转播塔的东西，亚特兰蒂斯人用它来进行远程信息交流。它的运行方式并不是让信息在太空中传播，而是摺叠空间，创造出临时的虫洞和传输信息必要的能量。中继站创造出的这些虫洞只存在非常非常短的一瞬间，它会在这期间将信息传过去。数以百万计的中继站组成了一个有冗余的通信网络。”①

房间里的其他人茫然地面面相觑——玛丽除外。她一个劲儿地点着头。

“这个的重要性在于？”保罗问道。

“在于这意味着雅努斯在掩饰他发信的地点——他把这条信息通过许多个中继站反复转发，我从这里甚至都找不到发送的最终目的地了。他显然不希望收信人知道信息来自何方。”

“但他们不知怎么还是追踪到了信号来源。”索尼娅说。

“也许他们追踪到了，也许没有。”凯特答道，她点亮了通信日志的下一行，“他发出信息之后二十四小时，这里收到了一条回复。它附有亚特兰蒂斯人的访问权限，因此烽火站把它放了过去。对我来说最奇怪的是这条信息并不是按照亚特兰蒂斯语的格式和编码习惯编写的。这条信息相当……‘地球化’——内容非常简单，复杂度比亚特兰蒂斯语应有的要低得多。亚特兰蒂斯的计算

① 译者注：现实中地球科学家正在研发的量子通信原理和作者这里描述的不同。

机甚至都无法解读它。”

“就好像发送者知道收到它的亚特兰蒂斯人藏在一个落后的世界上……”保罗开口说道。

“这是个诱饵！”传送门那边的大卫高声插了进来。

“我同意。”索尼娅说，“如果之前那条信息是发给一个强大的敌对势力的，而对方无法追踪到它的源头，那么他们可以对每个可疑的世界发出一条假信息，希望能把我们引诱出去。”

保罗点点头：“他们希望我们会做出回应，暴露我们的地点。或者是关闭烽火站，这样更好：他们就能看清楚地球上到底发生了什么。”

“信息里有我们的地址。”玛丽说，但她随即补充道，“不过我猜他们可以向每个世界发送一条不同的信息。”凯特觉得意识到这点对这个女人打击很大，仿佛她心中一直抱有某种希望，而现在彻底绝望了。

保罗揉了揉自己的太阳穴，踱着步子：“我太累了，思考困难。我们显然不能发出回应，至少现在不行。也不能关闭烽火站。雅努斯显然认为亚特兰蒂斯人的敌人仍然在外面。剩下的选择还有什么？我们能做什么？”他朝传送门瞥了一眼。

“同意。”索尼娅说，“我们走投无路了。”

CHAPTER 24

凯特闭上双眼，按摩自己的眼睑。她累得要死，之前连续一小时坐在居住舱里的小桌前盯着屏幕让她感觉更加疲惫了。但……她总是感觉自己漏掉了什么。也许这只是她一厢情愿的想法，她实在是太希望想出个逃离眼下他们所处的绝境的方法了。

门打开了，大卫半闭着眼睛，踉踉跄跄地走进房间。

凯特笑着说："亲爱的，工作怎么样？"

他一走到床边就立刻倒在了床上："我感觉就像是亚特兰蒂斯商场里的'百货战警'[①]。"

她俯身到他上面。

"熊孩子们在商场美食街闹翻天？"

"主管因为我在上班期间睡着了把我开除了。"

她开始把他穿着的脏上衣扯下来："嗯，他们不可能炒你鱿鱼的。"她用一种假心假意安慰人的腔调说，"本亚特兰蒂斯烽火站太需要你了。不过你把床弄脏啦。"她把他的裤子和靴子也脱下来，然后把它们全部拿到墙角，塞进那里的衣物清洁机。

大卫躺着，一动不动，只是用目光追随着她的身影："这东西怎么工作的？这个亚特兰蒂斯的洗衣机。实际上……还是别告诉我了。我其实也不怎么想知道。"

她递给他一个软包装的东西，然后扭开顶端的盖子，把嘴子朝他口里塞去。

"这是什么？"

"晚饭。"她往他嘴里挤进去些凝胶状的东西。

---

① 译者注：2009 年美国同名喜剧片，主角是个商场保安，大胖子，很容易疲劳。

大卫猛地坐起来，把那些橙色的“果冻”吐到了墙上：“老天哪，太难吃了！见鬼——我到底怎么得罪你了啊，女士？”

凯特偏了偏头：“真这么难吃？”她尝了点，“不过是些预消化过的氨基酸，甘油三酯——”

“这东西吃起来就像是屎，凯特。”

“你又没吃过那个——”

“刚吃过了，太恶心了。你怎么吃得下去？”

凯特也觉得很奇怪，对她来说这东西几乎没任何味道。她不知道这是不是因为她正在发生变化，变得……更像亚特兰蒂斯人。她把这个想法丢到一边。

“总之，我人生的最后一顿绝不要吃这种东西，我宁可饿死。”

“说得也太夸张啦。”

大卫伸手想够到行李背包：“我们还剩什么能吃的不？”

凯特打开包，清点着里面的盒饭：“炖牛肉、黑豆马铃薯烤小鸡、白汁……”[①]

大卫倒回床上：“噢，开始用色情话挑逗我了。”

凯特捶打着他的胸口：“你这疯疯癫癫的家伙。”

他笑了：“你喜欢我这样。”

“是啊，所以我也疯了。”

“你不吃的都归我。”他说。

“我觉得对我来说什么口味都很快就无所谓了。”

大卫的眉毛拧成一团，然后他的笑容消失了，他似乎明白了凯特的意思。

他随手抓起一份盒饭，撕开包装，开始狼吞虎咽。

凯特希望他吃慢点，这样身体能释放更多消化酶，更好地消化食物，让他从食物中获得更多的宝贵能量。她就是为此才想给他吃更富于营养的亚特兰蒂斯食品的。但……人类的需求啊。

他开玩笑地捏了捏凯特的鼻子，试着让气氛轻松起来：“不流鼻血了啊。”

---

① 译者注：原文是辣酱汤，但如此直译的话在中文并无曲解为暧昧色情话的可能。

“不流了。”

他快吃完的时候停了下来：“流血是因为那些实验，对不对？那些模拟实验。”

“是。”

大卫吃掉了最后几口：“当时阿尔法说你还……剩下四到七天。它的诊断并不是不能确定你的健康状况。它是无法确定你还会在自己身上做多少实验。不做的话就是七天，对不对？”

“是。”

“很好。”大卫说，“七天比四天好。”

“同意。”凯特平静地说。

“好了，我们来谈谈那个……问题。”

凯特扬起眉毛，“什么问题？”

“远距长传。”

凯特讨厌用体育术语打比方：“什么意思？”

他用手肘撑起身子：“你知道的吧，万福马利亚传球。球赛接近尾声，比分落后，念一声‘万福马利亚’，然后孤注一掷。我们现在就处于这种局面，凯特。其实我们都清楚的。你说这个烽火站和无数的量子通信中继站相连接。对我来说，我们只有一个机会了：发出求救信号。就说……我不知道该怎么说……‘我们的世界正被一支强大的外星侵略军攻击’？”他停了下来，“啊哦。我只是想让形势听起来格外紧急，引人注意，但是实际上这是百分之百的事实啊。”

凯特眼前一亮，就是这个了。大卫还在说话，每说一句就更加疲倦一分。精疲力竭之后又吃太快，他正迅速摇摇欲坠。

“我是说，呃，有些坏人会看到它，也许他们会过来。但也许有些银河级的善良人士会对此略微在意，而且不管怎么说，如果我们做了会完蛋，如果我们不做也会完蛋……”

凯特把他推倒在床上：“休息吧，你刚才让我想到了一个点子。”

“什么点子？”

“我去去就回。”

“一小时后叫醒我。”大卫朝离去的凯特叫道。她绝不会在一小时后就叫醒他的，他需要休息。如果凯特没搞错的话，稍后有些事必须让他以巅峰状态应对。

凯特走出房间，看到索尼娅和米罗正设法把临时工事挪到离发光的白色传送门更近的地方。自从凯特初次见到米罗以来，这是他头一次没朝她露出笑容。他朝她严肃地点点头，脸上的表情仿佛在说：“这事情很重要，我们正在执行防卫任务。”

凯特也朝他点点头，从他们身边几乎是跑着朝烽火站后部的通信室冲去。她调出刚才曾向大家展示过的通信日志。这次，她输入了新的时间范围：大约一万三千年前。

数据在屏幕上滚滚而出，凯特简直不能相信自己的眼睛。

多利安朝下面的维克多伸出一只手：“我拉你上来，我们得快点。”

士兵攀爬斜着靠在生态室出口处的这棵树的速度大概只有多利安的一半。这蠢货绝对成不了奥运会选手。

他把对方拉进昏暗的走道，然后他们再度出发。多利安很高兴终于离开了那个潮湿、诡异的地方。里面又是蛇又是隐身飞行的怪鸟，天晓得还有些什么。

他本想把这个口子堵上，保证里面的任何怪物都不会跑出来，但没时间了。

两个男人在通道中慢慢移动。他们和在前往生态室的路上一样光着脚，小心翼翼地不发出任何可能会暴露自己位置的声音。

多利安从来都勇于面对现实：大卫很强壮，而且聪明。他完全有可能把凯特送到烽火站上，自己留在这里断后，等着他们上钩。

如果凯特已经发出了消息，或者是关掉了烽火站，多利安做什么都已经迟了。这想法让他心头沉重，这可真是俗话中所谓的“世界的重量”啊。但他不能急于求成，如果还有机会的话，阻止他们就全要看他的了。如果他失败了，整个世界都将毁灭。他牺牲了那么多，为之奋战至今的世界。

阿瑞斯有一点是对的：多利安有必须完成的使命。

他现在渐渐适应了昏暗的环境，尽管应急光源仍然微弱，走廊里的情况他看得越来越清楚了。

在前方，传送室隐约可见，仿佛在等待着他们的到来。

他和维克多停在了出口旁，相互比画了几个手势，然后就冲了进去，枪口来回扫动。里面是空的。

多利安走到控制面板前，在绿色的光雾中操作了几下，银色的拱形传送门被激活了。

维克多朝门里走去。

“等等。”多利安命令道，“我们要小心点。”

玛丽和保罗躺在小床上，两人都睁眼盯着天花板。

“我太紧张了，睡不着。”保罗说。

“我也是。”

“不知为什么，我也不想去洗澡。”

“一样。”玛丽答道。

“为什么会这样？我觉得是害怕敌人前来攻击时，枪战开始时正好在洗澡。也许是怕那时光着身子。好比说，你不想被打死的时候光着身子吧。”

“没错，肯定就是这样。”

“还有内疚感。你知道的，等这些事情过去之后，如果外星人到这里来，你肯定不希望他们在日志里写上这样的话——”保罗换上一副机器语音似的腔调，“他的世界毁灭时，这个小人儿光着屁股。他正忙着洗左边大腿的时候，另一伙邪恶的地球人攻进去，杀光了他们这帮人，最终导致世界毁灭。他到死也没能洗干净自己的屁股。”

玛丽笑了：“我们真是语无伦次了。”她滚进他怀里，把脸埋到他胳膊下面，

“我没法停止考虑那段密码的事情。”

“怎么？”

“为什么要发两段？如果是诱饵的话，为什么不更直截了当点？全用二进制编码好了。”

保罗笑了。

“拿复杂的加密信息作为诱饵很不合理。”

“看起来像是个检测，看看我们能不能解开它。”

“也许是为了让别人不能读懂，或者说不能解开里面的内容。”

“有趣……”保罗说。

门打开了，米罗出现在门口。他扬起眉毛，咧开嘴笑了：“凯特有个重要的新发现！”

等众人都聚集到了烽火站后部宽阔的通信室里之后，凯特说：“我可能找到了办法。”

“什么的办法？”索尼娅问道。

“离开这里的。”

CHAPTER 25

凯特把通信日志投射到通信室里的大屏幕上。房间里众人的反应各不相同：米罗在笑；索尼娅的表情让人揣摩不透；玛丽眯起眼睛，仔细观看；保罗看起来紧张得不行，仿佛讨论结果会告诉他自个儿还能活多久似的。

在看守传送门的大卫把脖子从中央的柱子旁弯过来，想要看清屏幕上的显示。

"这是大约一万三千年前的通信日志。"凯特说，"正是亚特兰蒂斯坠落的时候——阿瑞斯在直布罗陀海滨攻击了阿尔法号登陆舰。在那次攻击中，飞船被炸成了两半，雅努斯被困在了靠近摩洛哥的那一半里。"

"我们之前就在那部分飞船里。"玛丽说。

"是的。我们知道，雅努斯的搭档在一万三千年前的攻击中被杀害了。他竭力想要让她在直布罗陀附近那另外半边飞船上的管子里复活。在亚特兰蒂斯瘟疫最后那几天里，我得知他复活他同伴的尝试其实部分成功了：我拥有她的记忆，但仅仅是经过选择的部分记忆。雅努斯希望让她复活的时候失去特定的某些记忆。在过去两周中，我一直在试着取回那些记忆……希望我能……"凯特望见了大卫的眼神。

她转身面对屏幕，继续讲述："我一直在试着取回那些记忆，但它们被从阿尔法登陆舰的数据中心里擦除了。这按道理说是不可能的——复活流程必须严格遵守亚特兰蒂斯人制定的一套规则，记忆数据的存储尤其如此。不久前我才终于了解到，雅努斯并没有真的把那些记忆删除掉。复活系统不允许他这么做。于是他把他希望向他搭档隐藏的那些记忆提取出来，然后把它们传输到了另外三个烽火站上，接着删除了这边的备份。登陆舰上还有一份记忆数据，不过既然在烽火站网络上还有其他的完好备份，他就可以把它们移动到备份存储系统中。然后他物理破坏了存储阵列，销毁了那边的备份。他还关闭了和这个烽火站之间的数据交互连接——这就是为什么我们在登陆舰上无法看到他发出的信息和玛丽接受到的信号。和烽火站之间的连接被关闭之后，雅努斯就能保证那部分记忆备份无法通过烽火站网络恢复。”

“索尼娅！”大卫在大厅那边叫道，“跟我换班。”

索尼娅一言不发就走出了通信室。大卫一拐进房间，就瞪着凯特：“绝不。”

“你都还不知道我要说什么呢。”

“我知道。答案是不。”

保罗和玛丽忽然对他们脚尖前的地板大感兴趣。米罗几乎永远挂在脸上的笑容也消失了。

“你能让我把话说完吗？”

大卫双手交叉抱在胸前，靠到门框上。

凯特在大屏幕上调出一幅烽火站网络节点图，图片看上去就像是上千层蜘蛛网，密密麻麻重叠在一起。

“亚特兰蒂斯人在银河系中到处布置这种烽火站——遮蔽着每个出现了人类的世界、科研场所以及军事禁区——每个有他们不希望别人看到的东西的地方，或者是他们不希望遮蔽范围内的人看到外面的银河的地方。”

“难以置信。”玛丽边说边朝着屏幕挪了挪。

保罗来回看着凯特和大卫：“然后呢？”

“我们可以用那边的传送门去到任何一个烽火站上。”

米罗面露喜色。

保罗走到玛丽身后，可能是为了在她万一跌倒的时候接住她。“这看起来……”他说，“不确定因素太多。”

大卫嗤之以鼻：“亚特兰蒂斯烽火站轮盘赌。”

“这是我们唯一的选择了。”凯特反驳道。

“我们对要去的目标烽火站的情况有任何一点点了解吗？你说过，这个烽火站上存储的数据被擦除了，是不是？所以那边的烽火站可能已经被破坏了，甚至可能直接敞开在太空中，也可能处于战场中，或者可能处于那个强敌的监视之下。我们踏出传送门的一刻，他们就会抓住我们，同时找到地球的位置。游戏失败，有上百万种失败的可能。我现在差不多就能想出一百种，想象得出来的每种都糟透了。”

保罗打断了凯特和大卫的唇枪舌剑：“有没有可能目的地那头的烽火站已经被关闭了？然后传送门就把我们丢到太空里？或者是直接化为虚无？”

“不会。”凯特答道，“如果传送门能建立连接，另外一头就一定有个在工作的烽火站。”

“我们能不能把某种探测器送过去？”玛丽问道，“窥视一下对面的情况到底如何？”

凯特摇了摇头：“这里没有此类装备。要回到登陆舰上拿的话我认为太危险了。”

“我们可以让一个人先把头探过去。”大卫说，“看看会不会被人一枪轰掉。说真的，烽火站轮盘赌拿来形容这点子再合适不过了。”

凯特无视了他的胡言乱语：“有理由相信，雅努斯把数据传过去的那三个烽火站是安全的。”

“原因呢？”大卫问话的语气中满是怀疑。

“雅努斯是个天才，他做的任何事情都经过深思熟虑。”凯特看了看大卫，“你也知道的。”

“也许吧。但深思熟虑之后想要把人类七万年的进化成果给一笔勾销的也是他。他可不是现代人类的狂热粉丝哦。”

“是的，但我们不知道为什么他想要这么做，答案在外头。”

“图穷匕见了啊，把七天减少成四天，可能还更少，就为了一两个答案。”

“大卫，我们走投无路了。如果雅努斯是有目的地选择了这三个烽火站，它们就可能是一个后备计划的一部分——他为拯救我们做出的最后尝试的一部分。”

“也许他选择了三个濒临毁灭的站点——他只是想毁掉那些记忆数据。”

“我不认为他会这么做。”

“问题的根本是：我们踏入那边的烽火站的一刻，可能就是我们生命的尽头；而如果我们暴露了地球的位置，人类历史也就走到了尽头。这风险太大了，凯特。”

如何朝传送门那边发起突袭？多利安考虑了好几个方案：丢个闪光弹过去；让维克多先过去……最后他决定采用更隐蔽的方式。

他从腰带上抽出匕首，跪在传送门前，缓缓把它从拱形的光门和黝黑的金属地板相接的地方插进去。他把匕首沿着宽四英尺的光门底部移动，小心翼翼地既不碰到地面也不碰到门框，免得声音可能让他的敌人警觉。

匕首没有遇到任何阻碍。他们没把门封起来，至少底下没。他迅速地把匕首沿着光门边缘继续移动，划过整个外缘，直到高八英尺多一点的顶部。

“他们没堵门。”他对维克多说。

几分钟后，多利安靠在墙上，维克多站在他肩膀上。维克多晃了晃，一只手掌往墙上一按，稳住了身子。

“当心。”多利安叱道，“记住，动作要快。”

维克多把脸从拱门的顶部略微探进了光门中，仅仅进去几英寸，然后立刻抽了回来。他的眼睛瞪得大大的：“他们全都站在附近，在争论什么。”

“所有六个人？”

“是的。”

“拿着武器吗？”

“那个男人和那个女黑人拿着。”

“太好了。”这是个机会——多利安不能指望会有更好的机会了。无须搜索烽火站，没人藏在暗地准备伏击他们。他跑向自己扔在房间中间地板上的枪：“快点，维克多。”

保罗觉得他们毫无进展。众人的争论——现在变成了对吼比赛——地点已经换到了传送室区域，想来是因为这里大卫可以得到索尼娅的支持。后者完全是站在他一边，反对亚特兰蒂斯轮盘赌的一边。

“给我个更好的选择吧。”凯特说，“什么样的都行。”

“发求救信号。”大卫回道。

“这肯定会暴露地球的位置，百分之百。”

“而我们百分之百能活到明天。”

“未必。”凯特反击道，“可能听到信息的坏人当天就到。”

“我觉得这样争论毫无用处。”保罗说。

玛丽朝他斜过身子：“我觉得我看到了什么。”

“什么？”

“传送门那边。”

这时传送门闪动了一下。

大卫看了看凯特：“你设定了目的地？”

“雅努斯那三个站里的第一个。我打算过去然后回——”

“不。如果一定有人要过去——”

大卫猛地转过头，米罗不见了。

接下来事情发展的速度快得让保罗完全跟不上。

大卫冲向传送门，但凯特抓住了他的胳膊。他转身面朝她。

索尼娅冲进了传送门，然后大卫甩开凯特的胳膊，也踏入了传送门。然后凯特也跟着他跑了进去。站在原地的只剩下玛丽和保罗，两人都目瞪口呆。

多利安碰到传送门之前的一瞬间，门里的光芒消散了。

“发生什么事了？”维克多问道。

阿尔法登陆舰里的应急程序应该保证这个传送门的对外连接一直打开，促使这条仅有的应急出口保持畅通。多利安在控制面板上操作了一下，上面闪出一行字：

与目标地点的传送连接中断

多利安试着重新连接。

目的地传送门使用中

使用中？是那个大敌正在侵入那边的烽火站，还是……多利安不顾一切地在面板上反复操作，不断尝试和烽火站那边的传送门重新连接。

玛丽朝传送门迈出了一步。

一张脸从拱门里发光的平面上伸了出来，仅仅伸出几英寸。

是米罗。

他的双眼紧闭，脸上满是痛苦的表情：“你们自己逃命！”

玛丽紧紧抓住保罗的前臂，指甲都剜进了他肉里。

米罗睁开双眼，猛地咧嘴一笑：“我刚才只是开玩笑的。来吧，没事。”

传送连接重新建立起来的一刻，多利安立刻冲了进去，然后把这个小太空站整个搜索了一遍。空无一人。

他们去另一个烽火站了。蠢货。那边潜伏着什么威胁，他们知道吗？还是他们根本不在意？

多利安走到通信室，调出日志。他几分钟内就能找到他们的位置，他希望自己能及时阻止他们。

CHAPTER 26

对米罗而言，新的这个烽火站又是一个奇迹，而且是他把队伍带到这里来的，是他为大家领路。他下意识地知道，这个行动就是他在此的意义所在。他觉得如果他没有在那一刻踏进传送门，某些可怕的事情就将要发生。也许他永远也不会知道到底是什么事情，但当他转向他的同伴们的时候，他感觉似乎气氛有些不对。

这个烽火站跟上一个不同，大卫出来的一刻就发现了这点。遮蔽地球的站点是个科学站——地板是珍珠白色的，墙壁是亚光灰的，所有设施都是小号的，临时的。

这里的地板和墙壁都是黑色的，给人的感觉更军事化，更阴暗和粗犷。这里看起来很古老，使用过很久了，几乎有些破旧。上一处烽火站里有个大观景窗，正对着传送门，而这边只有个相对小多了的格子窗。外面黑色的太空中只有少数星辰闪烁，但没什么很引人注意的东西。

大卫抬起自己的枪，开始四处搜索。索尼娅紧紧跟在他身后，掩护背面。

布局和上一个烽火站一样：一个煎锅，中间是传送门。不过，这里有上下两层，以楼梯相连。这里的房间更多，设备也更多。里面也没有人。

大卫感到一阵轻微的摇动，这个太空站在旋转吗?

他回到传送门前，保罗和玛丽已经跟了过来。

大卫抓住米罗的肩膀：“再也不要那样做了。”

“这事必须由我来做。”

“什么？”

“我是最可以失去的。”米罗边说边点点头。

“你不是。”

“我不是科学家，也不是战士。我——”

“你还是个孩子。”

“不，我不是。”

“现在开始，你要最后一个穿过传送门。”

“为什么？”

“因为……”大卫边说边摇头，“你会明白的……等你长大以后。”说这话的时候他有种不真实的感觉：他正在说着他父母曾对他说过无数次的话，这话他一直都觉得是个毫无说服力的遁词。

“我现在就想搞清楚。”米罗说。

“我们当中要有人去冒险的话，你会是最后一个。”

“为什么？”

大卫叹了口气，摇摇头：“我们回头再说这个问题。现在……去你房间吧，米罗。”大卫为自己的这些话在心中默默呻吟着。大卫看到凯特正努力忍住，不在米罗磨磨蹭蹭地朝着居住舱走去的时候笑出声来。

大卫朝索尼娅点点头，她开始就位看守传送门。

然后他搂住凯特，把她带到一间卧室里。

“少年啊。”门关上以后，凯特说。

“我对你也很不满，”大卫说，“是你给他打开门的。”

“我不知道他会过去。”

“一样样说吧。首先，斯隆能不能跟踪我们到这里来？”

“能，但他要找到我们会有相当难度。”

“多难？”

“千选一的难度。”凯特顿了顿，“除非他非常非常机智。”

大卫不喜欢听到后面这句。他恨多利安·斯隆：大卫这辈子很大一部分时间都在试图寻找和惩治斯隆。但他不会贬低自己的敌人：这家伙的确很机智。

“那这是个麻烦。”

门打开了，保罗探进脑袋，有些尴尬地说：“我非常非常抱歉，但你们俩得来看看这个。”

凯特和大卫跟着他回到传送室。其他人都站在里面，背对着他们，盯着小窗外面。

大卫意识到这个烽火站确实在旋转。透过窗户看到的景象已经变了，不再是空荡荡的宇宙空间。

一颗恒星在窗户正当中熠熠生辉，但让大卫屏住呼吸的是那片残骸带。它平平延伸出去，从烽火站几乎一直延伸到熊熊燃烧的恒星旁。那是太空飞船的残骸。数以千计，也许数以百万计的碎片到处都是。大卫觉得，哪怕是把一百个地球在太空中打得粉碎，碎片也不够布满这片被飞船碎片充塞的区域。飘浮在太空中的残骸多数都是黑色或者灰色的，但其中零零散散分布着少量黄色或者蓝色的残骸。有些残骸在互相碰撞，瞬间彼此之间闪现出闪电般的蓝白色电弧。整体而言，这片闪烁着的黑色太空垃圾场看上去就像是条太空中的柏油路，一路通向那颗恒星。

其他人在上一个烽火站中看到地球时肃然起敬，而这次轮到大卫了。无论是作为一个历史学家还是作为一名战士，这景象都是超乎寻常的。

他感到自己放弃了某些坚持。也许是因为看到了这幅奇观，意识到了整个人类种族在广袤的宇宙中是何等微不足道。也许是因为看到了证据：这宇宙中的确有强大得足以粉碎星辰的军力。无论如何，他的内心中这一刻发生了一些变化。

凯特是对的。

他们不能藏起来，也不能干等着。

他们生存的机会渺茫。

他们现在必须碰运气了，只有这样才有希望。

CHAPTER 27

多利安真想拔枪把烽火站上的计算机打个稀巴烂，最好连凯特也一起。在这里的传送门和阿尔法登陆舰之间的连线断开的几分钟内，她连接了上千座其他的烽火站。所有的访问记录全部都挤在同一个时间段内，让多利安无从分辨连接到每座烽火站的时间到底是多少。她可能在头一秒钟内就依次连接过 999 座烽火站，然后用剩下的时间前往他们真正的目的地。他们现在可能在记录中的这一千个位置中的任何一个。

他在房间里来回踱步。他要怎么才能找到他们？他检查过了，这里没有监控视频。传送到其他烽火站是个危险的行为。大卫和凯特居然敢于如此冒险让多利安都大吃一惊。

他们如何选择目的地的？随机吗？肯定不是。她是不是知道什么？必然——但到底是什么？她拥有什么？凯特拥有一位亚特兰蒂斯科学家的记忆。这是不是她拥有的线索所在？她是不是想起了什么能帮助他们的事情？比如一个盟友？这个念头在多利安心中拨动了一根怀疑的心弦。如果他们知道得比他多……

他迅速在计算机上操作了一下。是的，烽火站上有复活程序用的记忆备份。有三个目录：雅努斯的，他搭档的——标注着“已删除”，还有……阿瑞斯的。

多利安向计算机输入查询，询问它：我能否观看复活数据库中的记忆？

阿瑞斯将军，你仅能访问你自己的记忆。

烽火站将他识别为阿瑞斯。他再次发问：我要如何查看？

房间边上打开了一个小门。

通信隔间可设置为用来对复活备份用记忆进行模拟播放。

多利安踏入那个方形小间。墙壁和地板都发出了强光，让这个鸽子笼看起来仿佛是由光芒构成的，在他眼里看不到边际。他眨了眨眼，周围的房间不见了，换成了一个很像是火车站的地方。空中悬着一块巨大的板子，上面空无一字。

“确认记忆日期。”一个计算机合成音隆然响起。

记忆日期？多利安考虑着。从哪里开始？他真的毫无头绪。过了一会儿，他开口说道：“给我看阿瑞斯最痛苦的回忆。”

火车站似的地方消失了。多利安看到自己的脸倒映在弧形的玻璃上——但这其实不是他的脸，是阿瑞斯的。这张面孔看起来几乎跟南极洲的一模一样，不过细节多少有些差别，没那么冷硬。

起初多利安还以为他是又在一根管子里，但周围的空间也太大了。他转头四顾，是电梯。倒影里显出了他身上的衣服：一身蓝色的制服，左胸口有个军衔徽章。

随着时间一秒秒流逝，电梯逐渐上升，多利安觉得他自己的思绪和存在渐渐淡去。现在站在电梯里的只有阿瑞斯；多利安仅仅是在旁观，在被动经历着发生的事情。在这段记忆中，他就是阿瑞斯。

电梯先是颤抖，然后剧烈摇动起来，把阿瑞斯甩到了背后的墙上。语声和其他声音在他周围响成一片，但他只顾得上竭力保持清醒。

模糊的视野和嘈杂的声音渐渐清晰，他耳朵里传来一个男人的大喊声：“指挥官，它们击中我们了。允许传送到舰队主队？”

阿瑞斯撑起身子的同时电梯门打开了。飞船再次抖动起来，他站在一间舰桥上，对面的墙壁有一面弧形的观察窗。房间里十几个穿着制服的亚特兰蒂斯人边大喊大叫边在终端上指指戳戳。

在屏幕上，四艘巨大的飞船正在逃窜。数以百计黑色的球形物体正在追击它们，朝它们开火。那些黑色的球体正朝着最后面一艘飞船集中开火，将它击毁，化为一团黄色的光球和许多蓝色的光泡。

“传送到主队吧，长官？”

“否决！”阿瑞斯叫道，“启动救生艇，把它们全发射出去。”

“长官？”

“执行！等我们把救生艇全部发射出去之后，命令僚舰发射引力雷，所有船只放出反流星炸弹。”

在屏幕上，舰队里剩下的几艘飞船上冒出来上千个小圆盘，有少数撞上了正朝飞船蜂拥而上的圆球，爆炸把那些圆球炸得支离破碎，但它们太多了。

“我们为保护自己的舰队而死。”阿瑞斯想着。屏幕充满了光芒，一阵炽热撕开了船身，冲向他。

他睁开双眼，他站立在一个不大的方形飞船中。从面前的小窗户望出去只见一片光潮涌动——他刚才身处的战场的余波。

他正身处在一艘救生艇中——他的紧急撤离标识让他被传送到了这艘救生艇上。小艇里还有另外九个人：他自己舰桥上的首席副官，还有他舰队里的另外几名舰长和首席副官。他们都站着，被装在各自的医疗舱中。有几个人探出了头，在打量形势。

光潮追上了他们，热浪、疼痛，一股让骨头散架的大力再次袭来。

他睁开双眼，另一艘救生艇，光潮隔得更远了。刚才它摧毁上一艘救生艇的时候，撤离标识让他们传送到了下一艘救生艇上。光潮再度冲过来的时候阿瑞斯懒得畏缩了。他观看着，等待着，让自己振作精神。巨力、热、痛感再度席卷他的全身，然后他站在了第三艘救生艇里。到第五艘救生艇里的时候，他开始畏惧那光潮了。

在第十艘救生艇里，他已经睁不开眼睛了。时间感似乎消失了，整个世界除了那一拨拨巨大的苦痛之外已别无他物。然后船身再度震动，但热浪和苦痛没有再度袭来。他睁开眼睛，救生艇正在太空中自转。它转了个面，然后阿瑞斯看到了现在明显没那么强大的引力波正滚滚而去，一路扭曲着太空中那些小小的亮点——它们其实是遥远的星辰。

阿瑞斯闭上眼睛。他不知道救生艇是会启动医疗诱导昏迷呢还是会干脆让他死掉。他不知道自己到底会更想要哪种结果，他也不能确定之后会发生什么。他只感觉到无尽的空虚，一个时间的深渊，其中没有感知，没有思考。

金属吱嘎作响，救生艇的门被打开了，空气涌了进来，光线照在他身上，照得他眼睛生疼。

他在一艘飞船上，一个比较大的货舱里。几十个军官站在周围，一个劲儿地盯着他。穿着蓝色和白色制服的医疗人员冲进救生艇，跑到台板上充满期待地朝他点着头。

他推开医疗舱的凹面盖，走了出去。他的腿直打晃，他聚起全身的气力想要站稳，却一个劲儿地朝着地板倒下去。他感到自己侧着摔倒在地，手臂被压在了胫骨下面，全身卷成了一个球。医疗技师们把他抬到一张轮床上，推着他离开了小艇。其他九个军官仍然待在壁龛里的医疗舱中，双目紧闭。“为什么你们不把我部下的军官也撤出来？”

技师把一个东西按到他脖子上，然后他失去了意识。

CHAPTER 28

阿瑞斯的记忆完结了。多利安发现自己回到了环绕地球的烽火站上那个白光闪耀的房间里，就像之前记忆里的阿瑞斯一样，在地板上蜷成一团，全身颤抖。他鼻子里往外一个劲儿地冒血，整个人一阵阵恶心欲呕。他的心跳在加速，鼻血流得更欢了，仿佛他的恐惧要将他自己全身的每一滴血液都给泵到体外去。

他努力保持清醒。那些记忆到底对他造成了什么影响？多利安观看阿瑞斯的记忆已经好几个星期了。在亚特兰蒂斯瘟疫期间，他就看到了阿瑞斯对阿尔法登陆舰的攻击，还有些塑造了地球人类一万三千年来的进化历程的事件。他知道是阿瑞斯把这些记忆给他看的。他之所以让多利安看到那些内容，只为了让他去拯救阿瑞斯。

接下来的几个星期里，多利安开始出现流鼻血和盗汗的症状。噩梦频频将他惊醒，醒来后它们又立刻消逝无踪。

多利安不知道激活这些记忆会不会要了他的命，但他知道自己已经别无选择了。他必须知道阿瑞斯的过去的真实情况，而且他非常想要看到那些驱动着他自己这一辈子的被压抑的记忆，那些他自己潜意识中的恶魔。

他四下张望，这房间看起来无边无际，多利安想不起门在哪儿了。但这没关系，他还不想离开。

从这些记忆中可以肯定一件事：外面的确是有个大敌，阿瑞斯在这件事上没说谎。

可这段记忆里有些地方还是不对头。多利安明显感觉其中阿瑞斯不是个军人，至少在那时候还不是。亚特兰蒂斯人跟那些成百上千的圆球之间的战斗看起来是仓促上阵：反流星弹、引力雷——这些听起来不像是武器，倒像是用于探险的工具。船员对战争没有准备，飞船也不是为战争目的生产的。

多利安用语音发令再次激活了记忆模拟播放。这次他在虚拟的火车站上选择加载下一段记忆。就从上一段结束的地方开始。

阿瑞斯睁开双眼，他躺在医务室里的床上。

一个坐在角落里的中年医生从椅子上站起身来，走到他身前："你感觉怎么样？"

"我的部下们呢？"

"我们正在处理。"

"状况如何？"阿瑞斯问道。

"不好说。"

"告诉我。"阿瑞斯坚持道。

"每一个人都处于昏迷中。生理上他们完全健康，他们应该会醒过来，但是没人苏醒。"

"为什么我醒过来了？"

"我们不知道。目前我们推测是你对于心理痛苦的抗性更高，你的精神忍耐力更强。"

阿瑞斯盯着自己身上盖着的白床单。

"你感觉如何？"

"别再问我这个问题了。我想见见我妻子。"

医生背过脸去。

"怎么？"

"舰队委员会需要听取你的报告——"

"我要见我的妻子。"

医生走到门旁："卫兵会带你去的。如果需要找我的话，我就在这里。"

阿瑞斯小心翼翼地爬下床。他怀疑自己的腿脚会不会再让自己摔倒，但这次他稳稳地站住了。

桌上放着一套叠好的标准制服。他有些好奇他自己带有军衔和勋章的探险舰队制服跑哪去了。他打开那套廉价的纺织品，小心地穿到身上。

外面的卫兵把他带进了一间大堂。十二名将军就坐在讲台前方，房间正中一张高大的桌子后面，还有两百多名穿着各式各样制服，佩戴着不同徽章的公民坐在他们身后，每个座位都坐了人。一位阿瑞斯不认识的将军指示他做一次全面的任务报告。

“我的名字是塔吉·阿瑞斯，第七探险舰队本次行动的指挥官。目前任职……”他被摧毁的舰队的图像在脑海中闪过，“我最近任职为赫利俄斯号舰长，第七探险舰队西格玛支队的分舰队指挥官。我们的任务是收集一个目前被称为‘哨兵’的球状物。”

“你们成功了吗？”

“是的。”

“我们希望你配合我们从救生艇上找到的飞船日志和监控录像进行报告。”

阿瑞斯身后原本黑色的巨大屏幕上显示出阿瑞斯站在他那艘已被摧毁的战舰舰桥上的图像。屏幕上还有一个圆球，单独飘在边上。

视频显示出他指挥的四艘飞船朝那个圆球跟过去，然后它反过来跟着他们飞行。

“你们怎么把它从哨兵防线里引出来的？”

“我们花了好几周来研究这条防线。我们观察了半径八十光年内的情况，证明了之前的假说：哨兵网络把我们所在银河系的相当大一部分完全包围其中。这些球状物在太空中均匀分布，就像一张蜘蛛网。但是它们正在移动，朝着我们收紧。这并不会立刻造成威胁，但如果移动速度维持不变，在遥远的将来，大约十万年后，哨兵们会到达我们的太阳系。”

房间里响起交头接耳的声音。

“你们怎么捕获到那个球状物的？”

“我们注意到，有些球状物会偶尔离开防线，但迅速归位。我们发现这种现象的出现和太空探测器飘流到附近具有相关性——那些探测器基本上都是已灭绝文明的古代遗物。大多数都是太阳能的，会发出一些简单的宇宙通用问候语。每次那些球状物都会把探测器拦截下来，进行一些分析，然后将其摧毁。我们从任务手册中发现这些球状物会攻击任何试图越过哨兵防线的飞船,但没有飞船曾被它们摧毁。因此它们摧毁探测器的行为对我们来说很奇怪。我们应该把这视为一个警告。我们自己制造了一个探测器，它会重复广播一串简单的二进制码。我们用它把一个球状物引诱了出来。”

屏幕上显示出一个球状物的运动轨迹。它跟在舰队后面，朝着一个飘在它前方的小目标前进。画面切换到了之后的场景。飞船把那个球状物包围起来。接下来的几幅画面中，球状物被摧毁了。

“数次尝试捕获球状物都失败了。我们最终还是成功抓到了一个，尽管在中途它就停止运行了。”

屏幕上的显示换到了阿瑞斯飞船上的货舱。一个巨大的黑色球状物矗立在他上方。飞船晃动起来，阿瑞斯在墙上撑住身子。

“攻击就此开始。十二个球状物以赫利俄斯号为目标发射了等离子弹。战胜它们对我们不成问题。防线里的那些哨兵看起来很简单，而且它们比我们的飞船速度慢许多。我们的任务手册上要求通信静默，我们一直遵守着这条规定。几小时之后，张开了几个稳定的虫洞，然后来了一批新品种的‘哨兵’，数以百计，它们要……先进得多，而且富于攻击性。”

他身后的屏幕重放了战斗经过。

“为什么你没有传送到主力舰队那边？”

“恐惧。我担心我会把这些新品种的‘哨兵’引到第七舰队那边，最终引到我们的家园。我推断我们的牺牲是值得的。对于把我们的数据传输到舰队主力这边我也有同样的疑虑。我安排发射了救生艇，希望指挥官们能活下来，希望我们可以把这条情报带回来。我希望那些引力雷能摧毁那群‘哨兵’，并且随后的引力余波会把救生艇推远，离开任何之后可能前来参战的‘哨兵’的搜索范围。我把那些救生艇分开发射，这样如果一艘救生艇被摧毁，我们身上的撤离标识会把我们传送到序列中的下一艘救生艇上。我不能确定这样会不会成功，但我希望救生艇至少可以带回我们的日志和监控录像。”

“在这方面，我们认为你的任务成功了，阿瑞斯。你带回来的这些情报可能会在这场战争中拯救我们。”

“战争？”

大堂里一片寂静。

“有没有人来告诉我，在我执行任务之后发生了什么？”

“有。有人会单独告诉你，一个非常急着想要见你的人。”

CHAPTER 29

卫兵们领着阿瑞斯来到一间特等舱，这里比他在赫利俄斯号上的舰长室还大许多。他们对待他的态度就像是对待一位军队上层的大人物。他试着打开数据终端，想寻求答案，但终端被关闭了。他们在隐藏什么？

探险舰队知道“哨兵”们的存在已经超过一百年了，但之前人们一直认为那些圆球只不过是某个早已灭绝的文明的遗物，可能是些用来研究恒星问题的科学信标。

显然它们远不止于此。

门打开了，他的妻子米娅走了进来，通红的双眼泪如泉涌。

阿瑞斯奔向她，但随即停下了脚步，他盯着她隆起的肚子，有些搞不清状况。

她冲向阿瑞斯，紧紧抱住他。他也反抱过去。无数个问题在他心中交战，最后只剩下一个念头胜出：我还活着，而她来了。

他们坐到了沙发上，米娅率先开口。

“你出发后不久我就发现了。我提出了好几次申请，要求越过通信静默的限制和你联系，但都被否决了。”

“我只离开了 0.1 年啊。”

她有些紧张，“他们想要我来告诉你。你实际上离开了 0.7 年。0.5 年的时候你仍然失踪，于是被认为死在了这次任务中。我们给你举办了葬礼。”

阿瑞斯盯着地板。失踪了超过半年？我到底怎么了？他本以为一旦引力波过去，他不再从一艘救生艇被传送到下一艘救生艇了，自己会立刻走出艇上的医疗舱的。但他怎么也想不起来，他的记忆和现实完全脱了节，仿佛那段时间消失不见了。

“我不明白。”

“医生们认为你思维的一部分实际上关闭了——所有的军官也是。其他人都处于植物人状态，尽管生理上他们完全健康。医生们对你非常担心。他们希望我来……观察一下你。”

“观察什么？”

“精神上有没有什么变化。他们认为这次经历可能改变了你——在心理方法。”

“怎么个变法？”

“他们也拿不准。他们认为这次经历可能会增强你的思维对于痛苦的忍耐性，甚至永久地改变了你脑神经的连接方式，让你有可能做出……我不想复述后面那些话了。他们很担心。”

“我没任何问题，我还是我。”

“我明白了，我会告诉他们的。即便有……有问题的话，我们也能克服它——我们一起。”

他的确和从前有些不同了，阿瑞斯感到心中有股怒火，它若隐若现，但在不断增长。

他妻子打破了尴尬的沉默，“你失踪之后，我去了派洛斯号工作。他们找你们找了 0.2 年。之后举行了葬礼，但我说服舰长给了我一艘搜索艇，继续搜寻。我拼尽了全力。我觉得舰队医疗官是认为让我找得够久，久到我自己满意为止会对我和腹中的胎儿更好。”

“是你找到我的吗？”

“不是。大概我永远也不可能找得到吧，太空这么广阔无垠，救生艇上的求救信号又关闭了……”

“我不得不这样。”

“我知道，不然哨兵们会找到你的。”

“我听不懂这句话。”

“我发现了些别的东西。我的大范围扫描显示，哨兵防线发生了巨大的变化，它们的阵列被打破了，它们正在后撤。我们相信，你在防线上打开了一个缺口，有人正试图穿过防线过来，哨兵们正在和对方作战。军部和全球议会认为它们的敌人可能成为我们的盟友——如果我们能和对方接上头的话。”

她从带着的包里拿出一个平板电脑，递给阿瑞斯。“我的这些发现让舰队司令部决定把所有的探险舰队都派到哨兵防线这边来。每艘飞船都在找你，释放出了许多探测器。联合观测的结果显示，哨兵防线上的缺口正在变大。”她调出一幅图，“原因就是这个。”

看到这图的一刻阿瑞斯几乎要起身逃开。图上是一片战场，数以千计的飞船残骸一直延伸到一颗巨大的恒星旁。

“这——”

“这片战场是我们的潜在盟友试图突破防线的地方。还有更多消息，对方在试图和我们接触。我们的探测器发现了一段信号，很简单的信号。开头是二进制码，然后是些加密的编码，包括四个符号。我们还在研究那段密码。我们认为这支军队付出了巨大的代价在哨兵们的防线上打开这个洞——它们聚集到了你最开始打开缺口的地方，你从防线上引走了些球体的地方。全体舰队正朝那个地方开去，我们明天就会到达。”

“我们的目标是？”

“进行接触，看看我们是不是找到了盟友。还有，我们要怎么协助对方和哨兵们作战。”

“我们还知道些什么？”

“不多。哨兵们摧毁了我们所有的探测器，但我们获得了一幅图片。”她点了一下平板电脑，屏幕上出现一幅粗糙的图像，里面是一块漂浮在太空的飞船碎片。阿瑞斯盯着碎片上的圆形徽章，一条蛇正在吞噬自己的尾巴。

“一条衔尾蛇……”

“我们把他们命名为‘衔尾蛇军’。”

“他们是人类？”

“飞船断面上我们能看到些通道，由通道尺寸推断，他们很可能是。他们发来的编码对我们来说也是可以解读的，我们很快就能解开那段密码了。”

CHAPTER 30

要把粘在那片巨大的垃圾场上的目光撕下来，对大卫来说需要非同寻常的意志力。它从军事烽火站一直延伸到远处燃烧着的恒星，这景象太迷人了。这里发生了什么？是什么能摧毁成千上万甚至可能数以百万计的飞船？这个谜团让他心中遐想着无数的可能——也充满了无尽的恐惧。他看到这景象的一刻，他对于他们的处境的看法就完全改变了。他对生命的看法也是。

他转过身去，保罗、玛丽、米罗和索尼娅都在等着他开口，但他只望着凯特。凯特正试图读出他的心思，她脸上的表情渐渐从害怕变成了困惑。

“好吧。”大卫说，“凯特说我们在这里暂时是安全的，我们得利用这个机会获取些我们需要的东西。”

迎接他的是一张张憔悴、颓丧的脸。过了半天也没人猜一下他们“需要的东西”到底是什么。

“休息。”大卫说，“大家都去用餐，睡觉，还有洗漱——接下来八小时之内，除此之外什么也不做。”

索尼娅朝传送门瞥了一眼。

“这次不用放哨值班。”大卫说，“我们在门口设障，这边有很多补给。我们在从传送室出来的两边通道上设置第二重路障。就算多利安穿过传送门，也会有足够的预警时间。”他停了停，让大家消化一下这些话，“好了，走吧。索尼娅，你能来帮我垒砌路障吧？还有你，米罗。”

米罗笑了笑，然后加入索尼娅和大卫的队伍，帮助他们把那些沉重的银色箱子从储藏室里搬出来，抬到传送门所在的平台上。他嘴里嘟哝着什么，脸上的表情渐渐严肃起来。

等障碍完成，所有人都退到了居住区的时候，大卫把一只手放在了米罗肩上：“米罗——”

“我知道，我……”

“让我说完。我之前告诉你说，等你长大你就会明白了。我还是小孩子的时候，我父母总在跟我这么说。”他观察着米罗的表情，“我知道你不是个孩子，但当有些东西孩子们还不懂的时候，成年人就会对孩子这么说——这种情况经常出现，但这次并非如此。我们任何人都不希望你先穿过传送门，是因为我们都绝不愿意把你的生命在我们的生命之前置于危险之中。”

“为什么？”

“因为我们是成年人，因为我们关心你。我们已经长大成人了，而你的生命还有待展开，因此比我们的更加重要。这不是从军事角度做出的决定，这事关对错，关乎我们必须做出能让自己心安理得活下去的决定。如果我们选择把我们的生命的重要性置于你的之上，我们当中没人能带着那种罪恶感活下去。你明白了吗？”

“明白了。”米罗平静地说。

“我能信任你吗，米罗？”

“你可以放心，大卫先生，任何方面都行。”

大卫进入居住舱的时候，凯特正坐在小桌前，挠着头。

“我知道你对我非常生气。”她说。

“没有。”

她吃惊地扬起眉毛。

“好吧，我之前是快气疯了，但现在没有了。”

“真的？”

“看到这地方，这太空垃圾场，让我明白了一些事情。”

凯特半信半疑地等待着他继续。

“如果这场景真的是一个潜在的敌人造成的，并且这些家伙对地球在哪里已有所察觉，我们就必须采取重大行动，寻找救星。假如在地球上还剩下些活人需要拯救的话。”

凯特低头望着地面："我同意。你想要怎么做？"

大卫开始脱下身上的衣服："现在我只想休息，然后我们一起制订计划。我希望开始进攻。从我发现你病了的那一刻开始，一直以来我都在防守，努力想不失去你，不失去我们剩下的时光。我被吓坏了，我现在还是很害怕，但我现在觉得，如果我们还想要有机会获胜的话，我们就需要冒险。"

"你有件事一直没错。"凯特说。

"嗯？"

"我们应该珍惜我们剩下的时光。"

保罗不记得自己是怎么睡着的了：他实在太累了。他睁开双眼，寻找着吵醒他的声音的来源。

玛丽从卫生间里走了出来，下意识地抬起胳膊，掩住自己的胸部。

保罗迅速闭上眼睛，努力抑制住自己失控的心跳。

"这个卫生间真是超奇怪。"

"是啊。"保罗说话的时候仍然闭着双眼，"像是个单人舞池，一点水都没有。"

玛丽从衣篓里拿出自己的外衣，穿到身上，然后坐到椅子上。保罗听得一清二楚。

"是啊。让我想起了一张日光浴床。"

保罗坐起身来，好奇地望着她。

她耸了耸肩膀，似乎有所戒备："我去晒过一次。在大学里，春假之前，那时候去不会被烤煳。多半是因为来自周围其他女孩的压力——"

保罗举手投降："我不是要批评你。我是说，从健康观点来看，那样晒日光浴是不安全的。不过每天少量晒太阳对健康很有好处。日光中的紫外线会把你皮肤中的胆固醇转化成为维生素 D 的前体。呃，维生素 D 其实是种激素，不是维生素，不过对人体同样重要。季节性情绪失调、自体免疫疾病，还有某几种癌症，都跟维生素 D 的水平是否适当相关。"

“是啊。哦，我只是说，你知道，我并没有怎么……改变。我并没有开始晒日光浴，或者改变打扮。不过这无关紧要。在波多黎各，在阿雷西博，那儿的交际圈实在糟透了。”

“肯定的，我敢打赌，我也不觉得你变了很多。”

“这话的意思是？”

保罗清了清嗓子：“我……你还是我记忆中的模样。”

玛丽眯起眼睛。

“还是那么好。”保罗补上一句。

之后的沉默保罗觉得起码有三四个小时那么长。

“你还是工作很忙？”玛丽问道。

“一直都是，最近这几年尤其忙。”

“我也是，唯一让我感到快乐的地方就是天文台。”她用胳膊肘撑在桌面上，伸出一只手理着自己的头发，“但我觉得每过一年，我的快乐就少一点。”

“我知道你的感觉。自从几年前……”

玛丽点点头：“你再婚了吗？”

“我？没有。我遇到的那另一位天文学家……他，跟你，你们是不是……”

“没。天哪，当然不是。我没对任何人有兴趣。”她停了一会儿，“有没有哪个女性走进了你的生活？”

保罗努力装作满不在意地说：“严格来说没有。”严格来说，真的没有吗？

“噢？”玛丽的表情有些惊讶。

“我的意思是，有人跟我住在一起，但是——”

玛丽往后一缩。

“不不，不是你想的那样。”

“嗯。”

“她只是在工作一天之后跟我一起回家。”

玛丽扭开了头：“我能想象出之后发生的事情。”

“不是，我不是那个意思。”

玛丽开始咬自己的嘴唇内侧了——这是保罗熟悉的许多小习惯之一。

保罗清了清嗓子："事情其实很单纯。我们有个孩子——"

玛丽下巴都快掉下来了。

"嗯，那不是我的孩子。或许现在是，他现在是。不是婴儿，他叫马修。"

"马修是个好名字。"

"是的，当然了，很好，非常好的名字。但马修不是我生物学上的后代——嗯，遗传学上我们是有关联的，但他是——"

"我想我们该休息了。"

凯特静静躺在大卫身边。她无法入睡，脑子转个不停。她不想这样，可她的大脑不断审视着她所知的一切，寻找着线索，寻找着某根线头，只要一拉就会露出拼图的下一块碎片。她本能地感觉自己漏掉了某个细节，某个触手可及的关键。

大卫打了几声呼噜，不过鼾声随即停止了。凯特对这男人睡觉的能耐大为赞叹——即便危险迫在眉睫他也睡得着。之前他们就曾……嗯，其实自从他们认识以来，他们差不多一直面临着重重危机。凯特看来，大卫似乎能在有需要的时候给自己下个指令，直接关闭自己的大脑然后呼呼大睡。这是个习得行为[①]吗？在秘密战线上和敌人多年搏杀后学到的能力？还是他生来就有这个本领？还有太多关于他的事情她还不知道，也永远不会知道了。她没有时间去了解了。

这想法让凯特心里对接下来要做的事有点不安。她有点想把大卫叫醒，但更多地还是希望他继续休息。

她溜下床，披上几件衣服，静悄悄地离开了房间，穿过军事烽火站阴森、昏暗的走廊，走进了通信室。

从哪里着手？雅努斯，他选择了这个烽火站必然是有原因的。什么原因？

---

① 译者注：生物学上指动物后天习得的行为。

这里有什么特别之处？这里发生过一场大战。凯特的前身，那位亚特兰蒂斯人目睹了那场大战吗？

记忆文档揭示的答案是：没有。

实际上，雅努斯存在这里的记忆是从在此设置这个烽火站之后数千数万年后才开始的。凯特的前世从没到过这里。

她决定退后一步。她向电脑发出查询请求，搜寻和这片太空垃圾场有关的历史记录。

依据公民安保法案，所有和衔尾蛇之战相关的信息均属保密信息。

衔尾蛇之战。保密。

她在计算机上搜索了三十分钟，什么别的信息都没找到。实际上她几乎是在原地踏步。这里的计算机中完全没有任何有用的信息，也毫无线索。这是故意的吗？以防有敌人侵入这里，访问此地数据库？雅努斯的动机会不会就是这个？他把记忆备份传到这里就是因为在这里找不到什么东西？这样做也挺聪明的。他一直很聪明。

凯特正准备离开房间的时候屏幕上的显示忽然消失了，闪出一个红色的方框。里面是一行白色的印刷体文字：

收到通信

凯特紧紧抓住桌边，以免自己昏倒在地。

CHAPTER 31

激活阿瑞斯的记忆对多利安来说犹如受刑。吃亚特兰蒂斯食物的感觉也差不多。

他和维克多坐在储藏室里的银色箱子上，吞咽着那些应该是亚特兰蒂斯“食品”的橙色胶冻。

“这玩意儿真糟糕透顶。”维克多说。

“说得太对了。”多利安嘟哝着吃完了自己那袋。

“我们接下来做什么？”

“也许我们该给他们寄去意见卡，喷死这群浑球。”

维克多一脸困惑的表情，他总这副表情。多利安已经开始怀疑其实他只是天生就长这样了。

“你要去哪儿？”维克多朝大步走出房间的多利安问道。

“写家庭作业。”多利安边说边朝通信室门口走去。

他对启动下一次记忆模拟满怀恐惧，但他别无选择。只有了解到阿瑞斯过去的真实经历，了解到烽火站外头那个大敌的真面目，他的世界才有希望。这是必须的，他从不逃避必须做的事情。他踏进通信室里的隔间，开始从上次停下的地方继续观看阿瑞斯的记忆流。

阿瑞斯被舰队的标准紧急警报声惊醒。他曾许多次听到过这个声音——多数时候是因为某个研究团队的实验出了麻烦——无论是在船内或者船外这警报都会响。上次他听到这声音的时候，数以百计的哨兵飞船正朝他麾下的分舰队袭来。它们摧毁了他所有的飞船，还有他指挥下的所有男男女女。

他坐起身来，把脚放到冰冷的金属地板上。他发现自己正在出汗，但一点也不热，是恐惧的冷汗。他觉得有些不对劲。

他竭力想要站起身来，但他的身体在竭力和他对抗，不愿做出回应。

广播系统“叮”地响了一声，然后一个声音开始平静地重复一句话：“所有人员请在应急岗位就位。”

“应急岗位。”队伍里每个人都知道自己的应急岗位，每五天至少要进行一次应急演练，探险舰队以安全为第一。阿瑞斯平生以来第一次在应急预案中没有自己的岗位，他处于无岗状态。他现在不再是舰长，也不是分舰队指挥官，在指挥链中完全没有自己的位置。他是个军官，却没有被分配岗位——在此刻他对发生了什么也毫无头绪。

他披上那套标准制服，冲进走廊。来自各个部门的人到处奔忙。他试着向几个人询问发生了什么，但所有人都甩开他的手，越过他继续向前。

阿瑞斯从人群中挤开一条路，奋力冲向电梯间。

看到舰桥上的屏幕的一瞬间，他就呆在了原地，动弹不得。

这片巨大战场一直延伸到远处的太阳旁……米娅曾给他看过这幅景象，但现在它不是静止的图像，它是在活动的实况。亚特兰蒂斯第一和第二探险舰队停在战场的末端——共七十三艘舰艇。但在那片黑色的垃圾场上方悬停着的舰队要比它们大得多。那些巨大的飞船一艘的体积就跟亚特兰蒂斯人的整支舰队差不多。它们停在那里，遮挡住了很大一部分太阳，在亚特兰蒂斯人相形见绌的船队上投下长长的阴影——后者全是探险飞船。

亚特兰蒂斯人最初发射飞船进行深空探险的时候，飞船上都有武装。但几十年过去了，几百年过去了，始终没有任何敌人出现。要为武装飞船所耗用的额外成本和空间辩护变得越来越困难。一些人觉得最初那些装有武器的飞船是滑稽可笑的，另一些人则觉得它们令人尴尬。他们最终相信，任何发达到足以进行深空旅行的种族都必然是高度文明的。

在舰桥上惊恐地凝望着耸立在亚特兰蒂斯人飞船上方的那庞大的舰队的这一刻，阿瑞斯知道了他们有多愚蠢，错得多厉害。这些飞船是为战争、为破坏而生的，就像那些球形的“哨兵”一样。

“再播放一遍。”舰长站在舰桥中央高脚桌旁喊道。舰桥里的军官和技术人员们都聚精会神地盯着屏幕。阿瑞斯往前走了几步，在舰长身后站定脚步，正对着屏幕。他看着屏幕重新启动，右上角显示的时间倒回了一个更早的时间点。他们正在看录像，身处战场的舰队拍摄的视频。“我们肯定还在半路上。”阿瑞斯想道。

喇叭里响起了第一舰队司令的声音。

“各舰请注意，我们收到了一条来自衔尾蛇军的信号。我们正在试图进行解译，但我们已经将这条信息反过来发送了过去，以显示我们已经收到了信号。我们希望这会被对方视为友善的表现。”

屏幕往前快进了一段。在衔尾蛇舰队后方打开了一个虫洞，更多的飞船开始涌了出来，它们的形状和尺寸都一模一样。它们在传送通道前停顿了一会儿，然后开始旋动，彼此首尾相接，形成一个圆圈。或者是一条衔尾蛇？接下来是第二个圆圈，套在第一圈里面，然后又是新的一圈……最后一共有七个圆圈，一个套一个，就像是个甜甜圈，遮挡在太阳前面。阿瑞斯看到一抹微光闪烁，于是他意识到它们正在收集阳光。这是一组巨大的太阳能电池，正在蓄积能量。

录像里司令的声音再度响起：“各舰请注意，信号的第一部分是二进制编码。这个位置的坐标，还有另一个，尚不明确是哪里。可能是衔尾蛇军的母星。第二部分据信是一段DNA序列，可能是病毒的。长度不足以构成一套完整的人类基因组。”

屏幕上有几艘小飞船从衔尾蛇舰队深处的一艘大船中开了出来，缓缓朝第一舰队的旗舰开去。

“各舰，我们有客人了。扫描显示船内无信号返回。重复，它们要么是屏蔽了我们的扫描，要么船内是空的。各舰请待机，保持目前位置。”

“蠢货。”阿瑞斯想道。这位司令官是在谨慎行事。他认为如果他们打起来必死无疑，逃跑也没意义。阿瑞斯可不这么想。他的妻子就在派洛斯号上，这艘探险者级飞船属于第二舰队。他等待着，希望听到司令发出撤离舰船的命令。

那些黑色的小飞船停在了衔尾蛇军和亚特兰蒂斯舰队的中间。

“各舰，我们已经派出了拖船，去把最前面的几艘小飞船拖过来。这可能是个和平的赠礼，或者是某种通信工具。继续待命。”

拖船把几艘小飞船拖到了最近的一艘探险者级飞船上，然后视频记录向前快放。什么也没发生，最后视频停止在一幅定格画面上。

阿瑞斯环视舰桥，每个人都边做笔记边在自己的岗位上忙碌着，有些人争论起来。

“继续播放。”舰长说，“所有人请注意，任何细节都可能很重要。”

“发生什么事了？”阿瑞斯问他。

“我们和第一、第二舰队失去联系了——就在他们跟衔尾蛇军的飞船进行接触后不久。”

“是衔尾蛇军的攻击。”阿瑞斯确信无疑地说。

“还不知道是不是。可能是通信系统出了故障，也可能是衔尾蛇军切断了通信，还可能是异常天文现象。什么都有可能。我们所有的飞船都正前往那片战场。”

“你通知了议会了吗？”

“通知了。”

“他们是否决定疏散人员？”

“不。他们决定,在我们搞清楚到底怎么回事之前他们不对外做任何宣告。”

“愚蠢。这可能是一次侵略的开始。我们应该把舰队分成小队，再把所有的采矿飞船和运输飞船都叫回来，尽量多撤走些人。”

“那么如果这仅仅是个误会呢？紧急疏散也会造成伤亡。恐慌会让我们陷入混乱——在最不恰当的时机。这事已经定了。”

“给我艘飞船。”阿瑞斯说。

“居然毫无正当理由地要求一个指挥官在危急时刻给你一艘飞船？阿瑞斯，我读到那些对你的心理状态的报告的时候我还不相信是那样，但现在看起来上面的描述很准确。我们还有几分钟就会到达那片战场——”

阿瑞斯冲出舰桥，跑进电梯。多个方案和各种选择在他心中流过。他必须到派洛斯号上去，到他妻子身边去，然后带着她逃出来。

走道里仍然挤满了人，但没之前那么堵了。

阿瑞斯离传送室还有二十英尺的时候，船身上发生了第一次爆炸。爆炸摇动船身，把他甩到了过道的墙上。他的脸被撞肿了，肋骨和手腕阵阵抽痛，他觉得自己要昏过去了。他翻了个身，仰面躺在地板上。飞船忽而上蹿下跳，忽而稳住不动，忽而又摇晃起来——惯性抵消系统一会儿恢复运转，一会儿又失去作用。等飞船的震动平息了一些之后，他挣扎着冲进机库，迅速按动控制板。如果能传送到派洛斯号上去，他就能见到妻子了。

他打开传送连接，但屏幕上显示 ：

禁止传送预案启动

舰队进行了自我封锁，真机智。可这样他就被困住了。

他沿着走道冲向穿梭机库大门。大门打开后露出深广的机库，里面的十架小艇有一半都底朝天，还有些被甩到了机库的墙壁上，撞坏了。有一艘穿梭机仍然正面朝上，完整无损。阿瑞斯登上去，输入起飞指令。

机上有三套舱外活动服。他拿了一件先穿上，希望能节约点时间，每一秒钟都很宝贵。他走回到驾驶舱，透过正打开的机库出口第一次朝外看了看。

随着大门在吱吱嘎嘎声中慢慢打开，外面这场大屠杀的规模和恐怖渐渐进入他的眼帘。亚特兰蒂斯第一和第二舰队完全被摧毁了，它们正在解体，正在朝着那片太空垃圾场飘去，正在加入那数百万艘之前被摧毁的飞船的队伍。

阿瑞斯所在的舰队的几艘飞船从机库前翻滚而过。新加入战场的这支舰队正坠入这片风暴中。他自己的飞船和舰队里其他飞船上时不时冒出些火焰和电弧。它们很快就会暗淡下去，就像第一和第二舰队的飞船一样。阿瑞斯看着无数的飞船互相碰撞，发生爆炸，冒出闪光，然后暗淡下去。它们的外壳上被撕开了一个个狰狞的口子，旁边舱室中的空气喷薄而出，夹杂着房间里的东西，还有他的同事们，飞向太空中。

但亚特兰蒂斯舰队中上演的这幅毁灭的奇景和在那片垃圾场上方进行的

战斗比起来却要相形见绌得多。在远处，就在那颗太阳旁，一个衔尾蛇军飞船组成的圆环正在旋转，在它中央开着一个人造虫洞，发出蓝白色的光芒——这样的伟业需要多少能量，阿瑞斯简直无法想象。不断地有新的衔尾蛇军舰队从虫洞中涌现，所有的飞船都是一样大小。在传送门正中央，许多连接在一起的飞船组成了一个庞然大物，正在缓缓向外移动，仿佛太空中裂开了一道口子，一条硕大无朋的金属巨蛇正从中爬出来。

蛇身正在颤抖，上面到处都有光线射出。阿瑞斯把图像放大了些，他能看到在那些飞船侧面上的纹章：一条正自我吞噬的蛇。然后他才发现正和它们作战的对手，是那些球状的“哨兵”。成千上万的哨兵飞船各自从单独的虫洞中涌出来，那些虫洞在它们进入战线的瞬间就消失无踪。这些球状的飞船组成阵列，朝着巨蛇突进，就像是射入蛇身的子弹，把一层层飞船打下去。衔尾蛇舰队组成的圆环正在逐渐崩溃，但核心的连接始终没有断开。被“子弹”咬下去部分出现的缺口瞬间就有其他的衔尾蛇飞船填进去，把断开的连接给重新补好。

哨兵们增援的速度正在上升，它们正压倒衔尾蛇军的舰队，逼迫那根巨大的柱子倒退。阿瑞斯看出了它们的目标：是太阳前面那个给虫洞供能的巨环。

这场景让他心中升起了一点希望之光，也许胜者会放过亚特兰蒂斯人舰队的残余部分。他点了点穿梭机上的显示屏，看了看战场边缘的战斗情况。希望消失了，球形飞船正朝着余下那些正在飘入这个无底洞的亚特兰蒂斯舰队猛攻。所有有人的区域都被炸开，朝着太空敞开。他在控制板上操作了一下，放大另一边的画面。衔尾蛇军的飞船正朝着救生艇开火，杀死所有幸存的军官。这两个强大的敌人在互相搏杀——同时也在和亚特兰蒂斯人作战。

这里没有可以联合的盟友，毫无幸存的希望。眼前的这一切现实让他感到深重的绝望，让他感觉要窒息了。尽管他穿着舱外活动服。

CHAPTER 32

阿瑞斯被爆炸惊醒，回到了现实。爆炸把穿梭机库炸开了，他乘坐的穿梭机被炸飞出去，朝着太空中的舰队残骸和延伸到那颗太阳的衔尾蛇之战的战场飘去。

他在心中慢慢审视着自己的处境：无路可逃，毫无希望。此刻他的大脑中只有一个念头：“米娅，我要找到她，我要和她一起死在这里。”

他输入控制指令。这艘不起眼的小飞船被摧毁只是个时间问题，而后它将化为这片一直延伸到那边的太阳的垃圾场的一部分，就像是海滩上的一粒沙子。

阿瑞斯聚精会神地操作着这艘小穿梭机，左摇右晃躲过那些飘浮的大块残骸，渐渐靠近派洛斯号。

他把穿梭机停在一块包括了大半居住区的残骸的断面上。打开气闸的时候，他隐隐约约觉得自己简直是疯了，他的逻辑思维已经停止运行；他站在一边，观望着，怜悯地注视着阿瑞斯。他飘过昏暗的船内通道，头盔灯照亮了飘过他身旁的各种物体。飞船上的能源系统完全关闭了，连人造重力系统或者应急灯都停止了工作。维生系统应该也已经关闭了，即便他能在米娅的房间里找到她……

他决定那样自己就会在那里待到死，和她一起飘浮在空中，周围是她的那些东西，还有曾放映着他们的合影的空白屏幕。

通往她房间的门打开了。一件舱外活动服在空中旋转，手脚一动不动。它转了过来，阿瑞斯看到了里面的脸，是她的脸。他冲进门里，扑到她身上，抱住她。

她的声音在他头盔里响起，微弱，但清晰：“阿瑞斯……”

他把米娅抱得更紧了：“你太聪明了，穿上了舱外活动服。”她没有反抱过来。是她快没氧气了？半昏迷了？“我们马上离开这里。”

她的双手猛地钳住阿瑞斯的双臂，力气大得让他大为震惊：“我们必须留在这里。”

阿瑞斯把米娅拖出了房间，然后推着她穿过走道。她处于恐慌之中，不断挣扎反抗。他们在走道中飞行，一路闪开挡路的箱子、尸体以及其他物件。到气闸之后，他把米娅先推了进去。她侧身躺在小艇的减压舱里，一动不动。她完全累坏了，已然精疲力竭。

阿瑞斯冲到她身旁，开始努力剥下她身上的舱外活动服。

穿梭机上响起了污染警报声，舱门开始关闭。

阿瑞斯抢在舱门砰然关上之前一刹那冲出了减压舱。他回头冲到门口，透过门上的小窗看着减压舱内部，边上的屏幕上闪出一行字：

生化检疫程序启动

他打开了通信器。

“米娅。”

她缓缓站起身来，转向他。在舱内明亮的白色光线下，他终于看清了她的脸。她的皮肤失去了血色，几乎是灰白色的。细小的蓝色血管在她的皮肤下蜿蜒，而且阿瑞斯觉得自己看到有什么东西在她的皮肤下爬动着。

屏幕上出现了全身扫描结果：

外太空病原体确认。种类：未知。

下面出现了两个按钮。一个是“关闭检疫程序”，一个是“舱内消毒”。

阿瑞斯下意识地退缩了。

“把舱门打开，阿瑞斯。没事了，不是你想的那样，大环会拯救我们的。”

阿瑞斯的目光飘向扫描图，她现在没有身孕了。

“他们除去了那个赘生物，阿瑞斯。把门打开，你会明白的。他们做这些事都是为了拯救我们。”

阿瑞斯又退了一步，然后又是一步。他完全处于呆滞状态中。飞船在震动，为什么它会震动？

他倒在地板上，抬头仰望。检疫，飞船遭到攻击了。

他踉踉跄跄走进驾驶舱，看到有三艘哨兵飞船正冲着他的穿梭机开火。它们正朝穿梭机尾部集中火力。

米娅就在那里。

他必须把她救出来。他——

又一次爆炸，穿梭机被炸成了两截。屏幕上滚过紧急处理程序，列出封闭了的隔墙，关闭了的系统。穿梭机的前半部分四下转动，他看到几个哨兵球把被切断的尾部打成了碎片，包括那间里面关着这宇宙中他唯一珍爱的事物的检疫间。

哨兵们对他视而不见，可它们毫不留情地杀死了她。

他瘫倒在座椅上，甚至无力拭去自己的泪水。接下来他只是呆呆地等待着，唯愿一切快点结束。

CHAPTER 33

多利安觉得通信隔间里的明亮灯光仿佛是一轮火辣辣的太阳，直射在他身上，一刻不停。光线似乎径直穿透了他的眼皮，倾泻到他的大脑中。阿瑞斯在衔尾蛇之战的战场上痛失挚爱的记忆在他心中留下了一口深深的枯井，而多利安感觉自己被困在了这口井底。

他翻身朝下，撑起身子，盯着闪闪发光的白色地板。一滴又一滴，一片血泊正在扩大。那些记忆在毒害他，或者是他本来就快死了？

多利安几周前就感觉到疾病慢慢潜近，把他攥在掌心，现在这威胁变得紧迫多了。

他努力集中精神。这一次，阿瑞斯的记忆带来的问题又比给出的答案还多。衔尾蛇军显然是用某种手段感染了阿瑞斯的妻子，而那些“哨兵”则在攻击衔尾蛇军——以及被感染的亚特兰蒂斯人。

这两方——衔尾蛇军或者是“哨兵”——中的某一方是不是就是那个最终攻陷了亚特兰蒂斯人母星的“大敌”？多利安想打开下一段记忆，但又踌躇起来。找不到更好的办法了吗？也许有什么方法不会让他在窥探记忆的时候被一点一点慢慢杀死？要是那样就再好不过了。他不知道自己还能活着在阿瑞斯的过去中旅行多少趟。何况他现在找到了一个探寻的起点。

他从隔间里回到通信室，登录电脑，查询有关衔尾蛇军和那片战场的信息。每一次查询的结果都是屏幕上闪出一行红色的警告信息：

该信息依照公民安全法案保密

亚特兰蒂斯人仔细地抹去了所有和“哨兵”以及衔尾蛇军相关的信息。

实际上，连所有路过那一区域的深空探测器发回的录像和数据都已经被抹掉了。但……有一个“烽火站”环绕那片战场运行，看到相关记录出现的时候多利安的下巴都快掉下来了。凯特在二十个小时前从这里的传送门连接到那边过。那是凯特在那阵疯狂的轮转中连接的一千个烽火站之一。但……这也太巧了吧。

多利安在房间里来回踱步，脑子里飞快地排列着已知的事实。凯特和大卫知道发往地球的信号——那个把阿瑞斯吓坏了的广播信号。然后他们来到这里，来到烽火站上，要回应那条信息，甚至可能要关闭烽火站，让发送者能找到地球。

但这里发生了某些事情，让他们停了下来，重新考虑自己的行动。他们没有发出回文，也没有关闭烽火站。他们了解到了那个大敌的存在？他们去了衔尾蛇之战的战场那边的烽火站，好了解更多情况？或者是试着到地球之外的地方去联系盟友，这样猜错了的后果会不那么严重？

阿瑞斯记忆中的那场大屠杀在多利安心中栩栩如生。无论那个大敌是衔尾蛇军还是哨兵们，这位亚特兰蒂斯人对它的恐惧都再正常不过了。

他点开了衔尾蛇之战的战场那边的烽火站的记录。日志里只有两条记录：昨天有一次传送门连接；大约一万三千年前有一次数据传输。

有趣。这两个日期有什么特别的事情？雅努斯。他差不多就是在这个时候被困住了——当时阿瑞斯对科学家们停在直布罗陀海岸旁的登陆舰发动了攻击。雅努斯那时候朝一个潜在的盟友发送了一条信息？求救信号？有可能。

多利安查询了一下这个日期的记录。这一天从这个烽火站发出了三条信息。雅努斯这样做是想要提高自己获救的概率吗？

凯特到这里来过。她看到了什么东西，被吓坏了，然后勇敢地穿过了传送门——前往宇宙中不知何方的一个烽火站，那里出现任何状况都不足为奇。去那边的收获必然非常巨大，而且她必然能够在某种程度上确定，那边不会有立即的危险在等着她。

雅努斯留下的线索。多利安明白凯特看到的是什么了：记忆。她和他采用了同样的方法：试着发掘亚特兰蒂斯人的过去，了解到关于他们的敌人和盟友的真实情况。她和那群人去了那三个烽火站之一，而且他们很可能仍然在那边。多利安把那三个烽火站的地址牢牢刻在自己的脑海中。如今找到他们只是迟早的事了。

“慢点说。”大卫说。他看了看四周,所有人都聚集到通信室来了。他是对的，凯特刚才对大家讲解她的发现的时候话说得太快了，谁都没听懂。可能玛丽是唯一的例外，她看起来像是听得入了迷。

“是一段信息——来自战场上。”凯特说。

“怎么？”大卫问道。

“肯定是来自残骸中。”凯特打开屏幕，迅速卷动那条信息，好像有人能看清里面的内容似的，“和玛丽在地球上收到的那条信息很像——开头是一串二进制数字，然后主体是四元密码。”

“是同样的信息吗？”玛丽飞快地问道。

“我不知道。”凯特说，“不过格式是一样的。”

“所以至少发送者可能是相同的。”保罗说。

凯特点点头。

“我们知道什么了？”大卫问道，“我是说，你刚刚说过，关于这附近的情报全是保密的。”

“是的。”凯特聚精会神地望着大卫，“而且我查过了，那位科学家，雅努斯的搭档，她从没来过这个地方。实际上，她对衔尾蛇军也毫无印象。”

“但雅努斯在他临死前几秒对某个对象发出了一条信息，并且把他搭档的记忆发到了这里——一片她从未来过的战场上。一个和对他后来的信息的回复诡异地相似的信号在这里重复播发了成千上万年。”大卫抓了抓脑袋，他没法把这些联系到一块。他漏掉了什么？有什么地方不对头：“他们会在他们不希望任何人找到的地方布置这种烽火站，对不对？”

“是的。”凯特肯定地说，“或者是为了让里面的人无法看到外面。”

是的，正是如此。大卫现在确信无疑。

他们头顶上响起了一阵机械运转的声音，打破了寂静，是顶层传来的。

大卫的目光转向凯特：“是传送门。”

“不是我。”她立刻回道。

“把这里的门锁好。”大卫边说边跑出了通信室，索尼娅紧跟在他后面。

底层和顶层之间由一道小楼梯相连。顶层有传送室，几间大储藏室，还有居住舱；底层则包括通信室和好些小储藏室。

大卫只有两个选择，糟糕的和更糟的：要么爬上去，在二楼面对多利安和他剩下的不知几位手下；要么留在这里，指望等对方下来的时候突袭他们。

大卫迅速决定选择伏击。他朝索尼娅比了个手势，示意她到一间小储藏室里就位；他自己迅速跑进了另一间小储藏室。他们会等多利安从楼梯上下来，然后就从这两个位置同时朝他开火。

大卫听到一阵金属碰撞的铿啷啷声从楼梯上传下来，像是有几个马口铁罐头滚了下来。斯隆肯定不会蠢到丢罐头下来……大卫看到对面的索尼娅也在从门里探头窥视。三个黑色的圆柱体从楼梯上弹到了狭小的走廊里。是闪光弹。

大卫侧过身子，躲到门框后面，捂住自己的耳朵，紧紧闭上眼睛。刹那间，闪光湮没了他的视野，巨响掩蔽了他的听觉。一切都在慢慢摇晃着。大卫用手撑在墙上，张大嘴巴，眨着眼睛，努力恢复感官知觉。

他朝外面望去。闪光弹的威力索尼娅照单全收了，她朝前踉跄了几步，跌进了走廊。

一个人影出现在楼梯井，飞奔而下，每步跨过三层梯级。他没等落地就朝索尼娅开火了。

大卫举起步枪朝那个男人开火，但为时已晚。

索尼娅倒下了，身上血如泉涌。那个男人滚落在她身边的地板上，痉挛着。他的手指仍扣在扳机上，把子弹朝四面八方倾泻，也包括楼梯井的方向。

一个小东西从楼梯井的墙上弹了下来，然后是第二个。它们打着旋在地上蹦跳着。大卫瞪大了眼睛：手榴弹。

他往后退去，在一个箱子上绊了一跤。他半坐起身子，刚好能看到小门外的走道。现在那里满是鲜血，索尼娅和多利安的那个士兵躺在地上，一动不动。有一会儿什么动静也没有。然后……一道橙色的光芒噼啪作响，形成了一堵闪烁着的光墙，把正在爆炸的手榴弹包在了里面。一个防护力场。

储藏室的小门关上了。大卫被一股惯性力甩到了后面的墙上。这屋子里的人造重力失效了，他慢慢朝前飘去，飘到那些银色的箱子旁。

一切就像是一个无声的怪诞梦魇。大卫旋转着，望着窗外的军事烽火站。这个舱室不是储藏室，只是有人把东西堆放在这里而已。这是一间紧急逃脱舱。它现在正朝着那一大片垃圾场飘去。那里有战争中造成的数以百万计的飞船残片，它正在加入其中。他只能呆望着窗外，这幅景象和周围的寂静让他感觉怪异，感觉不安，还有悲伤。斯隆会抓到凯特和其他人的，他失败了，他最终被斯隆打败了，而且他再也见不到凯特了。

CHAPTER 34

凯特和米罗、保罗以及玛丽一起在通信室里等待着，听着外面的动静。枪声停了，响起了爆炸声。墙上的显示屏骤然变换，一个红色的对话框覆盖了整个屏幕。

舱内即将失压

控制预案启动

另一个单独显示的词不停闪烁着。

撤离

凯特调阅了一下烽火站目前的状况，它几乎被炸成了两截。防护力场把舱内出现的真空部分包裹了起来，但烽火站无法为力场长期供应能源。所有的逃生舱都在力场另一边，而且已经被烽火站发射出去了。

她别无选择了。她迅速向传送门输入了连接指令，让它连上雅努斯曾把记忆发送过去的下一个站点。她把这里的记忆数据下载到了一根便携式磁芯存储器上，然后朝门口走去。

“来吧。”她尽力装出一副无畏的样子，“跟在我后面。”

门滑开了。索尼娅和一名士兵躺在黑色的地板上，二者都死了。凯特的心中悲喜交集。大卫不在这里，他还有可能活着。

橙色的发光力场外，站外的太空和那片垃圾场若隐若现。

凯特打量了一下周围，只有一条出路——楼梯井。她踏过血泊，跨过尸体，踩上了第一级楼梯。她犹豫起来，不知道该不该拿把枪。保罗的眼神在地上那名士兵的步枪上停留了一小会儿，然后把它从那人手里掰了出来。他随即走向前方，挡在了凯特前面。

“你知道怎么用这东西吗？”她小声问道。

保罗耸耸肩：“不怎么会。你呢？”

“也不怎么会。”

他们停了一会儿，楼上没有声音。她心底里暗暗期盼着大卫会转过拐角从上面出现，把头伸进楼梯井然后说：“警报解除，我们走吧。”

但他没有出现，她爬上金属楼梯。保罗和她并排，其他人跟在后面。

骤然响起的紧急撤退信号吓得她几乎要跳起来，差点就从楼梯上摔下去。

爬到顶上了。她能看到在发光的传送门，传送门对面的小玻璃窗上的倒影中，一个士兵躺在传送门另一边走道的地上，不是大卫。她朝窗外望去，垃圾场正越来越大，烽火站的碎片从窗外缓缓飘过。

凯特动弹不得。

她感到保罗的手抓住了她的胳膊。

“我们得走了，凯特。”他说。

她的思维现在转动艰涩，但她还是强迫自己走进了传送门，虽然举步维艰。

传送目标地不是烽火站，凯特出来之后立刻明白了这点。这地方很宽阔，空间很大，和狭窄、强调实用性的烽火站截然不同。

她和保罗、玛丽、米罗站在一间很大的房间里。墙上的窗户至少有一百英尺宽，五十英尺高。

外面的景象让所有人都无言以对，彻底被震慑住了——太恐怖了。对凯特来说，之前俯瞰地球的景象令人敬畏，衔尾蛇之战的战场很吓人，但隔得很远，那里的危险早已不复存在。而这里的威胁则是活生生的。

一行行黑色的球体排向远方，纹丝不动，顶上悬着些小灯泡，就像是夜间停车场里整整齐齐停着的汽车。

在静止不动的球体阵列旁，在行列正中，是一根长长的圆柱体，在太空中往两边延伸，凯特看不到尽头在哪里。圆柱边上的球体进入其中，从另外一边出来的时候变得更大、更完整了。这是条那些球形飞船的装配线、每秒钟都在生产出几千个圆球，也许是几百万个。到底多少要看装配柱延伸出去有多远了。巨大的飞船在生产线上方横过，时不时和装配圆柱对接。是原料补给船？在把矿物和其他原材料送进生产流程？

这里不是烽火站，这里是间太空工厂，一间正生产出球形飞船大军的工厂。

一支规模无法想象的大军。

凯特努力集中精神，他们不能在这里久留。

她相当肯定，躺在之前烽火站的走道上的是多利安。她觉得他应该是死了，最好如此。但她忍不住要想起大卫，想着他们能不能回去，设法救出他来。这样会让所有人都冒上生命危险的，而且大卫很可能已经死了。她必须集中精神："我知道什么？"

多利安找到了之前那座烽火站——从她的成千个迷惑项之中。如果他已经发现了雅努斯发信的事情，他将会轻易找到这里的。

他们必须离开，设法找到安全的地方，也许第三个地方会提供些逃亡的办法。

她打开便携式磁芯存储器，将雅努斯传到这里的记忆数据下载保存。

她指示传送门连接到最后一个目的地去。

她走进传送门，其他人跟了上去，所有人都一言不发。

凯特踏入第三个，也是最后一个雅努斯曾传送记忆的站点的一刻，她立刻知道他们遇到麻烦了。很热，这地方仿佛在燃烧，而且这里又是一个军事站点。

她从窗口往外望出去，这边的窗户比之前工厂那边的观景窗小得多。

下方是一个死寂的世界，到处都是红彤彤的岩石，星球表面有些黑色的瘢痕——烧焦的痕迹。凯特知道这个地方，是的，她以前见过这个地方——在阿尔法登陆舰上，她看到的最后一段记忆中。大卫当时救了她，想到这里，她心中又是一阵悲伤，但她把这情绪从心中挥去。雅努斯曾想要抹掉她对发生在下面这个世界上的事情的记忆。在她的记忆里，这个世界处于军事管制下。雅努斯的搭档乘坐贝塔号登陆舰前往星球表面进行调查……

"我觉得我们应该离开这里。"保罗说。

每个人都开始冒汗了，谁也没离开传送门太远。他们在期待着，想着会不会有下一个目的地。

凯特登入了烽火站的界面。有的，这里有一个地址，就在本地，非常近。贝塔号登陆舰仍然停在行星表面。她又编程访问了一系列的烽火站连接——这次是一万个站点——以防万一斯隆追到了这里。如果她没搞错的话，斯隆不知道贝塔号登陆舰停在下面，那他们就安全了。他们只能如此了。

她走进传送门，保罗、玛丽和米罗依次跟在她身后。

他们周围贝塔号登陆舰地板和天花板上的灯泡亮度在提高，他们身处的这艘飞船苏醒了过来。

“我们在这里安全吗？”保罗问道。

“我认为是的。”凯特环视四周，这艘飞船看起来完好无损。她的神经连接告诉她，飞船的计算机系统现在全部上线了。她集中注意力在记忆中搜寻，她最后记得的是在外面那次炽热的冲击。“不过别出去。”

她没再说什么，离开了其他人，如行尸走肉般走进船员居住区。她随手选了一间居住舱，坐在床上，茫然四顾。这间房跟她和大卫在阿尔法号上共享的那间一模一样。

她在床上蜷起身子，但怎么也睡不着。

多利安翻了个身。他真希望站内的紧急广播能停下来。显然，他需要撤离了。

这次“突袭”完全没能按照计划进行。在他看来出问题的原因有二：首先，维克多在死后仍然继续射击，毫无必要地往所有方向乱射，这白痴连好好去死都不会。其次，多亏了他和他的无规则乱射，多利安被逼了回去，无法继续攻击。他只好把手榴弹直接丢下去，指望运气好的话能干掉他的敌人。可结果不好，烽火站用力场把爆炸的冲击波通过楼梯井推回到了楼上，在顶层的狭小空间里来回冲击，把多利安扔到了墙上，然后他什么都不记得了。但他知道，现在他还好，手上有枪，凯特那伙人已经走掉了。

但……他知道他们去哪里了，她只有两个选择。他走到传送门前，点击操作面板。一个惊喜:这次他们进入传送门前她没进行随机传送连接变换。“欲速则不达啊，凯特。”多利安想着，他马上就能跟过去。

他回头望了望。这时他才初次亲眼看到外面的战场。难以置信，阿瑞斯怎么活下来的？这个问题得先放到一边，多利安走进传送门。

绵延无尽的哨兵生产线瞬间就让他惊恐不已，他下意识地抬起了枪，但随即明白过来，停下了动作。这是亚特兰蒂斯人的传送门——开在哨兵生产线旁。他们在生产哨兵飞船来和之前见到的那些哨兵飞船作战？还是说亚特兰蒂斯人征服了哨兵军团？现在这东西是他们的部队了？或许就是这些东西背叛了他们，摧毁了他们的母星？

“把注意力集中在手头的任务上。”他想道。他迅速地搜索了一下工厂内部——空的。凯特和他的朋友们不可能回到衔尾蛇之战的战场那边的。多利安知道他们去哪儿了。他让传送门连接到那最后一个目的地，迈步踏入门中。

热浪迎面而来，窗外的景象也证实这个烽火站正坠入下面行星的大气层中，而且还在加速。

多利安在这个军事站点内部的金属通道中奔走，迅速把两层楼都搜了一遍。空无一人。

通信室内的屏幕上闪着一行警告信息：

轨道高度降低，即将进入大气层。

请撤离。

多利安查了一下计算机里的记录。凯特这次比之前更加小心：一万个传送门访问记录，一万种可能。连接传送门耗尽了这个太空站最后的能源，它现在下坠得更快了，多利安必须离开。

他再度穿过传送门，回到他唯一认为安全的地方。

他呆呆地望着哨兵装配线，他被困在这里了，但也许这里有他需要的答案，有对他能有所帮助的东西。

凯特一直在盯着小床对面的墙壁，盯了多久她自己也不知道。

门打开了，保罗走了进来 ：“你得看看这个。”

他领着她回到舰桥。这里的空间狭小，还有一堆工作台，只容得下大概五个人。小屏幕上显示出一个烧得通红的东西正穿过云层。

“是烽火站吗？”保罗问道。

“是的。”凯特说。

看着烽火站在空中燃烧，她意识到现在他们真的被困住了。贝塔号登陆舰是设计用来在母船和行星表面间航行的，上面的传送门也一样。他们现在无法离开这颗星球了。

“你怎么想，凯特？”玛丽问道。

“我想，我们只能来记远距长传了。”

下部

双星记

A TALE OF TWO WORLDS

CHAPTER 35

多利安把整间哨兵工厂又搜了一遍。里面确实没有人，而且已经有段时间没人来过了。这个飘浮在太空中的巨大基地给他的感觉就像是个医院，仅仅是不那么干净，不那么整洁；这里的建筑是工业化的，结实粗犷；实用主义的，但精确无比。对称的宽阔走道穿过这个四层楼高的建筑群，通往许多不同的房间：有些里面是些奇怪的设备，有些里面是些机械零件，他觉得应该是属于球形哨兵的。这里有些像个工作室。没错，就是这样：亚特兰蒂斯人在这里调整哨兵，修正输入到装配线上的工艺流程来生产出“下一代”哨兵。

这里所有的终端都把他认作阿瑞斯将军，整个设施都对他完全开放，没有任何限制。

多利安盘算着可行的选择。他的选择包括：传送回环绕地球的烽火站，然后回去找阿瑞斯求助；或者看完剩下的记忆。他感觉他无论选哪边都是死路一条，但后者他能得到答案，而且可能获得了解阿瑞斯背后的谜团、改变地球的命运的机会。抉择不难做出。

他把磁芯存储器里阿瑞斯的记忆上传到这里的通信隔间，走了进去。

阿瑞斯感觉时间就像条河流：奔流不息，一点一滴地冲走他所有的情感。每个小时，每一分钟，每一秒，他的感知随着时间的流逝不断减少。

他看着衔尾蛇军团和不断涌入战场的哨兵们大战。那些黑色的球形哨兵的数量看起来在以指数增长，但蛇军的数量增长更快。黑色的衔尾蛇环抽取恒星的能量，在中心形成一个蓝白色的传送门。太阳几乎完全被遮住了，只在巨环的边缘透出一圈薄薄的橙黄色光焰，这景象就像是日食。从传送门中涌出的巨蛇不断蜕下自己的表皮：那些组成它的飞船从主体上脱落下来，加入和哨兵飞船们的战斗。那些球形飞船向巨蛇的主体上的飞船和分离出来的飞船猛烈开火，击碎它们，把它们撕成细小的黑色或者灰色的碎片，朝着那片广阔的垃圾场飘去——就像是灰烬落向高速公路。

战争的形势来回转变。那条巨蛇越来越大，越来越长，然后新的一批球形飞船在它侧面狠狠咬了一口，逼得它倒退回去，重新回到传送门里，又恢复了原有的尺寸。最终，那条巨蛇冲了出来。它的头部在战场另一边又形成了一个新的圆环，圆环中心出现了又一个传送门。这条巨蛇在战场中穿行，它身上的飞船在两个传送门之间形成一条无穷无尽的队伍。余下的球形飞船开始破空逃走，这场仗它们显然打输了。

阿瑞斯无视了自己的饥饿感，他一点也没有进食的欲望。

他看到一小批衔尾蛇军的飞船在这片残骸上盘旋，它们是要搜寻亚特兰蒂斯的幸存者并加以消灭吗？或者是在找现在被转化为它们的同类的亚特兰蒂斯人？米娅怎么叫它们的？大环。想起她，想起它们对她和自己没出生的孩子所做的一切让阿瑞斯感到痛苦，让他知道自己并没有失去全部的感情。他把目光从蛇军的飞船上移开，他不想看到它们。

阿瑞斯本以为所有的哨兵飞船都已经离开了，但此刻他发现还有一艘就悬在他的飞船附近。它似乎正在盯着他，在审视着他的灵魂。

阿瑞斯无动于衷地回望着它，心中只有一个念头：来吧。

球形飞船上打开了一个口子。它向前靠过来，把阿瑞斯的飞船吞进了肚子里。

周围一片漆黑，阿瑞斯穿着舱外活动服飘在空中，他心中只对自己的命运还隐约有点好奇。

耀眼的光线刺破了黑暗，阿瑞斯抬起胳膊挡住眼睛。球形飞船退开了，他所在的穿梭机残片自由飘浮在空中。

阿瑞斯的眼睛渐渐适应了光亮，透过飞船驾驶舱的窗户，他勉强能分辨出外头有一支球形的哨兵们组成的舰队。但让他大为震惊的是面前那艘庞大的飞船，远处有三颗太阳，提供了足够的光亮，让他得以看清它的轮廓，但看不清上面的细节。阿瑞斯怀疑这艘细长形的飞船大概是哨兵们的控制中枢，或者是一艘母舰，或者是一艘工厂船。

几个小球附到了他的飞船残骸上，把他朝那艘静静等待着的超级飞船推去。一个舱门打开了，那些哨兵把他的飞船给放了进去。

舱门关闭之后，突然产生的人造重力把阿瑞斯给压到了飞船地板上，一瞬间他觉得自己会被撞得背过气去，但舱外活动服提供了很好的缓冲。

他撑起身子，走出飞船，走进一间宽阔空旷的船舱。舱里亮着灯，人造重力看来是亚特兰蒂斯星的标准重力，这样的巧合让阿瑞斯感觉有些怪异，简直有些让人不安。他身上的舱外活动服报告说外面的空气是可以呼吸的，但他决定还是不脱掉这身衣服。

船舱尽头的一道双开门打开了，阿瑞斯走了出去，外面是一条狭小的走道，墙壁是灰色的金属墙，地板和天花板上都亮着些小灯泡。

他犹豫了一会儿，不知道是该往前走还是该退回自己的飞船上。最终好奇心占了上风。他沿着走道一路前行，最后到了一个大岔口。这里有另外两条走道，分别通往左边和右边，而正前方是一道巨大的双开门。门打开了，露出飞船内部的一个巨大洞窟。比他已经登陆了的飞船船舱还大得多。

阿瑞斯慢步向前，隐隐有些怀疑他是不是在朝着某个陷阱深处前进。这个船舱里的东西让他迷惑不解：一根根玻璃管子从地板上一直堆到昏暗的空中，然后一排排一直向着远方延伸。舱内他视野所及之处全是这种管子。每根管子的大小看起来都足够装进一个成年亚特兰蒂斯人。

“你可以把你那身舱外活动服脱掉了。”

阿瑞斯转过身，第一次看到把他抓到这里的人。

CHAPTER 36

阿瑞斯来回打量着抓捕他的人和那一排排无穷无尽的玻璃管子。那个男人，或者说至少阿瑞斯觉得他是个男人的存在，站在船舱的入口处，紧靠在门槛内侧。走道里的灯光在他身后形成一个光晕。

“这是什么？”阿瑞斯问道。他还是没敢脱掉自己的舱外活动服。

“你已经知道了吧。”

阿瑞斯又瞥了一眼那些管子：静滞舱。深空航行用。

“这是艘殖民船？”

“是的。”

阿瑞斯下意识地朝后退去：“这东西能读出我的思想。”

“是的，它能。这艘飞船能解读你的身体发出的辐射，整理成数据反馈给我。”

“你是什么？”

“和你一样的人，只不过我已经死了几百万年了。”

阿瑞斯努力厘清思路。他问出了脑袋里跳出的第一个问题：“你……不在这里？不是活人？”

“是的。你看到的是我的化身，过去活着的我的影子。我的种族早已灭绝了，留下的只有衔尾蛇军。”

“你是它们中的一员？”

“不是，我从没和它们一路。我只是它们在漫漫征程中杀戮的众多生灵之一。很久以前，我们的世界犯了个大错。我们当时在探寻终极问题的答案，想知道我们的起源和整个宇宙的命运的真相。我们选择了错误的探寻工具：科学和技术。我们采用的方法超乎你的理解能力之外。在我们追索终极知识的途中，我们创造的技术最终奴役了我们自己，在我们不知不觉之间夺去了我们最后一点点人性。我们的文明发生了分裂，那些坚持人性的被消灭了，剩下的就是衔尾蛇军。其中的成员称呼自己为‘大环’，他们相信，他们就是这个宇宙的终结者，也将是一个新宇宙，一个穿越时空的巨环的开创者。

“他们相信，总有一天他们的巨环会将每一个有人居住的世界环绕其中，把每一个人类的生命都结合为一。如此一来，他们就能驾驭他们称之为‘起源实在’的一股力量，从而得以创造出一个新的宇宙，为它定下新的法则。在新宇宙中他们将永恒不灭。”

阿瑞斯长吁了一口气，脱下自己的舱外活动服。他不太明白现在的状况，但他认为如果这个过去是人类的幽灵想要他死的话，他根本就不会被带到这里。

“你想要我干什么？”阿瑞斯冷冷地说。

“拯救。现在有个机会，能将我那些族人正对你的族人犯下的罪行挽回些许。”

在他们二人中间，昏暗的空中出现了一个全息影像。阿瑞斯的母星悬在当中，一个黑色飞船组成的大环在它不远处，制造了一个传送门。一根衔尾蛇军飞船组成的粗大的巨索正从门里涌出。巨索的末端散开，朝着星球表面喷吐出无数飞船，就像是黑色的泪滴般落向阿瑞斯的世界。

数以千计的哨兵飞船正在和衔尾蛇军作战。但就和在之前的战场上一样，它们正在输掉这场战斗，亚特兰蒂斯人的母星正在陷落。

“在我们最后的日子里，我们认识到了我们的愚蠢。于是我们创造了你们称为哨兵的这些东西，希望能让其他的人类世界不至于毁灭于我们的错误。但正如你看到的，哨兵在和衔尾蛇军的正面战斗中力量相差悬殊。作为最后的补救手段，我们把战略改变为将有人的世界隐藏起来。”

“哨兵防线。”

“是的。它构成一个屏障，一个烽火站的网络，把你们所在的空间遮蔽起来，让衔尾蛇军不能看到有人类生命居住的世界。这条防线同时也能禁止超空间隧道的穿过。”

阿瑞斯猛然明白过来："我在哨兵防线上打开了一个缺口，让衔尾蛇军得以穿过。"

"是的，但这正是因果轮回之道。"

阿瑞斯怒火中烧："你应该事先警告我们的。"

"我们试过事先警告，在漫长的时间中试过了许多次。但对未来灾难的警告远不如对于真实灾难的记忆有效。"

"记忆？"

那个化身朝那些管子走去："你把这艘宇宙方舟带回你的世界去。你身体发出的辐射能将你的思想传输出来，也同样能被用于传输你身体的细胞级蓝图。这艘船周围的哨兵舰队会把你送入环行星轨道。衔尾蛇军用来吞并人类个体的生物技术工具——衔尾蛇病毒——有个局限性：感染者的心灵必须屈服。他们的技术势不可当，但在巨大的人口基数里，有少数勇敢的灵魂能抵御住侵蚀。那些人不会屈服，衔尾蛇军会杀光他们。这艘船会捕捉到他们辐射出的信号，把他们复活过来。他们将会成为你的人民。你将以这些人为基础重建你们的文明。他们已经看到过衔尾蛇的恐怖，他们已经知道了危险所在。人们需要见过黑暗，才会知道光明的可贵。"

阿瑞斯站在复活舰的舰桥上，望着超空间的蓝白色光波消散，望着他的世界出现在屏幕上。

飞船被击中了，震动起来。衔尾蛇军对阿瑞斯母星的围攻快要结束了。巨大的黑色飞船盖住了每片大陆上的大部分地区。哨兵飞船们还在和它们作战，但大势已去。

阿瑞斯看着这艘宇宙方舟从战火纷飞的战场上穿过，一路被击中，从不还击。衔尾蛇军的飞船方阵一次次冲破它周围哨兵飞船的战线，但每次都会出现更多的球形飞船，把它们驱逐出去。

那个化身领着阿瑞斯离开了舰桥，回到之前的船舱中。他们俩静静地站在舱内，看着那些管子里渐渐装满了亚特兰蒂斯人。

船体的震动越来越强烈了。最终阿瑞斯旁边的人影转向他说："到时候了。"

阿瑞斯走进最近的一根管子里，光雾慢慢吞没了他。他同胞们的流亡很快就会结束，他们将会在新的家园着陆。那个化身告诉他，这艘船还会延缓其中的时间。这里时间的流逝和外面相比几乎是静止的。

最后那个化身回来了，管子打开了。阿瑞斯走出去，跟着他回到舰桥。观景窗上显示出一个未经开发的世界，一颗蓝色、绿色和白色的星球。

"如果衔尾蛇找到我们怎么办？"

"我们已经建立起一条新的哨兵防线，并且在这个世界的轨道上放置了一个烽火站，它会把你们遮蔽起来的，但这并不能保证安全。我们能为你们做的差不多就这么多了。我们已经让你们看到了危险所在，而且我们救了你们。我还有最后一件礼物要给你们：人性的准则。它能保证你们不会重犯和我们一样的错误。"

这化身讲了一通长篇大论，阐述他那个种族的哲学，一套通往和平宁静的生存之路的指南。"作为对拯救了你们的幸存者的报答，我们只希望你们能依照这套准则，过简朴的生活。在这条新的哨兵防线内部有很多有人星球，都不如你们的先进。有一天他们也可能会外出探险，寻求答案，扰乱新哨兵防线。你的同胞们可以向他们证实外面存在危险，预防这种情况的发生，拯救无量世界中的无量生灵。把人性准则传播开去，你们就都能安全地生活在这里。这是你们共同生存的关键。"

阿瑞斯想着自己和妻子的最后时刻，想着那些家伙对她，对他的家乡做了什么。他想起那些黑色的飞船在他的星球上遮天蔽日，屠杀了数十亿的人民。他努力想平息心中的怒火，但他不能。"你们创造出的那些畜生屠杀了我的同胞，而你居然还要求这要求那？"

"我们是给出指引，告诉你们通往安详与和平之路，提供一个机会让你们能预防其他人重复你们的错误，让他们免于遭受同样的悲惨命运。"

阿瑞斯盯着巨舰旁飘着的那一小批哨兵。

"我们不会藏起来祈祷，指望我们的敌人自动消失，我们要战斗。"他猛地想起那个化身能读出他心中所想，但太晚了。

“你在盘算着犯下你自己的大错。”

“来谈谈你这位死人几百万年里坐看一个个人类世界被屠戮一空的问题吧。”

“你的恐惧和憎恨会害死你自己的。”

阿瑞斯无视了对方的话，他脑中开始形成一个计划。

化身朝他走近：“别忘了我们的故事。我们创造的技术工具奴役了我们。要当心，阿瑞斯，你们取得安全的代价可能是你们的自由，甚至可能是你们的生存。”

“你知道我在想什么的：这场战争中，你们这么久以来一直在节节败退。所以你只会这样思考问题。而且你甚至已经忘却了身为一个人类的感觉——否则你不可能会允许我的世界上那么多的人惨遭杀戮。对于你来说一切只不过是个数字问题。但对我来说，他们是生命，是我关切的同胞。你的‘帮助’我们已经受够了，接下来我们要自己保卫自己。”

“那就这样吧，阿瑞斯。”化身脸上挂着悲哀，渐渐消失无踪。

阿瑞斯独自在昏暗的船舱中站了许久，凝视着那无穷无尽的一排排管子，里面装着他最后的同胞，他们很快就会醒来的。他们是阿瑞斯剩下的一切，为了保证他们的生存，他将不惜任何代价。

大卫在逃生舱里看着衔尾蛇之战战场上的烽火站。里面的力场闪烁起来，然后消失了。站内的空气瞬间朝太空喷出，推动着烽火站坠毁在那片太空坟场中。它的碎片翻滚着，互相碰撞着，最终落入原有残骸之间的空隙里。大卫感到这片坟场的引力正在吸引着他乘坐的逃生舱。他知道自己的身体很快也会永久地化为此地的一部分。

他想着凯特。她会怎么度过她余下的日子？他只有一个愿望：再见到她，哪怕一秒钟也好。他最后一次看到的她的身影在他脑海中浮现：她站在屏幕前，解释着一些他几乎完全听不懂的科技问题。他对凯特说的最后一句话是什么？

“锁好门。”他笑了。这话某种意义上还真的特别合适。他们在一起的时间里，他们的互动大多数时候都跟这最后一次交流类似。时间是宝贵的，现在他们俩的时间都所剩无几，要以小时计算了。

然后他才发现一件事：他其实一直都害怕没有她自己要怎么活下去。知道自己不必面对这个问题了让他心中异常地平静。

在坟场上方张开了一条空间裂缝，就像是黑色的太空幕布上出现了一道参差不齐的蓝白色裂口。一艘飞船从里面溜了出来，飞快地越过坟场，笔直朝着大卫的逃生舱飞来。

是这里的烽火站被破坏了，因此让这些飞船看到了这里发生的事情，意识到他被困在了这里？

飞船靠得更近了。大卫现在能看到它前方有个纹章，一个指环。不对，是一条蛇，它正在吞噬自己的尾巴。

CHAPTER 37

多利安躺在地板上，汗如雨下。刚才那次记忆回溯比之前的更糟糕。但他不能停下来,他已经很接近目标了,他能感觉到这点。记忆中的那艘飞船——那艘宇宙方舟——正是阿瑞斯埋藏在南极洲冰层下的同一艘。是不是衔尾蛇军再次发现了亚特兰蒂斯人？它们就是阿瑞斯害怕的那个大敌吗?

多利安走进那间巨大的工厂，看着每秒钟生产出数以千计的哨兵的生产线。也许是哨兵们造了他的反?

多利安吃了点东西，下定决心去搞清楚所有的真相。

宇宙方舟在亚特兰蒂斯人的新母星上着陆后的几天里，阿瑞斯的同胞们证实了那个化身所说的一切。从复活容器里出来的人们心中充满了斗志和激情，团结的程度是阿瑞斯从未见过的。他们这一民族现在只有一个目标：摧毁衔尾蛇军。他们把自己每一分每一毫的精力都奉献给了这一事业，人力不及之处，方舟和哨兵飞船上的技术加以了弥补。

环绕着方舟建起了第一批居民点，然后是第一批城市，接着文明复兴。他们的法律以那个化身所述的故事，以对于失控的技术的警告为基础。阿瑞斯拒绝了那个幽灵的要求，但他知道他的人民可能会蠢到无视这个事实：一个对于科技发展没有任何限制的先进文明，无论被衔尾蛇军同化与否，都会变成一个衔尾蛇世界。反蛇法禁止任何技术革新，和不受控制的技术做斗争成了大众的口头禅。

在就职仪式上，阿瑞斯站在讲台上，朝着人群高呼：“我们就是我们要面对的最大敌人，蛇潜藏在我们心中。我们必须警惕我们自己，就像警惕我们在哨兵防线外的那些敌人一样。”

之后的记忆飞快地闪过。阿瑞斯站在一艘环绕亚特兰蒂斯人的新家园运行的飞船上，盯着飘在行星上空的哨兵建造设施：“我们需要更多。”

他站在另一间工厂里，看着一条新的哨兵装配生产线。这条生产线一路向着太空深处延伸，尽头超出了他的视野。

“更多。”

记忆继续流过。其他的工厂，新型的哨兵，技术革新的步伐正在放缓。他站在一个房间里，提出申请要求更多的研发和技术人员。但他自己也不相信他说的话了，他自己的激情也已经熄灭。利用管子的时间膨胀和治疗技术，他在时光长河中跳跃，最后来到了一个自动采矿船和机器人工厂生产出的哨兵飞船产量到底有多少亚特兰蒂斯人自己都已经数不清楚的年代。

那些从管子里重生的逃亡者都活了很久，他们也选择像阿瑞斯一样利用那些管子把身体维持在顶峰状态，但这时候他们已经都死了。很久以前他们就都失去了活下去的意愿。有些活过了第八百个生日，少数人活到了一千岁，但最终除了他之外的所有人都前往远离复活管子作用范围的地方，一去不复返，迎来了真正的死亡。

他发现自己全然是孤独的。他成了最后一位文明奠基人，成了他的同辈中的最后一人。那群亲眼看到了衔尾蛇军大屠杀、努力工作建立起他们的新家园的公民，现在只剩下他了。

每次阿瑞斯从休眠中醒来去出席议会会议，他都比上一次更感到他是自己这个世界里的陌生人。他的同胞们已经安于闲适的生活，专注于艺术、科学和娱乐。哨兵工厂全都空无一人，由机器人打理。衔尾蛇军的威胁已经变成了传说中的恶灵，一个吓唬人的恐怖故事，人们觉得它大概永远也不会成为现实。

人们眼中他成了一个摆设、一个活化石，来自那个遥远过去中的黑暗篇章，那个充斥着战争贩子和疑心病患者的时代。

他对议会提出他想要迎来真正的死亡，他们勉强同意了。

第二天他们以宣布公告的方式背叛了他：议员们投票决定把他永久保存起来，说是为了表彰他对人民的贡献，并且永久铭记他和其他的逃亡者们做出的牺牲。

卫兵出现在他的住所外，身后挤满了新闻摄像机。

人们排列在通往方舟圣殿的道路两旁，不分老幼，人人都在争着要看他一眼。在圣殿正面的石墙上刻着：这里躺着我们最后的战士。

阿瑞斯停在大门口，对议长说："每个人都应有死亡的权利。"

"传奇永远不死。"

他真想伸出手去，用手指掐住这女人的脖子，然后使劲收拢，但他没有，而是走了进去，沿着他在旧世界毁灭的那天第一次见到的走道走进去，踏入一根管子。

时间膨胀技术让他不必感受时间流逝的痛苦，但阿瑞斯心中的空虚和孤独没有任何技术能治愈。

几个人影出现在这个大船舱的入口处，人影冲向他所在的管子。

阿瑞斯迈出管子，一言不发地跟着他们向外走去。也许他们重新考虑了他的申请。他心中升起了一丝希望——这感觉对他来说几乎已然是陌生的了。

他们走出停放方舟的圣殿，默默地在夜幕下行走。一座城市隐隐出现在前方远处。阿瑞斯从未见过这样的城市：摩天大楼高耸入云，空中走道在其间纵横交错，全息广告图像在夜空中游弋，仿佛是一群怪物在月亮前方乱舞。

一条空中走廊被炸断了。两栋大楼之间发生了另一次爆炸，两边都烧了起来。火焰在高楼之间跳跃，击败了灭火系统四处肆虐。又发生了一次爆炸。

"怎么回事？"阿瑞斯问道。

"我们有新的敌人了，将军。"

CHAPTER 38

是阿瑞斯带着他的同胞们从绝境中逃到这里，是在他的帮助下这个世界得以建成，可他几乎认不得这里了。这个世界整洁，闪闪发光，但拥挤不堪。它的居民们满怀愤怒。他们挤在道路两旁，互相推搡着，手中举着标语大声叫喊。

“反蛇禁令 = 奴役”

“进化 = 自由”

“阿瑞斯才是真正的恶蛇”

到达议会之后，一群蠢蛋向阿瑞斯详细解释了这个他深爱的世界面临的困境。智力差异撕裂了亚特兰蒂斯世界，把亚特兰蒂斯人分成了两部分：知识分子和劳工。知识分子数量占人口总数的比例接近 80%；按照阿瑞斯听到的说法，他们的日常时间都在以思维进行各种创造性活动：艺术、发明、研究，还有些阿瑞斯不明白也懒得问的活动。剩下的 20% 是劳工，他们用双手养活自己，而他们已经厌倦了这种生活，厌倦了一成不变地作为社会的二等公民、要依靠补助金和福利制度过活的状况。

问题的核心在于，教育已经达到了能把受教育者本身的智力最大限度发挥出来的地步。这两个阶级都意识到，知识分子就是知识分子，他们的孩子也会是知识分子，劳工亦然。跨阶级的通婚越来越少，因为没有几个知识分子敢于冒让自己的后代滑落到下等阶级、永不翻身的风险。

经济和社会的分裂正愈演愈烈。政府做出了一些妥协和交易，维持着和平局面。但妥协最终失败了，现在暴力已经成了劳工们唯一的谈判方式。

屏幕上详细列出了劳工骚乱愈演愈烈的过程：从抗议升级到暴动，再到随机攻击，最后发展成了危及千万人性命的有组织的恐怖活动。

阿瑞斯在脑子里琢磨着这个棘手的难题，几乎没听到议长诺莫斯的话：“问题的症结在于我们的警力。”

“警力怎么了？”阿瑞斯问道。

“我们已经有三百年没有警察了。以前这里的犯罪非常罕见，而且群众监督加上大面积的监控录像意味着任何犯罪者都会被迅速抓获。现在的情况不同。这些人宁愿抛弃自己的性命，为了他们的事业——保证他们的孩子不会遭受和他们同样的命运。”

另一名议员开口说：“更麻烦的问题是，新生的警察部门必须从劳工中招收人手——而我们根本不能信任他们，他们会推翻政府，完全掌握政权的。我认为这是大家都在害怕的事情，我只不过是唯一愿意说出来的人。”

接下来是一片沉默。

最终诺莫斯开口了：“阿瑞斯，我们最终找到的解决方案就是，我们把你唤醒……向你咨询，关于放松反蛇禁令的限制的事情。”

阿瑞斯无法掩藏自己的愤怒：“这些法令的制定是有目的的——让我们免于自取灭亡。”

诺莫斯抬起一只手：“我们只是考虑略微放松三大禁令中的两条。第一是对基因工程解禁——仅此一次，给劳工们进行一次治疗，让他们获得智力上的平等。第二，我们会解除机器人应用上的禁令，允许使用简单的服务型机器人来进行所有的体力劳动。这些改变将会创造出一个更可持续的一元化社会——”

阿瑞斯站起身来：“一旦你们这些傻瓜在这世界上打开了基因工程和机器人的魔盒，我们也就注定要在将来某个时候变成衔尾蛇军——甚至无须敌人入侵。这是无可避免的。当年衔尾蛇这场疫病就是这么出现的，我们会重复我们的先行者们犯下的错误。我不会容忍这种事情发生。把我放回休眠舱里吧，或者让我彻底死掉，这样更好，我无法眼看着这种事情发生。”

“你打算怎么处理这个问题？”

“我们的问题很简单。”阿瑞斯说，“我们的人当中有百分之二十正在杀戮其他人，这些人必须从这里消失。”

阿瑞斯打量着他正在受训的部队。要不是有头上的烽火站在轨道上飘着，把他们这个世界的景象从外部宇宙的视野中隐藏起来，这帮家伙会在全宇宙中被传为笑柄的。

议会有一点是对的：从劳工阶级中雇用安保部队绝对是愚不可及。阿瑞斯最终决定从可能适合要求的知识分子中选择：模特们——身材好，肌肉发达，在装出一副英勇无畏的表情这方面训练有素，不管他们实际能力如何；舞蹈家和杂技演员——他们的动作优雅而精确，但其实根本没有为自己生命而战的能力；还有运动员——他们在暴乱的人群中很显眼，很能安慰人心，尽管一旦开始死人这种作用毫无疑问就会消失无踪。

阿瑞斯望着他们的训练。他们算不上一支真正的军队，也永远成不了。但穿着那些制服，行动熟练，他们看起来还像那么回事。这就够了。

阿瑞斯怀念起在探险舰队的日子来。但那也是反蛇禁令所禁止的另一个事项。宇宙探险会导致未知的危险，还可能招致最大的危险：被衔尾蛇军发现。

想到这里，他不由得又想起了在招致末日的那次行动中他本人所起的作用：是他捕获了一艘哨兵球，在防线上打开了一个缺口，让巨蛇冲过了防线，然后传送到了亚特兰蒂斯人的第一母星。他绝不要再次看到这种错误被重犯。

亚特兰蒂斯人的梦想是同一个世界，同一个社会，安全地活在烽火站的遮蔽下，在那支庞大的哨兵军团在他们周围所构筑的长城的后面；一个和平、富足的亚特兰蒂斯家园，持续到永远。这个梦想建立在抵制三大诱惑的基础上。它们是：让人摆脱繁重体力劳动的机器人技术，带来虚假进步的基因工程，还有迷人的深空探险。

阿瑞斯发现诺莫斯来到了他身边。他一言不发，希望这个笨蛋也会投桃报李，保持沉默，但结果和往常一样让他失望。

“他们看起来一天比一天更像一支真正的军队啦。”诺莫斯说。这话进一步降低了阿瑞斯对他智力水平的评价。

“是的，他们会很好地完成他们的任务的。”

阿瑞斯不知道下次攻击会在什么时候来临，但这无关紧要。未来的结果对他来说已经预先确定，就像一个结果已知的数学公式在一步步展开。

他睡得很少，即便睡着，也是断断续续的。他坐在议会拨给他的公寓的桌前，翻阅着他妻子写给他的信件，观看着她的录像，一次又一次无止境地在心中重复着当时的场景，琢磨着事情怎么样会有不同的发展。但事实上他只是做了自己应该做的事情，就像过去的许多人一样，就像将来的许多人一样。那个化身是对的，阿瑞斯现在明白了。他不知道那幽灵到底看过了多少个世界的兴亡。一千个？一百万个？还是更多？

那化身鼓吹过简单的生活，所有人遵守共同准则的生活。阿瑞斯觉得在那样的世界里，每个社会成员都会既是一个知识分子，也是一个体力劳动者，每个生命都会得到尊重。他们这样是对的。

阿瑞斯沉思着自己过去说的话：我们要战斗。

但这里没有要与之战斗的大敌，只有一小批可怜的无助的受害者。没有能让他的同胞们团结起来的外部袭来的恐怖威胁。衔尾蛇军一直也没有出现，在没有威胁的情况下，他的同胞们已经失去了战斗的意愿。实际上，在几千年来第一次尝到面对暴力的滋味的时候，他们的解决方案居然是从休眠中把他这么个来自几乎被遗忘的过去的活化石挖出来，让他回来消灭野蛮人的威胁。

不，他们不想要战斗，这是真实的人性中的黑暗面：没有冲突，没有挑战的情况下，内在的激情会消灭，而没了激情，整个社会就会陷入停滞，滑向缓慢的衰退。他的世界所遇到的麻烦只有一个解决之道：切除肿瘤。

阿瑞斯不喜欢这事情。但这是一次冲突，一个挑战，一个让他存在于世的理由。他有些怀疑，唯一能让自己继续活下去的东西也许就是这种事了。

他走到窗前，望着他们建立起的城市，为之惊叹。好几千个这样的城市如今几乎覆盖住了整颗星球上的每一寸土地。每个城市都经过精心规划。和他生长的旧世界里的城市不同，这些大都会里的钢铁和玻璃跟自然巧妙地融合在一起，构成一幅幅兼顾艺术和功能的画卷。

阿瑞斯从他在147层楼上的套房俯瞰着下面绿色的森林，棕色的田野，还有那些大楼顶端的花园。比楼顶低些的地方，连接着大楼的空中走道密如蛛网。人员和代步舱沿着空中走道移动，就像是一群昆虫在一个迷宫中蜿蜒爬行。这个金属和玻璃的迷宫闪烁着的每一道光线都经过精心安排，让美观和实用性的收益最大化。有些大楼顶上是巨大的温室，植物生长灯和夜间城市的灯光照亮了温室里繁茂的植物。

一个如此先进的文明怎么会有如此严重的缺陷——简直是病入骨髓？

城市到处都在发生爆炸，许多条空中走廊颤抖起来，然后坠落地面，几幢大楼崩塌了。

整块整块的街区都沐浴在火焰中，浓烟向外扩散，将光线、钢铁和玻璃的美景渐渐毁灭。

阿瑞斯背后的门打开了：“四区和六区发生了爆炸，将军。”

阿瑞斯迅速着装完毕，率领着他新组建的部队朝目的地前进。他在战区边缘停下了脚步。又发生了一次爆炸，一大批市民伴着尖叫声朝他们冲来。

阿瑞斯身边的士兵清了清嗓子，轻声问道：“我们该开始了吗，长官？”

“不。再继续等一会儿。让这世界看看，我们在和什么样的人作战。”

CHAPTER 39

凯特醒来时全身都在疼，身上被汗湿透了，每挪动一下都艰难万分，身体好像灌了铅似的，但她最疼的还不是身体。她挣扎着爬下床，穿上衣服。

她房间外面其他人的情绪也差不多。自从初次见到米罗以来，凯特第一次看到他真的悲伤起来，他一直垂头盯着地板。保罗和玛丽看起来不知所措，就跟几天前差不多：当时他们在摩洛哥的山区亡命狂奔之后，第一次见到阿尔法登陆舰。

看到他们三个让凯特有了些变化。实际上，她坚强起来了，他们需要她。为了他们她需要坚强起来，知道这点给了她新的力量。

“形势还没完全绝望。”她开口说道，“我有个计划。”

“真的？”保罗问道。他似乎在努力不让自己的语气听起来太吃惊。

“真的。”凯特带着他们离开通信区，来到飞船的舰桥上。她打开屏幕，调出外面的景象：一片被烧毁了的城市废墟。“我之前说过，我们不能出去。我在那位亚特兰蒂斯科学家的一段记忆里看到过这个世界。她在这里登陆——乘着这艘飞船，然后出去了。我认为她在这里被杀死了，被某些看守着这颗星球的东西。她之后可能是被复活了。这可能就是雅努斯抹掉她部分记忆的原因之一，可能也就是因为这样，观看记忆让我……”

“身患重病。”米罗的声音带着恐惧，“你不能这么做，凯特医生。”

“我必须这么做。”凯特调整了一下屏幕，显示出烽火站进入大气层的地方。现在那里唯一证明它存在过的证据就是一条白色的痕迹了。“烽火站没了之后，我们被困在这里了，这是个坏消息。但我们还有几个选择，虽然不多。这艘登陆舰上的通信阵列仍然是完好的。飞船本身也仍然功能完整——我们可以起飞，进入轨道。”

“我们能飞多远？”保罗问道。

"不幸的是，飞不了多远。登陆飞船没有产生虫洞、进行超空间航行的能力。但我们能发出信号——试着求救。烽火站没了之后，这个世界就暴露在外了。"

"但显然这里是被严密看守着的，"保罗说，"至少过去是这样。"

"确实如此。"凯特说，"我就是打算由此入手。这艘飞船跟阿尔法号一样有个简易实验室。我用便携式磁芯存储器保存了雅努斯想对他的搭档隐瞒的所有记忆。我准备在其中找寻线索，看看这里是哪里，看守着这里的是谁，还有，我们能向谁求救。"她对保罗和玛丽示意，"我已经给这边的终端编了程，让它们教你们如何使用亚特兰蒂斯的计算机系统。你们用不了多久就能学会的——大卫和米罗当初没几天就能操作得很快了。"凯特并不想要用这种形容，但她只是继续说道，"等你们能操纵飞船之后，我希望你们动手比较那两条消息——玛丽在地球上收到的和来自衔尾蛇之战战场上的——搞清楚那些信息到底是什么。我们仅有的希望就在于此了。"

"我呢？"米罗问道。

"你给我做帮手。我在复活舱里面的时候，你来监测我的生命体征。如果出现问题，你就去找保罗，帮他使用飞船上的医疗系统。"

米罗直摇头："我不喜欢这样，大卫也不会喜欢的。"

"大卫和我谈过，就在……我们到这里之前。在看到衔尾蛇之战的战场后，他意识到我们处境危急，我们不碰运气的话是没有任何机会的。这就是个要碰的运气，另一个是那些信号。这就是我们的行动计划。"

凯特带着米罗离开了舰桥。尽管这个少年没再提出抗议，她也知道他心里在害怕：凯特这次进入那个硕大的黄色玻璃缸的结果可能跟上一次一样。几天前，他和大卫找到她的那时候……凯特装出一副无畏的表情，再度进入了缸中。但进入系统后，站立在那个虚拟的火车站上时，盯着头上现在写满了那位亚特兰蒂斯科学家的完整记忆目录的公告板，她心中开始恐惧起来。在记忆里会发生什么？对她外面的身体会产生什么影响？但她别无选择。

她选中了第一段记忆，雅努斯删除的最早的条目，然后确定加载。

火车站消失了，她站立在一间科学实验室里。雅努斯站在她身前，指着墙上的一幅星球投影激动地讲述着什么。她左边的玻璃幕墙外是一座巨大的城市，灯火闪烁。空中道路密如蛛网，将大楼彼此相连。这座城市充满了生机活力。一瞬间，凯特被它迷住了，但这感觉立刻消失了，取而代之的是了然。她下意识地知道了她身处何方：亚特兰蒂斯人的新母星。也知道了关于自己的一切——她的职业、她的渴望。这段记忆和之前的不同，在那些其他的记忆里，凯特对自己的思维多多少少有些控制能力，尽管行动完全是那位科学家在做出，但这里不是。

这里她能完全看清亚特兰蒂斯科学家的每一个念头，这些念头融入了她自己的脑海中，把她自己的想法排挤了出去。凯特的自我退去了，仅仅是作为一个观察者，看着、感受着，重新经历着这位亚特兰蒂斯科学家的过去。这女人的名字叫伊西斯，她的生活开始在凯特面前展开，不受凯特的控制。凯特的最后一个念头是：不知道等伊西斯在记忆中死去时我会怎么样？凯特知道，她在一万三千年前死在了地球上。

雅努斯又把各个星球的影像重过了一遍。

“所有这些世界上都有人形生命。”

“或者是曾有过。”伊西斯反对道。

“是的，这些观测结果跟大流亡一样古老。但如果没有发生人口崩溃，这些世界上就应该还有人类生命。实际上，有些可能已经发展出了发达的文明，或者甚至已经朝着我们想象不到的方向进化了。想想看，作为一个进化遗传学家，这是千载难逢的机会啊。”

雅努斯刻意停顿了一下，加强效果：“我都有些想自己一个人去了，伊西斯。”

她转过身去，面朝着窗外面的城市：“多谢，雅努斯。这的确是个非常好的机会，但对我来说，当我们的世界处于这种状况下的时候要下决心远赴星空深处太难了。”

“我明白你对于劳工之争的感受。”

“平等之争。”伊西斯纠正道。

“没错。”雅努斯点点头说，“平等之争。”他重复了一遍这个劳工支持者们的口头禅。他和其他的亲知识分子派私下从不会用这个词。

见伊西斯什么也没说，雅努斯继续说道：“平等之争有没有我们结果都是一样的。我们可以创造历史，推进亚特兰蒂斯人的文明大业。我们把这个项目叫作起源项目。”

“它无法逾越反蛇禁令的限制。”

“情况可能会改变的。”

“你听说什么了？”

“只是些传言，但确实有人在谈论放松禁令以解决劳工暴动。”他迅速自我纠正了用语，“平等之争。”

“有趣。”

“所有环节都到位了，伊西斯。我们连勘测船队都翻修好了。”

“不是吧。”

“真的，我知道那些飞船很旧了——”

“而且自从在大逃亡后不久绘出了新的哨兵防线地图之后它们就没被使用过。”

“它们没问题的，我们检验过了，而且到时候我们还能建造新的飞船。”

伊西斯摇了摇头，她还是不敢相信。

“我们明天能不能再谈谈？等你在论坛演讲完了之后。”

“没问题。”

实际上，伊西斯也觉得雅努斯的项目很有吸引力。这是个千载难逢的机遇——这点的确没错。但她的良心不允许她逃离这个星球上风起云涌的平等之争。

她思考着明天要做的演讲——她希望自己展示的研究成果能扭转这场巨大斗争的态势，改变亚特兰蒂斯人社会的发展方向。想到这演讲关系如此重大，她在走出大楼，踏上天桥的时候已经感觉紧张起来了。她喜欢夜间在大楼之间步行。在玻璃走道中穿行让她有种在城市上空飞翔的感觉，有时候她忍不住会一路凝望着外面的景色。

远处升起了一根火柱。刹那之后，一栋大楼坍塌了，接着又是一栋。远处的天桥垮了。爆炸的潮头朝着她滚滚而来，走廊构成的网络似乎在上下波动。下面的地面离她超过一千英尺。

她打量了一下进口和出口，通道尽头比较近，于是她朝那边猛冲过去，脚把地板踩得啪啪作响。前方的大楼晃动起来，地板碎裂开来，天花板上的瓷砖如雨点般坠落。

她抬起手臂，护住自己的头部冲出天桥。这幢大楼的电梯已经停止工作了。伊西斯挤进了楼梯间，随着大股人流竭力向楼下逃去。

在一楼，一群戴着面具的武装人员把人群驱赶到了一片昏暗的拘留区。他们时不时大声叫喊着要人们走快些，并且把任何脱队的人给推回去。

人流渐渐稀少，最后几个人出来之后，抓住他们的人中有个人站到前面说："你们不再是市民了，你们不再是试图延续压迫了我们几千年的智力等级制的精英了。你们是工具——革命的工具。你们每人会被分派一个号码，你们现在是平等运动的人质了。"

CHAPTER 40

过去三个钟头里，阿瑞斯一直在医院里走来走去，和那些接受治疗的市民交谈。他们有的被烧伤，有的骨折了，还有些被弹片戳伤。这间小医院里拥挤不堪。大厅里一片混乱，人们四处跑来跑去。阿瑞斯犹如风暴里指示平静海域的航标。目睹这场杀戮让他做好了准备去做不得已的事情，让他坚信自己在做出正确的选择。

一个员工把他从医院的主楼领到了旁边的一栋楼。这里本来是办公楼，但现在被作为临时的心理治疗场所使用。

阿瑞斯觉得这里每个房间里的市民们看起来都一个样子：毫无生气。

“他们都患上了复活综合征。”医生说。

阿瑞斯从没听说过这种状况。他的向导看出了他的表情。

“在你那个时代这种疾病还没有被诊断出来。有可能之前根本就没出现过。患者在精神上无法适应复活后的重生，说更具体些，他们的大脑无法接受某些记忆。在这些病例中，是他们死于暴力的记忆。这种综合征随着我们的生活方式的转变正越来越多见。我们认为这部分要归咎于我们的公民的情绪变化程度更大了。多次复活也是会增大患病风险的因素。这些病人中有一些曾死于第一拨恐怖袭击，复活后未见或者是仅现轻微的复活综合征。但这次，他们复活的时候几乎是处于紧张症的状态中。无论如何，这种病本身可能会成为一种常见病。”

阿瑞斯点点头，心中暗暗怀疑：如果再过个一两千年，他的同胞们会不会再也没人能承受复活过程了？

他的耳机响了，他副官的声音传来：“长官，我们有新情况，恐怖分子劫持了人质。”

阿瑞斯笑了：现在我们取得进展了。

伊西斯很害怕，不过没她周围的人怕得那么厉害。“这会让全世界都反对劳工阶级的。”她心中想道。这肯定将会成为最后一根稻草，让全体市民坚决同意采取激烈手段，变革将到此为止。具体的手段会是什么，伊西斯只能猜测。她随着队伍朝前走去，把那些可怕的景象从脑海中赶出去。

“你的号码是29383。”面前的男人说，“你的号码是多少？”

“29383。”伊西斯答道。

在队列旁边，有两个男人正在争论。

“你正在让我们大家自掘坟墓。”

“我在拯救我们大家，莱克斯。我做了你们没胆量做的事情。”

那个叫莱克斯的人的眼神和伊西斯对上了。他顿住了，仿佛认出了她。

负责叫号的这个戴面具的家伙招手示意队伍里下一个人上前来，同时朝伊西斯说：“往前走，29383。”

伊西斯蹒跚前行，正要加入前方的人群，却被莱克斯拦住了。他把伊西斯拖到之前和他争论的那人旁边。“说到这个，”他边说边指着她，“你知道这是谁吗？”

“当然知道，一个人质而已。你的号码是多少，人质？”

伊西斯张口欲言，但莱克斯打断了她：“别回答这个问题。她的名字是特里忒亚·伊西斯博士[①]。她是一位进化遗传学家——”

莱克斯的对手举手投降：“请原谅，我不认识多少进化遗传学家——”

“她研发出了一种基因疗法，能让我们的人做到现在只有知识分子才能做到的所有事情。”

那位叛乱者领袖僵住了。莱克斯继续说道：“她明天就要在全民大讲坛上报告这个发现。或许该说，在她被我们绑架之前她原计划如此。她是我们的

---

① 译者注：特里忒亚是希腊神话中海神特里同之女，和阿瑞斯生下了特洛伊之祖墨拉尼波斯。莱克斯则是海王波塞冬之子，忒拜之王。本小说中许多人的名字都来自神话人物。

事业的支持者。”莱克斯凝视着她，“我希望她以后还能是。我希望她能接受我们对自己队伍中某些人的野蛮行径的道歉。”他等待着伊西斯的回答。

“我……仍然支持你们。我接受道歉。”

“现在我们先把你放了。”莱克斯说，“我希望你明天仍然会去做演讲。”

伊西斯点点头：“我会的。”

莱克斯放开了她。

另一个人朝他们喊道：“如果他们能听进去，那也是因为我们在这里的作为。”

莱克斯带着伊西斯穿过走廊。他没和看门的岗哨说什么，对方也只是点点头就让他们过去了。等他们单独走出大楼，走过了最后一个哨位之后，他开口说道：“我对于你的遭遇非常抱歉。我们对局势的发展已经失去了控制。不管你去不去做演讲，请务必告诉他们这点。必须采取措施了。这些暴力行为只代表我们中的少数人，我们准备承受任何必需的牺牲。”

议会中现在一片混乱，这让阿瑞斯非常高兴，他正希望他们这个样子。

诺莫斯正在讲话。阿瑞斯坐在桌旁，满不在意地听着。

“那些起义者的实力全面超过了你的那支军队。”

“他们打不赢的。”另一个议员说。

“正是如此。”阿瑞斯站起来答道。

“将军，你的解决办法是？”一个女性问道。

“你会在明天的论坛上听到的。”

另一位议会成员一拳捶在会议桌上：“我现在就要听到，我们可能等不到明天了。女士们，先生们，拿出所有方案来吧。我们能不能制造一种专门针对劳工们的病原体？或者脱离接触止损，然后让哨兵飞船轰炸被占区域？”

房间内爆发出一阵喧嚣，阿瑞斯溜出了大门。奇怪的是，明知道第二天战斗就会开始，这一晚他却睡得很好。

CHAPTER 41

第二天，阿瑞斯坐在讲堂的主席包厢里，默默地看着一个又一个演讲者走上中央的讲台，朝着听众席上的三千名现场听众以及全世界的一百亿观众大声叫喊。这是每个政治家梦寐以求的时刻：参与讨论将会影响接下来几代人的问题。一次投票就能保证他们将会被人们记住，他们那些卑微的姓名将会被放进历史记录中，永垂不朽。他们为成为注意力的焦点你争我夺，以他人为踏脚石，竭力抓住每一秒钟的光荣。有一半的时间都被花在了争议“时间”本身上了——现在这个演讲者还有多少时间？前一个演讲者超时了多久？应该分配给现在这个家伙多少时间供他浪费？只要看到这场精彩的表演，谁都不会再对为什么无法达成一致感到疑惑了。

不过，目前的紧张局势还是引起了所有派系的注意，好几方都提出了激进的解决方案。

激烈的辩论持续了一整天，而阿瑞斯始终保持沉默。他希望自己最后一个宣布解决方案，那将成为最终的解决方案。

第一个夜间演讲开始了，一个女人走上了讲台，她本来是被安排在早些时候的白天上台的，但她一直没出现。议会原本以为她也像其他一些劳工支持者一样，因为昨天的暴力活动升级而退缩了，但显然这位叫伊西斯的科学家改变了主意。有好几位议员把他们的时间让给了她，她用这些时间讲述了一个全球性的研究计划：对每个亚特兰蒂斯人的基因组进行测序。伊西斯详细讲述了她是怎么识别出推动进化、让亚特兰蒂斯人和其他人科生物的基因组大不相同的一组基因的。那些人科生物的样本还是阿瑞斯的探险舰队在他们的第一颗母星沦陷之前收集来的，现在那个时代被叫作探索时代。

伊西斯坚持认为，这组“亚特兰蒂斯基因”能被人为操作，将所有亚特兰蒂斯人带进拥有同样能力的时代。她的建议落脚在进行一次基因治疗上。

让阿瑞斯有些不快的是，讲堂里的议员们对此表示支持。

阿瑞斯站起身来，走近他包厢里的讲台。其他人的声音消失了，他的麦克风上亮起了绿灯。感觉上房间里的灯光变暗了，这里只剩下他和下面的伊西斯，面对面站在舞台上。一张DNA图塞满了她背后的大屏幕，看到它让阿瑞斯的信念更加坚定，他坚信自己是正确的。

“你所描述的事情将会成为一场灾难。”阿瑞斯说，“单一化。我们知道，有一个世界上，有一个种族，他们曾经致力于此。结果他们所剩下的，只有一条试图环绕整个宇宙，把所有人类一个也不剩地勒死的巨蛇。”

“我们能控制住局势的，我们要求的只是一个小小的修饰。”伊西斯说。

“然后呢？即便你成功了，总会有些人比其他人更聪明些，总会有些人比其他人跑得更快些，有些人会比他们的邻居更有吸引力。你要认为哪些人身上的遗传因素是不平等的？谁来判定？一个人在遗传学上是不是劣等的，是不是需要被修正，最终由谁来下这个决定？也许再过一万年我醒来时，我就需要被升级了，但我希望保持我现有的样子。我的遗传学权利呢？”

“我的解决方案是志愿进行的。”

听众席一片哗然。阿瑞斯笑了，他已经把她逼入了绝境，这些人希望这次行动能一劳永逸。一个志愿参加、只对部分人执行的解决方案感觉就像是在逃避问题，只是在拖延不可避免的糟糕结局。

“我的解决方案不是志愿进行的。”阿瑞斯说。

大厅里的包厢和座位上到处都响起了叫喊声，人们异口同声地朝着关闭了的麦克风大叫：“你的解决方案是什么？”

“我把同胞们带到了这个世界，我和其他大流亡时代的建立者一起，宣布我们梦想着同一个世界，同一个种族，永远持续下去。制定反蛇法令是为了避免我们自我伤害，因此它们不能被打破。绝对不能。”阿瑞斯对周围的嘈杂声充耳不闻，“但我们这同一个世界，同一个种族的梦想在现实中无法和平延续了。而我也绝不要看到一场我们种族的内战。我不会去打内战，而且对我来说显而易见，别的任何人都打不了这场仗。我们的未来将会是一场‘双星记’。我们拥有能解决我们面临的冲突的手段，能给每一位公民提供平等的机遇。大流亡年代之后我们建立的舰队仍然在。有些是科学船，有些是运输舰，还有些是采矿船。众所周知，我们已经对新的哨兵防线内部的每一颗星球进行了测绘。有许多星球都可以成为劳工阶级的新家园，他们可以在那里创建自己的世界，只要他们遵守反蛇限令。我们不能容许他们对我们或者他们自己构成威胁。”

人们迅速提出一个又一个的问题。阿瑞斯对每个问题都同样迅速地给出答案。可以改装采矿船用来进行地质改造，把新世界变成一个安全无虞之地：没有自然灾害，也没有来自宇宙的威胁。把人员和元件送到哨兵装配线上的运输船可以用来把殖民者们运到他们的新世界上。讨论迅速进展到了如何称呼那些要离开的亚特兰蒂斯人上。有一批民意代表坚持说“流放者”才是正确的叫法，因为这是一次强制性移民。“分离者”这个叫法听起来好听，但是似乎又太富于对抗性。最终通过的叫法是“殖民者”。不过他们清楚明白地规定，这些殖民者必须遵守反蛇禁令里的条例，永远也不得离开他们的星球进行探索，也不得朝其他星球进行殖民。

主要的问题都已经被解决之后，讨论深入到了诸如哪些区域的人要首先撤离，每个人可以带上哪些东西之类的细枝末节上。阿瑞斯悄悄溜了出去。

“投票你来就好。”他对诺莫斯说。

他们半夜把他叫了起来。阿瑞斯觉得这点非常滑稽：就是这帮人让他一直睡了一万年，这当中把他的行星搞得一塌糊涂。

“我们马上就要投票了。”诺莫斯说，“我们需要达成一致。有很大一批投票者希望去掉探索限令，他们要求利用部分科学船进行深空探索。”

“目的何在？”

“他们管这个叫起源项目，只是对原始人科生物进行研究。”

阿瑞斯反复掂量了一下这个主意。它可能会带来麻烦。“可以，但有两个条件：第一，有些世界周围有军事烽火站环绕，他们不可以靠近那些星球，如果过去就会被消灭。第二，只给他们一艘船，我们不能冒险让几百艘飞船在银河中到处晃悠。”

几个小时之后他们又把阿瑞斯叫醒了。第二次大流亡的议案被冠以“亚特兰蒂斯平等法案”的名称，以微弱多数被正式批准了。

CHAPTER 42

签发流放令的这一天，是伊西斯有生以来三十五年中最糟糕的一天。她反反复复地在心中考虑着，也许她的演讲还可以更有说服力些，也许她可以换个方式来展示那些数据，也许她本有机会在讲堂中战胜阿瑞斯。

她周围的世界发生了变化，但不是往好的方向。在投票之后的几天里，人们最担心的是来自劳工人群的报复。但什么也没发生，至少没人公开对抗知识阶级。阿瑞斯的策略听起来很不错，劳工起义的领导人们很快就释放了人质。实际上他们已经把注意力转向了内部，任何抗议强制迁移的劳工都遭到了他们的迫害。他们的手段粗暴，有关新闻报道层出不穷。政坛领袖们对此视而不见。一小批知识分子仍在继续抗议，坚决表示希望实现一元化社会。这一呼声主要来自居住在未曾被骚乱或者恐怖分子爆炸袭击的城市中的市民。那些从杀戮中幸存下来的受害者则是默默倒数着离流放还有多少天。

投票后一周，莱克斯到伊西斯的实验室拜访了她。让她惊讶的是，他是去感谢她的。那之后他们定期会面，每一次会面之后，她对下次见面的期待就又多了一点点。

她每次都会谈谈她这边听到的新情况。对自动化技术的限制被稍微放宽了些，好让知识分子们更容易适应流放日之后的生活。

见面时能谈的东西越来越少，但伊西斯还是期待着每一次见面。她开始害怕流放日的到来。飞船会开过来，把劳工们装上去，然后一去不复返。

在一次交谈中，当莱克斯在描绘劳工领导们要如何制定劳工的标准的时候，伊西斯心中形成了一个计划。

“他们用收入、工作类型甚至你的父母从事的行业来划分。”莱克斯说。

“他们有没有考虑用遗传性标准？”

“没。”

“他们已经确定了迁移的目标世界了吗？”

“是的。阿瑞斯将军和他的团队已经在对它进行地质改造了。不过我不知道它在哪。”莱克斯回答说。

“你能找到位置吗？”

“也许。”

伊西斯说出了她的计划。等她说完之后，莱克斯沉默了很久。

“考虑一下吧。”伊西斯说。

第二天，她去找了雅努斯。

“我重新考虑过了，我非常乐意加入起源项目。”

她和雅努斯都热衷于这个项目，但动机完全不同，她为此稍微有些内疚。但这种事情，就回头再考虑怎么解决吧。

阿瑞斯从勘测飞船上的窗口向外望去，盯着下面那颗蓝色、绿色和红色混杂的行星。一台台地质改造机正在移动群山，为亚特兰蒂斯的流放者们创造一个天堂。

“地质勘测结果出来了，阿瑞斯将军。北半球的地壳板块在四千年内都不会有问题。这样可以了吗？”

“不。他们可能在四千年后还没能力修正它们，现在就做好调整措施。”与一场全球性灾难的对抗可能会激发他们的进化，那将是危险的。阿瑞斯希望他们在这里的生活过得很轻松，这对他的计划很重要。

迁移日到了。阿瑞斯在月面观测站的甲板上望着运输飞船组成的舰队。舰队一直排到远方熊熊燃烧的白色恒星那边。整支舰队的景象让他屏住了呼吸。他感到自己胳膊上的汗毛都竖了起来。他心中只有一个念头：我胜利了。

舰队运送完最后一批流放者之后过了一个星期，起源项目启动了。启动仪式令人印象深刻。政治评论员和政客们将这一探索项目吹捧为亚特兰蒂斯人新的探索时代的开始——在严格遵守反蛇法令的前提下的探索。项目团队的科学家们将会在整个银河系中航行，研究新哨兵防线内部各个世界上的人类生态，最终发掘出进化的奥秘，以及起源之谜本身的答案。很多人相信，研究发现将会提供新的线索，帮助人们了解衔尾蛇大环对起源实在的认识，以及可能击败它们的途径。团队被允许进行一些过去几千年来一直被严禁、连提都不能提起的研究。雅努斯有件事没说错：这个研究项目对伊西斯来说是继续她的研究的绝佳场所。但她参加项目的真实动机并不在于此。

伊西斯第一次参观那艘巨大的科学考察船的时候简直惊呆了。这艘古代飞船的体积大得让人难以置信。船内包含好几百间科学实验室，在正中央还有两个巨大的生态室，能从别的世界收集整套的完整生物圈装在里头。这艘飞船是在大流亡之后的岁月里建造的，被用来对哨兵防线内的恒星和行星进行一次完整的勘测。大部分琐碎的工作都由探测器和无人测绘机完成，但还是有一支大型科研团队随船出发，准备对可能会影响亚特兰蒂斯人安全的那些世界进行研究。他们利用那两个巨大的生态室把其他世界的全套样品带回新亚特兰蒂斯母星，给那里的专家们进行研究。

尽管在遥远的过去这两间生态室是用于科学研究的，在伊西斯和雅努斯的时代它们只能作为娱乐工具。市民们为有机会不必远行就能拜访其他世界而欢呼雀跃。每次起源项目的飞船出航时，就会生出一拨新的热潮，人们纷纷猜测这次他们会带回什么。公众的注意有助于为项目吸引支持和资助，伊西斯知道，生态室得以继续存在的很大一部分原因正在于此。她觉得另一部分原因在于阿瑞斯和议会想要定期对科学家们进行检查。每次他们回到家乡的时候，都会有个由二三十名各路专家组成的团队——当中包括传染病专家，纳米技术专家，还有心理学家——来对每个人进行一套雷打不动的检查测试。但他们从没把任何危险带回家里去。人们对他们带回来的生物圈的兴趣渐渐消退。最后人们开始觉得那些世界看起来都差不多，于是雅努斯和团队成员们开始一次次寻找越来越奇异的物种，拼命想要重燃大众对此的兴趣。这是场注定失败的斗争。他们回去时排队参观生态室的人数一次比一次少。

年复一年，数据看起来开始一成不变。一个世界又一个世界，新的人科物种身上的不同之处带来的兴奋越来越少。

公众兴趣的渐渐消逝最终也影响到了科研团队。

起初队伍里有五十名科学家，他们是从千万名申请者中精挑细选出来的。雅努斯让伊西斯帮他挑选队伍成员，之后她觉得自己非常幸运——许多候选人比她的经验更多，也更适合参加这次探险。但她的动机比他们更为强烈……而且非常与众不同。

最初五十人的队伍缩水到了二十人，然后十个人，五个人，最后只剩了两个：雅努斯和伊西斯。她无法责怪那些人。这些科学家是在一个人口众多的世界里，在密集的社会环境中长大的。而这个项目中他们要与世隔绝，进行深空探险。每次他们都要冬眠若干年，然后一次次重复同样的实验，这让科学家们渐渐厌倦。即便那些还没有完全厌烦研究工作的人也希望回到亚特兰蒂斯母星上去，那里正在发生一场知识复兴运动。社会正步入一个一元化的、团结的新时代。这诱惑除了雅努斯和伊西斯之外无人能挡。最后他们发现除了他们俩已经没有旁人了。他们两人对此都感到高兴，尽管原因截然不同。

“感觉仿佛整个宇宙只剩下了我们两个人。”雅努斯对伊西斯说。他背后的观景窗上显示着 1632 号世界，就像一颗紫色、红色和白色混杂的弹珠。随着飞船向它靠近，它显得越来越大。

“是啊。”伊西斯答道，“这对我们做研究再好不过了。”

雅努斯独自去 1632 号行星上收集样品，在为期三周的考察期间几乎没再跟她说过话。伊西斯知道自己伤害了他，但这样总比说谎骗他好。她只有在绝对必要的时候才会对他说谎。那个时候很快就要到了。

当他们进入静滞舱的时候，雅努斯最终打破了沉默的坚冰：“下个世界见，伊西斯。”

她点点头，管子关上了，浓雾包围了她。

下一个世界，1701 号星球，是她一直等待着到达的星球。目标近了。

从管子里出来的时候，雅努斯又恢复了过去的样子。对他们两人来说，时间只过去了几秒钟，但外面的世界已经过去了两年。飞船两头的钟形时间膨胀装置加上静滞舱让他们在时空中进行蛙跳就跟打个盹儿一样轻松。

“上次考察之后这里又演化出了些奇特的物种。”雅努斯说，“我们开阿尔法号下去吧，可能是个采集生物圈的机会。”

“同意。”伊西斯边说边打开自己的终端，滚动浏览着信息，寻找着开溜的借口，“先导探测器在第七行星的一颗卫星上发现了化石生命的痕迹，我想开德尔塔号登陆舰去取些样品回来。”

雅努斯勉强同意了，然后说：“我们要保持定期无线电联络。”

“当然。”

伊西斯选择德尔塔号登陆舰有两个原因：它是唯一一艘有能力进行短程超空间航行的登陆舰，而且它上面有复活艇。

在这个太阳系的边缘，她进行了她等待了二十三年的空间跳跃：朝着流放者们的殖民地。

德尔塔号上的观景窗中显示出的是一个正试探着迈开步伐的新生文明。移民点还太小，在轨道上看不到，但在观景窗的放大图像中她能看到些小镇和周围的农田。流放者们正慢慢创造出他们自己的乌托邦，一个和他们的家乡大不相同的理想乡。

伊西斯和地面进行了无线电联络，安排好会面地点，然后在行星表面着陆。她在飞船落地之前先把复活艇放了出来，然后站到登陆舰外面，等待着。

这地方是离一个小居民点几英里的一片岩地。几分钟后，莱克斯从一块凸岩后冒了出来。他孩童般的面容现在多了几分风霜之色，但举手投足间仍然散发着一股让伊西斯觉得无法抵御的魅力。

她什么也没想，什么也没说，直接冲过去搂住了他，差点把他撞翻在地。

“嗨。”莱克斯边说边抓住她，把她往后推开一些距离，看着她的脸，“你的样子一点也没变老啊。”

伊西斯朝几英尺外那个四四方方的结构扬了扬脑袋：“静滞舱的奇迹，你很快就会明白的。”

莱克斯疑惑地打量着那东西：“这是什么？”

"一艘复活艇，大飞船在遇到危险的时候就会把它们弹出来。如果船员死后，他们就会在它们里面复活，等待救援。"

莱克斯摇了摇头："这让我想起了旧世界。这里的生活相比之下要更简单一点。"

伊西斯觉得他的语气中有某种情绪。迟疑？恐惧？"你对我们的计划……改变看法了？"

"没……只是……我们在这里建起了还不错的家园。我们谈话的那时候……我觉得被流放会是我们的末路。但我们挺过来了，这里我们有一致的目标，大家十分团结。"

"那些并不会消失。"

"对我来说，那次谈话是超过二十年前的事了。再对我解释一遍吧。"

伊西斯拿出个容器："这是种逆转录病毒。你只要把它随便在哪释放出来就好，最好是个人口密集区域。"

他接过那个银色的圆筒："听起来像是跟暴动中我们使用的手法类似。"

"但不会带来恐惧，也不会传染疾病的。这种病毒会把我们的同胞重归于一，莱克斯。我们可以在同一个世界中共同生活——所有人都可以。同一个世界，同一个阶级。"

"它是怎么起作用的？"莱克斯扬起眉毛说，"解释得简单点。"

"我通过研究，分离出了推动进化的杠杆的那些基因。我把这部分基因叫作亚特兰蒂斯基因。实际上它包含若干个基因，另外基因的活化也是个关键环节。这一疗法会修改这世界上所有人的基因，引入并激活亚特兰蒂斯基因。"

"我们会发生变化？"

"逐渐变化。我会定期观察数据，如果出现问题的话我会做出调整。变化不会太引人注目的，只是大脑神经连接方式的轻微改变，主要是在信息处理、通信和解决问题的区域。这个疗法会拓展这世界上每个人的潜能。"伊西斯等了一会儿，但莱克斯一言未发，"你信任我吗？"

"完全信任。"莱克斯毫不犹豫地说。

“那就过几分钟见了。”她笑着说，“本地时间一万年后。”

伊西斯回到轨道上后，忍不住观看着地面上莱克斯的行踪。他带着那个银色的圆筒回到了小镇上。在夜幕逐渐扫过大地，覆盖住隐藏复活艇的那片岩地的时候，莱克斯空着手，小心翼翼地回到了那里，踏进了复活艇。

伊西斯长出了一口气，心中满是期待。她打开一个虫洞，飞回 1701 号世界附近，回到了母舰上。

雅努斯立刻发现她重新恢复了活力，他马上说:“你这趟旅途一定很愉快。”

“是的。”

“我这边也不错。我往 D 生态室里装上了些东西，你不会相信的。”他在屏幕上显示出一系列图片，“它们是些会飞的爬行动物，身上有层能进行光合作用的皮肤，在夜间狩猎时它们居然能隐形。”

“太惊人了。”

他们谈论着在母星上的展览中要怎么保护游客的安全，谈论着这次展览可能会重新燃起人们对这个项目的热情，甚至可能会招来一批新的科学家，和他们一起外出探险。

最后雅努斯说 :“准备好前往 1723 号世界了吗？”

伊西斯点点头，他们再度进入了他们的玻璃管子里。白雾浮现，时间飞逝。

CHAPTER 43

警报声是让伊西斯感觉到出问题了的第一个信号。管子打开了,雾气散去。和往常一样，她比雅努斯先从管子里出来。她踉踉跄跄踏着冰冷的金属地板走到控制台前，在涌现出的绿色光雾中输入指令，试图搞清是哪里出了问题。

“超空间隧道崩塌了吗？”雅努斯问道。他揉着眼睛走出管子，蹒跚着走到伊西斯身边。

“没，我们已经到了 1723 号行星。”

扬声器里响起的声音在狭小的船舱内回荡：“本行星处于军事管制下，立刻撤离。”

伊西斯和雅努斯朝舰桥跑去。观景窗上显示出的下面那颗行星看起来和几千年前探测器传回的遥感图像里的样子完全不同。过去这里曾是一颗棕色和白色行星，地表上到处是绿色的植被，而现在下面只有一片废土，地表到处散落着黑色的大坑。海洋太绿了，云层太黄了，陆地上只有红色、棕色和浅灰色三种颜色。

飞船计算机的声音在舰桥上轰然响起：“撤退程序已设定完成，执行？”

“否。”伊西斯说，“西格玛，把来自军事烽火站的通知静音，让飞船保持在同步轨道上。”

“这太莽撞了。”雅努斯说。

“这个世界遭到了攻击。”

“不一定吧。”

“我们必须查个清楚。”

“这可能是自然发生的偶然现象。”雅努斯说，“它撞上了一连串彗星，或者是一片小行星带。”

“不是的。”

“你并不能——”

“不是的。”伊西斯把图中的一个冲击坑放大，“每个坑洞周围都有一系列道路，交会在坑洞的位置。这些地方原本是城市，这是一次人为攻击。也许是攻击者把小行星带弄了一部分过来，然后利用小行星碎块进行动能轰炸。”观景窗上又换了一幅图像。在一片荒漠中隐约可见一座城市的废墟，里面的摩天大楼摇摇欲坠。“那些家伙让崩溃的生态环境杀死居住在主要城市之外的人，在那些地区可能有答案。”伊西斯最后断言道。

雅努斯低头了：“乘贝塔号登陆舰去吧。那上面没有生态室，驾驶起来更灵便。”

伊西斯把贝塔号登陆舰停在那座城市外面，以防废墟里可能遗留有爆炸物或者其他的危险。如果登陆舰被摧毁，她就没有复活点了。把飞船停在外面是唯一安全的做法。

她套上自己的舱外活动服，走出了登陆舰，笔直朝着城市废墟走去。

一路上她心里反复思量着1723世界的谜团。之前的观测显示这里有两类人科亚种生物，互相之间亲缘关系很近。二者的进化过程都和亚特兰蒂斯人所在的这片星区中其他的人科生物一致，科学家们长期都觉得他们并不值得特别关注。

但之后发生了非同寻常的事情，进化之火重燃。他们向前来了次大跃进，一个先进的文明兴起——到头来却只是被狂轰滥炸，在轰炸中迎来了末日。想到这里她悲从中来。这个世界本可能成为新亚特兰蒂斯星期盼已久的存在：一个对等的世界。发现它可能会重燃人们对太空探索的兴趣。不过显然有些人已经知道了这里发生的事情，或者是在灾难之后发现了这里：他们在轨道上布置了一个亚特兰蒂斯军事烽火站。

只有两种可能：第一，之前的观测结果不正确，这个世界在最近一次探测之前就已经被摧毁了。另一种则是，1723行星上的文明兴亡发生在上次和这次观测之间，某些亚特兰蒂斯的组织发现了这点，并决定隐藏真相。

伊西斯已经走了快两个小时了。这时雅努斯的声音在她的通信回路上响起，紧张急促的声音："有飞船在靠近。"他顿了一下，"一艘哨兵球。"

伊西斯等了一会儿。她盯着天空，仿佛期待着看到哨兵飞船从云层中冒出来。

"它刚对我们的飞船进行了扫描。"雅努斯说，"它还在移动。伊西斯，我觉得你最好离开那里。"

"收到。"伊西斯开始朝着登陆舰走去。

"那个球形飞船放出了什么东西，那东西正在进入大气层，是动能轰炸——"

通信信号停了，然后彻底断掉了。伊西斯看到那个炽热的物体突破了她头顶的云层，一根燃烧着的长棒冲破了天空。伊西斯开始奔逃，但随即停了下来，没用的，她站在那里，等待着结局，心中纳闷为什么这艘哨兵船要朝这颗行星或者朝她开火。

越来越热。她跌倒在地上，蜷成一团，浑身疼痛，身上到处都在出汗。但一两秒钟后汗水就蒸发掉了，衣服里面已经热得像烤箱了。死亡随即迅速降临。下一个瞬间，她睁开眼睛，站在贝塔号登陆舰上，透过复活管弧形的玻璃表面向外望去。

凯特睁开眼睛。那段记忆已过去了千万年，但她现在也在贝塔号上，在同一颗行星上，眼前也是一面弧形的玻璃。只不过这是研究室里面的一个玻璃容器，散发着黄色的光芒。

她躺倒在地板上，头枕在米罗的膝上。之前她飘浮在其中，观看、体验伊西斯记忆的那个容器敞开着。地板上有一摊血——她的血。伊西斯千万年前死在这个世界上的感觉如此真实，对她造成了真正的伤害。凯特下意识地明白了这点，她几乎完全动弹不得了。

保罗和玛丽站在她身边，他们脸上的恐惧证实了她的判断。

CHAPTER 44

凯特再次睁开双眼的时候，发现自己仰面躺在一张金属台面上。她认出了这是什么：她在阿尔法登陆舰上做完手术之后，也是在一张同样的手术台上醒来的。

保罗低头看着她，忧心忡忡："太危险了，凯特。贝塔号上的计算机说你现在的预期寿命不到一天了。"

凯特坐起身来："我看到了这里当年发生的事情。"她这时才发觉玛丽和米罗也在房间里。她对他们三个人讲述了整个故事，包括她在亚特兰蒂斯母星上看到了什么，亚特兰蒂斯人的社会如何发生了分裂。

"为什么那个哨兵会攻击来到这颗星球上的伊西斯？"玛丽问道。

"我不知道。"凯特答道，"我觉得下一段记忆会揭示这点。"她看到其他人的脸上满是忧虑，"我必须这么做，对此已经有结论了。"她决定换个话题，"解密有什么进展吗？"

"如果你觉得这能算得上进展的话。"保罗走到墙边的控制板前，调出一幅图像。看起来像是只有噪声的电视画面的一帧，不过是彩色的。凯特对于保罗的操作如此熟练大吃一惊。她有些怀疑自己到底在玻璃缸里待了多久了。无论如何，她对于保罗的智力有了更高的评价。

"这幅图像是把那四个基本符号变成四分色后得到的。我们也试过了三原色方案——红、黄、绿，再加上一个终止符，但结果更加糟糕。我们也已经排除了那段密码代表一段视频等其他的几种可能。"

"有个老笑话，"玛丽说，"如果你盯着一幅这种什么都没有的图像足够长时间，就能看出些东西来。"

"但我们盯着它看了好半天，没任何变化。"保罗接着她的话说道，"我们现在的假设是这可能是个基因序列。我猜是个逆转录病毒的。"

“我敢说你是对的。”凯特说，“可能是用在基因疗法中的，能改变人的脑部神经连接，甚至有可能实现远距离通信，也可能在亚空间中起着量子信标的作用。”

“制造一个量子缠结。”玛丽说。

“是的。”凯特说，“我们把病毒打进体内，发出这段信息的那头就会收到一个反馈信号。”

“你知道到底是什么吗？”保罗问道。

“不知道。不过……”凯特想到了伊西斯用在那些流亡者身上的逆转录病毒，又想到了哨兵和亚特兰蒂斯人经历的那场衔尾蛇之战，“我认为我就快知道了，可能就在下一段记忆里。”

她没给任何人反对的机会，就带着他们迅速离开了适应性研究实验室，沿着走道进入了一间医疗室。她解释了一下基因合成系统的用法，接下来保罗的快速学习能力再度给她留下了深刻印象。

等序列被输入计算机后，贝塔号开始倒数合成过程完成时间。三个小时略少一点，之后他们就能拿到信号中描述的逆转录病毒了。凯特希望那之前她能完全了解亚特兰蒂斯世界的真相。

她回到了那个大缸里，戴上银色的头盔，再度潜入雅努斯曾试图抹掉的记忆中。

贝塔号登陆舰在撞击造成的地震中剧烈摇晃着，不过仍然完好无损，这让伊西斯放下心来。晃动减弱了点，通往复活舱的门打开了，雅努斯跑了进来。“他一定是撞击之后立刻就传送到了登陆舰上。”伊西斯想，冒这么大的风险可不像他的作风。

管子打开了，伊西斯艰难地走了出来。雅努斯伸出自己的双臂想抱住她，但她挥手赶开了他：“我没事。”

“我们必须离开。”

他领着伊西斯走到传送室，然后踏入传送门，回到了母船上。雅努斯迅速地朝系统输入了下一个目的地，都没等他们进入自己的静滞舱就打开了超空间窗。

“为什么那艘哨兵船要攻击我？”伊西斯问道。

“我不知道，也许这世界被衔尾蛇军侵入了。”

“不可能。”伊西斯说，“他们先得突破哨兵防线。如果他们真的做到了这点，他们很久以前就该出现在我们的母星旁了。1723 这里的废墟很有些年头了。”

“我们得向上报告这件事。”

“风险太大。此外，之前我们就被警告过，不得靠近任何被军事烽火台隔离的世界。”被阿瑞斯警告，伊西斯想。她仔细考虑了一下。

“会不会是哨兵出了故障？”雅努斯问道。

“不像，我觉得，是有人给哨兵编制了程序，让它们消灭 1723 上的所有居民。”

“这可是个很严重的指控。”

“比不上一个文明被消灭那么严重。”

此后他们俩都没再说话了。伊西斯的思绪飘向了流放者们的世界，飘向了莱克斯。他正躺在复活艇的静滞舱里。她决定变更自己的计划，在说好的日期之前提前回到那里，以防万一。“我们多花点时间考虑一下这个问题吧，同时继续工作。我们下一个目的地是？”

“2319。”

伊西斯调出勘测报告，注意了一下 2319 号行星的位置。离流放者世界太远了，她没法从那里乘德尔塔号到达流放者世界。她在数据库里的备选行星当中搜寻了一下。

“1918 号怎么样？上一次观测时那里有三个人科亚种。做一次进化学比较研究会很有意思的。”

雅努斯想了一会儿：“没错，我同意。”

1918 号行星进入视野的时候，伊西斯就知道自己这个选择没错了。这颗星球是本地太阳系的第三颗行星，有一个且只有一个无生命的石质卫星，而且最近刚刚发生过一次全球性的气候大变化。有两片较小的大陆分别位于南北半球，它们之间的陆地上升，形成了一道狭窄的地峡，把这颗星球上最大的一片海洋隔断成了两片较小的水域，改变了洋流，也改变了中央大陆上好几种灵长类生物栖息地的气候。好几种人科生物被迫离开了它们世代居住的丛林，踏上了平原大地。环境和食谱的改变正使得它们的基因组发生永久性的改变。

“我现在看到这里有四个遗传学上截然不同的种群。”雅努斯说，“编号依次为亚种 8468、8469、8470，以及 8471。”

他们花了几个小时进行着陆前的检查。隐藏这个世界的烽火站功能完好，完全通过了系统自检。他们开始按照规定安排母船把自己埋到这颗行星的卫星暗面去。

“我想乘阿尔法号下去。”雅努斯说，“虽然有点大材小用，但反正 C 生态室还空着，我觉得在这里也许有机会把它填上。”

伊西斯表示赞同。她要达成目的只需要德尔塔号。

他们在星球表面采集了脱氧核糖核酸样本，进行了一系列的实验，把实验数据和早先的遥感结果进行对比。

“他们的进展令人吃惊。”雅努斯说，“物种分化也很惊人。”

“确实如此。我想做一次长期研究。”她等待着雅努斯的回答，努力显得并不紧张，“我觉得母星上没人会在乎的，我们晚些回去他们也不太可能会想念我们。”

“的确，而且做个长期的比较研究会很有意思。你觉得取样间隔应该是多久？”

“一万年？”

雅努斯对比了一下近期的数据和早先的观测结果。“应该不错。”他笑了，“我会通知科学院别指望我们会早回去了。”

两位科学家做好准备后，退回了自己的静滞舱里。伊西斯在进去之前的最后一刻把自己的唤醒时间设到了五千年后。等她醒来后，她就传送回母船，然后乘坐德尔塔号去检查一下流放者世界的情况。只是为了保险起见。

但她没有在五千年后被唤醒。

伊西斯再次被警报声惊醒——有个紧急加密通信。她查看了一下休眠日志，只过去了 3482 年。她和雅努斯奔向阿尔法号登陆舰上的通信中心。

头一条信息就是一条紧急通知，他们的母星正遭到攻击。伊西斯的脑海中立刻回忆起了在 1723 号行星上杀死她的那次哨兵攻击。

“你看，”雅努斯说，“这里有条给哨兵们的指令，命令所有不在防线中的哨兵飞船在母星周围集合。”

伊西斯在房间里来回打转。

“肯定是衔尾蛇军入侵。”雅努斯小声说。

“那我们在这里也不安全。”

“没错。但是我们也不能离开。”

然后他们一言不发地去吃了点东西。伊西斯的思绪从自己的母星飘向流亡者的世界。

来电通知又响了起来，他们冲回到通信中心。

新的信息更短——他们的母星已被攻陷。他们被命令躲藏起来，等待进一步的建议。

“我们算是被困在这里了。”雅努斯说。

这本该是个悲伤的时刻，但伊西斯觉得雅努斯的语气完全是心满意足的样子。

CHAPTER 45

多利安勉强恢复过来了。之前几个小时里，在通话隔间里重新体验阿瑞斯的过去让他付出的代价越来越大。他坐下来，盯着外面那延伸到黑暗太空深处的哨兵装配线。他就快要挖掘出阿瑞斯隐藏的全部真相了。包括他行为的动机，他为什么会来到地球，他到底想要从地球人身上得到什么。

多利安对阿瑞斯处理自己星球上的暴动的手段大为赞叹。尽管不像他在地球上引发大洪水，以及之前散播瘟疫那么惊人，但他这次的行动同样证明了自己是个善战的军人。

多利安踏进通话隔间，调出阿瑞斯剩下的那些记忆。

在大流放之后，那种深深的空虚感再度回到了阿瑞斯心中。他再次察觉到自己生活在一个没有自己的位置的社会里。他是这个他创建的社会中的局外人。这种讽刺感挥之不去，但他知道，他做了自己必须做的事情。在他支离破碎的一生，这始终是贯穿其中的主线。在他周围，一个知识分子们组成的乌托邦正在迅速成型。他的世界以前一直想要变成这样。

他周围的世界在变化，但阿瑞斯毫无变化。他的确是个活化石，一个脱离了时代，与世隔绝的怪物。

没有需要他去打的战斗，更没有宏大的战役，没有存在的理由。

他再次申请批准去死，申请再一次被驳回了。他再次踏上了前往那艘古老的复活船所在的陵墓的长路。这一次的庆祝仪式比上次更加盛大，人多得都要挤不下了，嘈杂喧天，闪光灯晃得他简直要瞎了。

接下来什么也没有。管子里的记忆只有玻璃的弧线，一缕缕飘动的白雾，再就是时间转动时略微有点痒痒。

他周围的船身在震动。地震？阿瑞斯有些怀疑。不太可能，任何地壳异常都绝不会被允许发展到这一步。

他的管子打开了，阿瑞斯奔出这艘古老的方舟。天空一片黑暗，只有远方有些闪光，有些巨大的三角形的飞船正在下降。爆炸声在他面前的城市中响起。天桥断裂，大楼倒塌。整个大都市正在崩溃。

热浪滚滚而来，隆隆声吞没了他，让他茫然失措。时间仿佛静止了，他仿佛坠入了一个梦境，身处一场噩梦之中。阿瑞斯为之奉献了那么多的世界正在他的眼前轰然崩塌，伴着热浪、强光和轰鸣。巨响让他心中惶恐，下意识地跌跌撞撞着倒退了几步。这不是他能处理得来的状况，这一刻，他感到极度无力。他独自面对着一支未知的军队，一个和他曾见过的敌人完全不同的强敌。

一艘飞船紧挨着方舟着陆了，一群戴着面具的士兵从里面涌出，包围了他。

士兵们，在这里。

阿瑞斯努力想要厘清头绪。这不可能啊，哨兵飞船……

一位士兵朝前走来，然后在他和阿瑞斯之间的空地上投射出一幅全息图像。一场围绕着亚特兰蒂斯母星的激战。数以万计的哨兵飞船正在战斗，但大势已去，就像在亚特兰蒂斯人的第一颗母星时。阿瑞斯觉得历史仿佛正在自我重复。那些哨兵飞船的残骸正在渐渐形成一片新的太空垃圾场，一直朝着太阳延伸过去。

阿瑞斯不认得另一方的飞船——它们不是衔尾蛇军的。相比之下它们更小，更适合跟球形的哨兵飞船作战，仿佛它们就是为此而建造的。

对面的男人拿下了自己的头盔——莱克斯。

阿瑞斯认识这位叛乱者的领袖，阿瑞斯在起义期间曾和他进行过谈判。他认为此人是那些极度非理性的野蛮团伙中最有理性的一个人。

“你们背叛了我们。”莱克斯说。

“我们没有。”阿瑞斯反问道，“为什么你们要攻击我们？”

“是你们先动手的，阿瑞斯。遣散那些哨兵，我们只有这一个要求。”

阿瑞斯飞快地琢磨着可能的方案，抛弃了一个个选择，寻找着出路。“好的。”他心中形成了一个计划，“哨兵的控制系统在方舟内部。我会让哨兵飞船停下来，然后我们就可以谈谈怎么处理这些事情。”

莱克斯望了望他 :“我跟你一起去——好保证你说话算话。”

两个男人默默地走过盖在方舟上的宏伟石庙。他们穿过巨大的复活间旁的时候，阿瑞斯发现了他的计划中存在的缺陷——那些管子里正不断地浮现出一个个刚刚被杀死的杰出公民。复活船被设定为会在发生灭绝水平的灾难时自动复活位置重要的公民。相当于为亚特兰蒂斯文明设立了一个回退点。

越来越多的管子里都出现了人。有些已经打开了，里面的人体倒了出来，一动不动地摔落在地板上。“复活综合征。”阿瑞斯想道。死亡带来的创伤对他们来说太沉重了，劳工暴动期间还只是少数人会这样的。时间过了多久了？几千年？亚特兰蒂斯人已经太习惯于一个完美社会，暴力造成的死亡体验对任何公民的心理来说都已经不可承受。他们完了，全完了。

管子里还在出现人体，然后打开，吐出一具又一具亚特兰蒂斯人的尸体。

他必须停止这种复活进程，必须结束他们的痛苦。他们再也无法醒来，但他至少能保护他们的安全。他是个军人，这是他的工作……他的天职。

想到这里他心中充满了激情。他的生命有了目的、有了焦点。

阿瑞斯冲向前去，一击就杀死了莱克斯。他沿着走廊狂奔，冲进了方舟的舰桥，关闭了复活循环，保证他的同胞们会停留在静滞状态，再也不会从管子中出来了。

他登录哨兵控制系统，命令那些大球去和流亡者的飞船作战，好掩护他逃脱。

CHAPTER 46

阿瑞斯在舰桥上站了许久，凝望着观景窗上显示的超空间图景。蓝色和白色的光波一拨拨形成，然后流向后方。飞船跃出了行星的重力阱，下一刻就潜入了超空间，逃离亚特兰蒂斯母星周围的战场。作为一艘远古遗物，它的表现实在让人赞叹。

阿瑞斯曾怀疑过这艘古代飞船还能不能用。看来那些把它赠给亚特兰蒂斯人的古代人是把它设计成能永久使用的。阿瑞斯不知道那个把它提供给他的化身是不是多年以前就知道会发生这种事情，多多少少为此做了准备。

自从大流亡以后,阿瑞斯再也没见过那个化身。当时他谴责阿瑞斯的行为，说那是严重的背叛。阿瑞斯一直以来都无视了他的话，为了拯救自己的同胞们一个劲儿地推进着自己的计划。现在这个计划适得其反。他的世界毁灭了，他对此有一部分责任。这个念头在他心中萦绕不去。

他在沉思中沿着黑暗的金属走廊走去，步伐沉重。他重新回忆起和那个化身的对话，这时其中的几句跳了出来。

“我们让我们的社会分裂了。在你们的时代，剩下的只有衔尾蛇军。”阿瑞斯知道，他的同胞们重复了同样的错误。亚特兰蒂斯人的社会也分裂了。但阿瑞斯做出了补偿措施：反蛇法令。他走进复活舱，里面成千上万的管子一直延伸到黑暗深处。阿瑞斯停在装着莱克斯的管子前，这个叛乱者的眼神坚定，可阿瑞斯很快就会知道他心中的秘密了。复活过程捕获了他的记忆，阿瑞斯能直接看到里面的内容。

阿瑞斯来到一间适应性研究实验室，走进大玻璃缸里明亮的黄色灯光中，开始观看快速闪过的莱克斯的记忆。

他看到莱克斯乘上流放舰队中的一艘飞船，离开了亚特兰蒂斯母星，飞往殖民世界。在那里他和他的人民安顿下来，建起一个卑微然而稳健的社会，以农业和体力劳动为核心。过了几年，殖民地有所成长之后，人们选出了领导人。莱克斯成为了他的人民的一个领袖。

阿瑞斯看着他在某天偷偷溜进了山区。一艘登陆舰，一艘亚特兰蒂斯人的科学考察飞船在那里等他。一个女科学家站在飞船前面，阿瑞斯认出了她：伊西斯。

阿瑞斯看着他们进行交谈，然后莱克斯拿走了那个容器。把它布置好之后，莱克斯溜进了复活艇中的管子里，然后时间飞逝，虽然定期会被打断。

流放者的若干领导形成了一个小圈子，只有其中的人才知道加速进化的真相。他们会定期向莱克斯通报进展。过去曾是些小居民点的地方出现了村子，然后变成了小镇，城市，最终化为了向外四处扩张的大都市，足以和亚特兰蒂斯母星上的大都市匹敌。

在阿瑞斯眼中，这个文明的进程就像是延时摄影中的一株绿色植物，迅速生长，然后绽放出一朵绮丽绚烂的花朵。

在下一段记忆中，莱克斯从复活艇中的管子里冲了出去，越过外面的岩地，跑到了山边。在那里他看到一些闪光的炽热物体划过天空，坠入城市。灰烬和火焰覆盖了整个地平线。

阿瑞斯知道这场屠杀要部分归咎于他——尽管他很不愿意承认这点。在大流亡之后的年代里，他给哨兵无人飞船编制了程序，让它们去攻击任何发达到越过了一个阈值，而又不含有纯净的亚特兰蒂斯基因的种族。伊西斯并不是第一个分离出这种让亚特兰蒂斯人在遗传上独一无二的东西的人；在大流亡之后那些年里，科学研究团队从无数的人科生物身上采集了样本，分离出了控制亚特兰蒂斯人进化的那些基因。阿瑞斯则利用这一遗传蓝图来辨识潜在的敌人。

这个计划在他心中形成的同一刻那个化身就对阿瑞斯发出了警告，并把这称之为背叛。但当时阿瑞斯认为这是正当的，这不过是个保障生存的方式。任何发达文明对于亚特兰蒂斯人都可能成为威胁。他们离开自己的星球外出后有可能打破哨兵防线，就像当年亚特兰蒂斯人所做的那样；还可能更糟，他们有可能直接攻击新亚特兰蒂斯星。他们还可能重复衔尾蛇们的错误，让他们的科技统治他们，掌控他们的文明。在新哨兵防线内部只有一个发达种族存在的空间。阿瑞斯让哨兵飞船们去消灭任何脱颖而出的没有亚特兰蒂斯基因的种族——任何一个非亚特兰蒂斯人的发达文明。

阿瑞斯在莱克斯的记忆中看着那些哨兵飞船执行了预设的指令，向流放者们的世界进行轨道动能轰炸。和之前的许多次一样，它们摧毁了城市，改变了行星的气候。变化后的环境毫无疑问将会杀死所有幸存者。

但莱克斯的记忆显示，那些流放者为了在那个已成废墟的世界上生存奋力拼搏。伊西斯帮助创造出的这个民族适应能力很强，而且意志坚定。他们撤到了地下，建起了向下发展的城市，其复杂程度和之前摩天接云的大都会不相上下。伊西斯的基因疗法创造出了一个拥有无限智慧的民族。而且他们还拥有某种更危险得多的东西：永不屈服的求生欲。他们克服了一个又一个挑战。他们复制了亚特兰蒂斯的复活技术，他们的领导们利用这一技术跳过漫长的时光，准备逃离他们的废土世界。他们成功了。千万艘飞船从地表下蜂拥而出，淹没了那些出现在附近空间的哨兵飞船，在战斗中获胜后就跃迁离开了。

哨兵们一直在永不停歇地追击他们，流放者和哨兵之间的战争时而激烈，时而平息，延续了几千年。流放者们的舰队最终让战局发生了足够的转变，得以朝着亚特兰蒂斯人的母星进行一次决死突袭，希望能迫使那些之前迫害他们的人召回那些多年来一直折磨、杀害他们的哨兵。

阿瑞斯望着莱克斯把他的三角形飞船停在收容方舟的古老圣殿旁。在那里他和他的士兵们发现了阿瑞斯。两人的记忆在此交会。

阿瑞斯走出那个黄色玻璃缸。他的世界的毁灭，这一罪孽只有一部分在他。剩下的要怪伊西斯犯下的错误，而且她是扭转局面的关键。

阿瑞斯走到装着复活管子的船舱前，伫立在大门口。真是讽刺：亚特兰蒂斯人为了自我保护采取的冷酷政策最终制造出了一个给他们带来毁灭的敌人。而在变成一个和平的高度发达文明的途中，他们本身居然已经变成了一个心理上毫无反击能力的民族。

即便他的同胞们还可以被治愈，阿瑞斯也不知道他该怎么做。但他有更重要的事情要先去完成。流放者的舰队战力强大，而且还在增长。很快他们就会击溃哨兵，然后寻找方舟。时间有限。而且一旦哨兵飞船被消灭，衔尾蛇军就会涌入哨兵防线中，把流放者和亚特兰蒂斯人一同抹去。

他的选择很有限。他需要一种新的武器，一种能给敌人致命一击的技术。

伊西斯——她是关键。

CHAPTER 47

凯特在黄色的玻璃缸中瞪大眼睛，站稳脚步，准备最后一次奔赴伊西斯的过去。下面的记忆将会揭示出亚特兰蒂斯人在地球上究竟做了些什么。她希望它同时也会揭示出阻止阿瑞斯的关键。

自从那个悲惨的消息从家乡传来之后，伊西斯只觉得时间爬行得像蜗牛一样。每次她和雅努斯从管子中醒来时，都期盼着能有一点新的消息，然而总也没有。唯一能让他们感到时间还在前进的只有来自那些人科生物的观测数据：他们当初来这里就是来研究它们的。初始的小群生物在世界各地扩展，兴起，适应环境，濒临绝灭，然后又复兴，这样的剧目他们已经看过无数次了。他们的日志记录下了发展过程，而他们渐渐回到了他们所知的唯一的日常生活中：分析数据，设计新的实验，以及定期外出进行实验。雅努斯在实验中保持着超然、冷漠的态度，他只有面对伊西斯的时候才会流露出感情。可即便在如今的处境下，伊西斯也没有回应他。但她正在改变，变得对这颗行星上的新生物种们越来越关心。也许是因为在亚特兰蒂斯母星上的那些戏剧性经历，也许是因为和莱克斯在一起的那些时光，总之她内心深处有些东西发生了松动，她的情感正不可抑制地发生剧变，但从外表上完全看不出来。她全身心扑在科学研究上，熬着日子，希望能有新的消息来。

在中央大陆上演化出了一群新的人科生物，他们给这些家伙分配了一个新的记录编号：亚种 8472。他们突飞猛进，发展出了很不错的工具制造技术以及语言交流能力。

“他们很有看头。”雅努斯说。

“我同意。”

和其他亚种一样，他们对这个新亚种进行了标记，每次她和雅努斯从休眠周期中苏醒时都会检查他们的人口水平。

一阵警报声惊醒了他们。伊西斯迅速找到了报警原因：在邻近这颗行星赤道附近的一个小岛上，一座超级火山爆发了，将大量的火山灰喷发到大气中，导致好几块大陆上的气温都降低了。火山冬天让这个新亚种的数量大为减少，他们已经处于灭绝边缘。

伊西斯在外出的最后两个幸存者身上采集样本的时候，做出了一个决定命运的抉择。在山洞里，注视着那两个幸存者时，她再也无法坐视他们死去。她能拯救他们。就她所知，在新哨兵防线内部可能已经有许多个世界遭到攻击，数百种人类遭到灭绝，对亚特兰蒂斯人的母星进行的攻击只是这一系列攻击之一。她不会坐看这个亚种走向灭绝，在她的研究能拯救他们时尤其不会。

她把幸存者们带回到阿尔法号登陆舰上，将她用在流放者们身上的亚特兰蒂斯基因疗法略加调整后用在了他们身上。

她转过身时发现雅努斯来到了研究实验室中。

“你在干什么？”

“我在……进行一次实验。”

“什么类型的实验？”

“调整几个控制大脑神经连接的基因。我认为我可以增大他们生存的机会。这是我的研究——”

“你不可以这样。”

“我们必须这样。”伊西斯说，“我们这一物种可能只有这里还剩下些了。我们不能眼睁睁看着他们走向灭绝。”

雅努斯一直表示反对，但最终同意了——在对实验进行紧密监察的前提下。

接下来的几次休眠周期安然无事。伊西斯和雅努斯观察着这个亚种的人口反弹，并走出了中心大陆，在智力和地理分布两方面都向前迈进。他们的进步让人吃惊，伊西斯对此感到骄傲，而雅努斯则越来越忧心忡忡。

“这件事会超出我们的控制的。”雅努斯说。

“不会的。”

“我们应该对他们的基因组进行控制，让其保持统一。不然在我们休眠的间隔期他们可能发生突变。我们醒来时可能就会面对一个充满敌意的先进文明。”

这次伊西斯妥协了。他们在初号实验体的骨骸上放置了一个辐射信标，并且要最初的部落始终把它带在身边。

又经过几次休眠后，他们醒来时收到了另一个警报：一艘飞船在靠近。

“是阿瑞斯将军。”雅努斯说，“乘着那艘方舟。”

阿瑞斯把飞船埋藏在了南极点旁那块大陆上厚厚的冰层之下，之后雅努斯和伊西斯传送到了他飞船上。

阿瑞斯站在传送室里等着他们。他以暴怒的眼神直射伊西斯，直截了当地开口：“是你制造了对我们同胞的大屠杀。”

“我们这段时间一直都在这里啊。”雅努斯争辩道。

阿瑞斯激活了墙上的一块面板，空中出现了一幅全息投影，把莱克斯的记忆播放了一遍。他们三人望着伊西斯在流放者世界上着陆，然后提供了基因疗法。流放者文明那之后迅速发展，直到被哨兵几乎完全消灭。那场大屠杀过去许多年之后，流放者们从灰烬中重生，进入太空，击败了埋伏在那里的哨兵。最终的画面是那些流放者对新亚特兰蒂斯星发动了围攻，杀死了无数的居民。

伊西斯觉得自己的腿脚都软了。她想要把亚特兰蒂斯人重新团结为一的努力结果导致了亚特兰蒂斯的灭亡，导致了一场难以想象的战争。

一片沉默。她觉得了无生趣。

雅努斯的嗓音有些嘶哑：“这是伪造的。”

“不是。我把莱克斯关在一根管子里，他可以证实这段记录。”

伊西斯努力想隐藏自己的反应，但失败了。她猛然间恢复了全部知觉，然后她极度希望能从通信室[①]里奔逃而出。雅努斯读懂了她的表情，然后他表露出的强烈感情是伊西斯以前从未在他身上看到过的。他受到的伤害几乎跟看到那段全息电影时一样惨重。

“这些记忆是完全准确的。”伊西斯轻声说。

“这样的话，”雅努斯说话的时候眼睛紧盯着阿瑞斯，“也就意味着是你派哨兵对我们自己的同胞发动了攻击，是你导致了这场毁灭。”

“建造哨兵就是为了保护我们免于任何威胁。”

“流放者们不是威胁，只是一个发达文明。我们在另一个世界上见过另一个发达文明，也毁于轰炸。你要否认这些事实吗？”

“我不否认。”阿瑞斯说，“我一直在保护我们，消除了无数的威胁。如果不是我的话，我们早就灭绝了。她的疗法把流放者们变成了一个威胁。如果她没有改变他们的基因组，他们现在仍会好好地过着自己的日子。”

伊西斯仍然浑身僵硬地站在那里。

“你想从我们这里得到什么？”雅努斯问道。

“我读过了你们的研究记录。你们对本地的一个人科物种进行了相似的基因改动。”

“是的。”雅努斯说，“为了避免他们灭绝。”

“嗯，你们的上一次科学实验几乎导致了我们灭绝。我要加入你们的小探险队，好保证历史不会重演。”伊西斯感觉阿瑞斯和雅努斯似乎争论了好几个小时，最终雅努斯屈服了。在他们离开方舟之前，伊西斯转身朝阿瑞斯说：“我想见莱克斯。”

“我觉得你们俩见面的次数已经够多的了。此外，我们禁止探视战犯。”

---

① 译者注：原文如此。和前文说的在传送室矛盾，不知道是不是漏掉了他们移动到通信室的句子。

CHAPTER 48

阿瑞斯到达后的几周内，伊西斯和雅努斯的生活几乎回到了正轨。他们和从前一样进行实验，只不过现在阿瑞斯总在现场，从他们身后观望着他们的一举一动，虽然几乎从不发言。雅努斯也很少说话，就算开口，他说的也只是关于手头的任务的话题，而且对于他奉献了一生的工作已经没有了激情，一点也不热心。业已得知她对自己的同胞做了什么后又加上这样的状况，伊西斯坠入了黑暗的深渊中。每一天，每一刻，她都觉得登陆舰的墙壁会朝她倒下来，甚至这个他们永远也无法离开的小世界也会塌到她身上。她感到自己陷入了困境，完全是孤独一人。

她转身时，经常发现阿瑞斯用冰冷的眼神盯着她。但阿瑞斯从不靠近她，也不和她说话。

一天，雅努斯外出考察时，阿瑞斯发消息叫她过去。她勉强起身，传送到复活方舟上。在她心底深处隐隐有个希望：他也许改变了主意，他也许会让我去见莱克斯。她按照飞船的指引前往副静滞舱。把莱克斯关在那里，和主静滞舱隔开，这很合理。她心中的希望又多了几分。

门分开了，伊西斯惊得合不拢嘴，房间里竖着十二根管子，排成一个半圆，每根里都装着一个人形生物，各不相同。

“只是想引起你的注意。我知道你很喜欢野蛮人。”

伊西斯转过身：“你没权力把他们抓到这里。”

“他们处于危险中。事实上，多亏了你啊，他们现在是这个宇宙中受到的威胁最大的物种。衔尾蛇军总有一天会把他们同化吸收掉。除非哨兵们先找到这个世界，把他们消灭掉。当然，这还得假设个前提，流放者们没先找到我们——”

“你这样说不对——”

“你不在场，伊西斯。你真该看看那些流放者的舰队是怎么蹂躏我们的母星的。他们是些野蛮人，有着惊人的力量但毫无自控能力的野蛮人。一群怪物——你的疗法创造出的怪物。你的实验的受害者，就像 8472 亚种一样。”

“你想要我干什么？”

“我想要给你一个机会，伊西斯，一个为你自己赎罪的机会。”

见伊西斯没说什么，阿瑞斯继续说道：“我们有个机会，能把所有的错误纠正，能让我们的同胞重归统一，也能拯救这些人。”

“怎么做？”

“我们可以引导他们的进化。我们可以创造出能结束这场战争的东西。”

伊西斯非常想要抵制住他的诱惑，想要逃出房间，永不回头，但纠正她犯下的错误的诱惑让她无法抵御。她决定自己要听听阿瑞斯的话，听一下也没坏处嘛。她平静地说：“请继续，我在听着。”

“我已经采取了遗传样本，但我没有创造我所需物种的工程技能。你有这个能力。而我有你需要的信息——关于哨兵是如何用 DNA 锁定目标，以及衔尾蛇病毒的信息。自从大流亡以来，这些信息我一直对我们的同胞保密。”房间对面尽头墙上的屏幕上显示出一个 DNA 序列。“这是大流亡之前被用在亚特兰蒂斯探险舰队上的衔尾蛇病毒，这是解决问题的关键。有了我的信息，还有你在基因工程上的知识，我们能改变这个宇宙的局面。”阿瑞斯一步步逼近她，“我们创造的物种将会让我们的人民复兴。如果你拒绝，那你就真的是把我们彻底毁灭了。”

阿瑞斯似乎在操纵她，就像操作一件乐器，他知道乐器上的每个按钮何在。他抓住了伊西斯会愿意为此付出一切的东西：救赎。一个把他们的同胞重新团结在一起、让流放者们重获安全的机会。伊西斯对自己说，为了做好事，有些时候必须跟坏人合作。但在她内心深处，她在怀疑自己的行为是不是理性的。

接下来的几年当中，伊西斯秘密和阿瑞斯一起工作。这一次的工作她又瞒着雅努斯，阿瑞斯正确地指出，他一定会反对这件事的。伊西斯知道阿瑞斯仍在隐瞒某些信息，他告诉她的只有完成他需要的实验所需的最低限度的信息。他一再重复同样的理由：哨兵和衔尾蛇相关的信息是保密的，把相关的全部细节向伊西斯披露会损害无数个世界的安全。

伊西斯知道自己被利用了，但是她觉得自己无路可逃，别无选择。年复一年，她更加无法对雅努斯坦白一切，她不能再背叛他了。

一次又一次的休眠周期。她每次退回到自己的休眠舱中时，都希望阿瑞斯能实现自己的诺言，希望下次醒来时会听到阿瑞斯宣布 8472 号亚种已经准备好了，宣布亚特兰蒂斯人即将重新统一。

这一次她醒来时听到的仍然不是那个好消息，而是一阵警报声。在休眠舱外的屏幕上亮起了人口数警报。伊西斯看着显示，意识到了阿瑞斯的背叛行为规模之大：在世界各地，人类的几个亚种都濒临灭绝——三个亚种同时如此，但他的武器 8472 号亚种除外。

雅努斯即便发现了真相，也没有说出来。他所做的正如伊西斯所想：匆忙前往拯救他能拯救的物种，8470 号亚种——他们之后会被地球人称为尼安德特人。阿尔法号登陆舰在海滨降落——这里以后会被叫作直布罗陀。雅努斯和伊西斯着装完毕，离开飞船，然后把最后一个还活着的尼安德特人带了回去。

他们刚回到飞船，爆炸就袭来了。船身被爆炸撕成了两半，雅努斯和伊西斯被震得跌跌撞撞。他们把那个尼安德特人放进一根休眠管中，朝着舰桥奔去。

“阿瑞斯背叛了我们。”雅努斯最后说。

伊西斯欲语不能。时间一秒秒过去，她觉得雅努斯已经明白了全部真相，但他什么也没对她说。他聚精会神地在控制台上进行操作。他锁死了登陆舰，然后激活了他们的深空飞船上的反闯入程序，保证阿瑞斯一旦试图利用它就会被困住。爆炸又一次让船身晃动，把伊西斯甩到了墙上。她在昏昏沉沉中抬头望去。雅努斯穿过房间，在她身边跪倒，凝望着她的面容。透过他头盔上透明的观察窗，她能看到他脸上流露出了些微感情——痛苦，伤心，遭到背叛。伊西斯很想向他坦白，告诉他一切，请求他的原谅，但她什么也没说出来。雅努斯扛起了她，他宇航服中的外骨骼系统很轻松地撑起了她的重量。他在登陆舰的走道里飞奔，冲进了传送门，进入了方舟中。伊西斯记忆中看到的最后一幕是阿瑞斯朝她开火了。她从雅努斯的双臂中滑下，半途就已经被这一枪杀死了。

凯特浑身都被汗湿了，每一次呼吸都让她感觉自己快被溺死了。现在她已经看完了所有的记忆——她与生俱来的那些，还有雅努斯试图对她隐瞒的那些，而且她还知道这些之外的一些事。阿瑞斯那天在复活方舟里也朝雅努斯开火了，但没能杀掉他。雅努斯成功通过传送门逃回了阿尔法号登陆舰上，飞船在直布罗陀海滨被破坏后，被深埋在了海底。雅努斯被困在了靠近摩洛哥的一部分残骸中。他非常想要把他的搭档在阿尔法号的另一部分上复活，但由于没有接收到她的死亡信号，飞船拒绝执行命令。他努力了好多年，在静滞舱上试用过无数的方法。

他最终放弃之后，给飞船上的时间膨胀装置编制了指令，让它放出会让阿瑞斯和伊西斯做出的基因变动发生倒卷的辐射。他希望这能让人类的基因组恢复到不受哨兵、流放者或者阿瑞斯威胁的状况。

然后雅努斯一直在等待。登陆舰被埋藏了一万三千年，直到一个叫作伊麻里国际的团体开始在直布罗陀湾海底进行发掘。他们希望找到柏拉图的寓言中描述的城市——亚特兰蒂斯。他们雇佣了一个在第一次世界大战中受伤退役的名叫帕特里克·皮尔斯的矿山工程师。他的队伍接触到了时间膨胀装置——他们后来管它叫作“钟”——之后，它释放出了一场传染病，西班牙大流感，杀死了数以百万计的人。皮尔斯把他垂死的妻子放进了一根他发现的管子里，然后她肚子里的胎儿在 1978 年诞生到这个世上。他给孩子起名凯特·华纳。在之后的三十五年中，直到亚特兰蒂斯瘟疫最终暴发之前，伊西斯的某些记忆一直潜藏在她心中。那些她潜意识中的记忆碎片驱动着她的一生。她成了一名遗传学家，专注于研究脑部神经连接方式，全身心地投入到创造一种治疗认知能力异常的疗法的工作中。她这一生都在试图修正亚特兰蒂斯基因，试图完成伊西斯的工作，满足她纠正自己的错误的愿望。现在凯特终于有了完成这一工作所需要的知识。

她睁开了双眼。

她感觉得到自己身下冰冷的玻璃缸底，还有米罗搂着她肩膀的双臂。血从她的鼻子里滴出来，汇入下面的血泊。

“你受伤了，凯特医生。”

“没关系。我知道我们该怎么做了。”

CHAPTER 49

多利安觉得自己的生命正在一点一滴流逝。他仰面躺在通话隔间的地上，凝望着天花板。他在心里梳理着那些记忆以及他知道的事情，希望能找出阿瑞斯下一步行动的线索。

阿瑞斯在攻击阿尔法号登陆舰的那天杀死了伊西斯，但他没能成功杀死雅努斯。雅努斯花了很多年试图复活伊西斯。他在绝望中把除他之外的两个人的复活备份数据都发到了在直布罗陀海岸边的那部分船体里的管子当中。当阿尔法号登陆舰上的“钟”散播出西班牙流感时，多利安的父亲，伊麻里的一位领袖，把他放进了一根管子里。他在里面一直待到了 1978 年。多利安醒来时已经大不相同：在他不知道的情况下，阿瑞斯的记忆已经埋藏在他的潜意识中，驱动着他。阿瑞斯的憎恨，他对伊西斯的愤怒，都在那里，在多利安的思维深处。他这辈子都在恐惧一个看不见的敌人，一个他相信人类在遗传上还没准备好面对的巨大威胁。现在他知道了，那是真的。衔尾蛇军、流放者还有哨兵——它们全都是威胁，阿瑞斯也一样。他想要利用人类，为他自己的终极目标服务；人类是他计划中的关键，但多利安仍不太清楚他的计划是什么。

阿瑞斯攻击了直布罗陀那边的飞船后，利用印度尼西亚的一座超级火山作为传播工具，把伊西斯帮助他研发的逆转录病毒散播了出去。然后他传送到了科学家们的飞船上。但雅努斯的反制措施把他困在了那里。阿瑞斯利用他和埋在南极洲下的方舟之间的联系在那里以化身的形式出现，和最终成功进入方舟的多利安进行了接触。这时离多利安在管子里重生已经过了三十年，离阿瑞斯对科学家们发起攻击已经过了一万三千年。多利安从南极洲的复活方舟中带出了一个手提箱。在亚特兰蒂斯瘟疫最后的日子里，这个东西发出的辐射补完了人类的基因转变，而且它形成了一个传送门，把多利安带到了科学家们的母船上，他从那里救出了阿瑞斯。

接下来的几周里，阿瑞斯把这颗地球搞得一塌糊涂。先是大洪水，然后又把各国拖入了内战。有件事多利安非常肯定:这绝不是建立军队的正常途径。阿瑞斯是在削弱人类的力量。但是为什么？这是诱敌之计吗？或者是为了长远计划？这样不合逻辑。

多利安挣扎着站起身来，踉踉跄跄走出亮着白光的通话隔间。他在开阔地带停下，从玻璃大窗望着外面庞大的装配线。生产出哨兵球的圆柱体朝着黑暗的太空深处延伸，望不见尽头。装配线曾每分钟生产出数以千计的哨兵，现在它停了下来，但外面的哨兵比以前更多了。多利安凑近了窗户。天空中到处都有蓝白色的电光在骤然闪现，仿佛是数以千计的萤火虫在夜间闪烁着。虫洞不断打开、关闭，每个虫洞都送来一个哨兵，每秒钟有数千个哨兵到达。这些黑色的东西正布满整片天空。它们几乎遮住了所有的星辰，多利安视野中的光源只剩下了那些预示它们到达的闪光。

有什么事发生了。它们正在向这里聚集，在等待什么。

多利安回到通信室，登入哨兵定位数据库。这里所有的计算机系统都把他认作阿瑞斯将军，没有任何信息对他保密。他研究了一下地图。抵御衔尾蛇军，保护这片太空的哨兵防线正在崩解。大批的哨兵正离开防线，朝着工厂聚集。在老防线的边缘处，那个军事烽火站所在的古战场附近，一支衔尾蛇舰队正在聚集，建立起一个部队集结点。那些飞船在屏幕上看起来只是一大片光点，但多利安觉得自己嘴里发干了。他抹去鼻子里流出的血。他不知道自己还剩下多少时间，也不知道自己还能不能做点什么来拯救自己的世界。

娜塔莉亚被大门砰然关闭的声音吵醒了。她从被子下钻出去，蹑手蹑脚走到窗口旁。小屋冰冷的木头地板在她脚下吱嘎作响。

四辆悍马中的三辆都开回来了。它们沿着那条泥巴路开过来，车上的灯光有一阵子正照到窗户上。那条路是和北卡罗莱纳州群山中的乡村公路连着的。她回头瞥了一眼床铺，马修还在睡觉，蜷在厚厚的被子下。

她开始朝着卧室门口走去，但又觉得脚要被冻僵了。她穿上鞋子，套上件毛衣，然后走了出去。

托马斯少校坐在炉火旁，听着广播，啜饮着咖啡。

“怎么了？”

“补给方面的问题。”他说，“喝咖啡吗？”

她点点头，在他对面的木头椅子上坐下，面对着炉火：“我们的给养用完了？”

“没，还没有。但政府的补给不足了。”他指了指收音机。娜塔莉亚听了一会儿广播，与此同时他倒了杯咖啡给她。

本广播由合众国政府提供。所有身体健壮的公民，现在都应去离你最近的消防站报到。我们的政府和我们的食物供应正遭到叛乱团伙的武力攻击。如果你受过军事训练，那么尤其应当前来捍卫美国本土。立刻去离你最近的消防站报到，那里有更多信息。你会得到食物，而且你能帮助拯救生灵……

托马斯转动旋钮，关掉了这个老古董收音机：“昨晚开始，召唤越来越急切了，战斗肯定正越来越激烈。我猜伊麻里的部队已经获得了一定的战果。”

“你不去参战吗？”

“不。其他人迟早会找到这里，只是个时间问题。”

娜塔莉亚倒抽了一口气，说不出话来。

“此外，我想去的地方，除了这里全世界哪里都没有。”

阿瑞斯站在复活方舟的舰桥上，望着附在这艘古老飞船上的最后几块冰随着飞船的上升滑了下去，坠回到南极洲上。

飞船一路向上，穿过大气层。阿瑞斯俯瞰着遭到他蹂躏的这颗行星：巨大的风暴正在肆虐，海岸线上沉没的都市变成了有毒的沼泽。

对他的敌人来说这将是个无法抵制的诱惑。他在这个微不足道的世界上的日程并没能完全按照计划进行，但现在已经回到了正轨上。没有什么能阻止他了。

古老的方舟冲出了大气层，然后阿瑞斯瞄准了飘浮在前方的烽火站。他开了一炮，摧毁了它。现在这个脆弱的小世界会暴露在衔尾蛇军的视野中了。它们很快就会来这里了，然后最终战役就会打响。

阿瑞斯把自己的目的地输入方舟中枢，打开一条超空间隧道。有一小会儿他静静站在飞船舰桥上，观望着屏幕上流动着的蓝色、白色和绿色的光波。它们仿佛在流向他的天命所在。

最后他离开舰桥，穿过昏暗的金属走廊，进入一间舱室。最近几周他大部分时间都待在这里。

莱克斯被吊在墙上，他脸上和胸口上覆盖着干涸的血迹。阿瑞斯走进房间时他头也不抬。

“我想对你的帮助表示感谢。”阿瑞斯说。

莱克斯笔直盯着前方，没有任何反应。

阿瑞斯打开了墙上的显示器，开始播放他用刑逼迫莱克斯制作的视频——一个发给流放者舰队的假遇难信号。

莱克斯微微抬起头，刚好能看到这一幕。

“这十分恰当。”阿瑞斯说，“你和伊西斯无意识地毁掉了我们的两个文明。现在你们将会帮助我纠正错误，用不了多久了。”

阿瑞斯朝门口走去，但莱克斯的话让他停了下来：“你低估了我们。”

“不。我曾经低估过你们一次，不会再有第二次了。我本该在你们那些人开始杀戮我们自己的公民的时候就把你们全都消灭在母星上的。这是我们的错：和平解决，重新安置你们。我们让你们独立，而你们回报给我们的是返回家乡屠杀我们。”

“我们别无选择，我们只想让哨兵停下追杀。”

阿瑞斯把屏幕上的显示换成了超空间的景象。几秒钟后超空间消失了，屏幕上换成了一个太空中的巨大工厂和一支哨兵飞船舰队。

莱克斯无法隐藏他的恐惧之情。

“我没有低估你们，我在这四万年间建造了一支新的哨兵大军。新的哨兵飞船特别适合跟你们的飞船作战，而且我已经把哨兵防线上所有的飞船都撤了回来。每艘现存的哨兵飞船都将很快朝着流放者的舰队进发。你们赢不了的，我刚发出了你的遇难信号。”

在屏幕上，大群大群的哨兵飞船在跃迁离去。

“只要几个小时就结束了。”阿瑞斯说。

“衔尾蛇军——”

“针对他们我制订了别的计划。我只是想要你知道将会发生什么，我一直让你活着，就是为了让你亲眼看到，等一切完结之后我会让你看到你舰队的残骸的。”

阿瑞斯走了出去，对莱克斯的号叫声置之不理。他策划很久的时刻终于即将到来了。他本以为自己会感到一股强烈的胜利感、满足感。但他感到的却像是他正行走其中的通道，只有阴暗和冰冷。

在放着那些管子和那些他最后的同胞的船舱里，他停了一会儿。许多年里，他都在指责伊西斯和莱克斯。但阿瑞斯已经杀死了伊西斯，对莱克斯也进行了报复。很快他就会完成自己对所有莱克斯的同袍的复仇，但他心中仍然满是空虚。

泊船程序完成之后，阿瑞斯走出方舟，开始在古老的哨兵工厂中行走。在观测甲板上他停了下来，随即提高了警觉。有人来过这里，而且还在这里。地上到处都是亚特兰蒂斯的方便餐包装，还有已经干涸的血迹。

阿瑞斯跟着血痕转过墙角，血迹的尽头是通信舱。他打开了房门。

多利安躺在墙角，眯着眼睛。他的脸上覆盖着血迹，样子和莱克斯差不多。阿瑞斯瞥了一眼通话隔间，多利安访问了那些记忆。他全看到了吗？没关系了。他阻止了凯特·华纳跟衔尾蛇军联系，直到阿瑞斯得以逃离。他已经最后完成了他的任务，现在他真的已经没用了。

“你骗了我。”多利安说话的语声微弱，“你背叛了我，背叛了我们所有人。”

“嗯，多利安，你准备怎么样呢？”

多利安张开自己的手掌，某个金属的东西滚了出来，停在桌子下面，阿瑞斯视线所不能及的地方。他走向前,发现了那是什么。一秒钟之后它爆炸了。那是颗手榴弹。

CHAPTER 50

大卫记得的最后一件事是，一艘带着衔尾蛇徽记的飞船到达了战场所在的太空，然后把他乘坐的那个军事烽火站逃生舱给吸了进去。那之后他一定是昏了过去，要不就是那些家伙把他弄昏了。

他醒来时躺在一张软和的床上，房间里的照明很好，白色的墙上光秃秃的。他不知道这里是间牢房还是间医院，但是感觉上似乎兼而有之。房间里唯一的装饰是一个不大的窗户，外面能看到太空。太空中的景象让他浑身发冷，动弹不得：一个又一个飞船组成的巨大圆环绵延无尽，直到天边。这让他想起了土星的光环，但这里的每一圈都是由连接在一起的飞船组成的——衔尾蛇飞船。这里有多少飞船？几百万？几十亿？而他站在一艘被巨环围在中心的飞船里，这可真是所谓身入虎口了。

房门打开了。让大卫惊讶的是，进来的看起来像是个人类，脸上挂着一副温和的表情。他的头发是金色的，在脑后紧扎着马尾辫。他的面部特征看起来很有朝气，因此大卫猜测他四十上下。

“你起来了啊。”来访者说。

“是的。”大卫犹豫了一下，不知道该从何说起。他们救了他？或者是抓了他？他还是从一个中性的问题问起，由此出发往下谈。

“我在哪？”

“在初号环中。”

“初号环是？”

“我们待会儿再说这个。我们对你们的交流手段的理解有限，但你多半正困惑于不知该怎么称呼我。”

“啊，是……”

“247。”这人伸出一只手，大卫下意识地和他握了握手，“是的，这作为名字有些奇怪，但我们不需要名字，所以我们只有在遇到类似你这样的人的时候才需要临时起一个。我在初号环中的链路编号是247，现在我拥有的，嗯，类似名字的也就是这个了。”

“好吧。呃，我叫大卫·威尔。”

247倒退开去，高举双手：“我知道，我知道你的一切，你同胞们的一切也一样。你在这里引起了一阵纷扰。”

大卫眯起眼睛，不知道该说什么。

“你看，我们在一个古老的战场上找到了你。在那里我们曾经和你称为亚特兰蒂斯人的种族接触过。古怪的地方是，你拥有他们的部分基因，我们的部分基因，而且你还有些新的基因，一些非常奇异的遗传片段，一些我们之前从没见过的序列。”247笑了，“我们本以为没有我们没见过的了。”

大卫仍然保持沉默，但他心中已然警铃大响。有什么地方非常不对劲，这个生物和他表面的样子并不一样。大卫所受的训练这时起了作用，他知道自己面对的是什么：一场审讯。

247扬起眉毛：“噢，别这么想。我不是来审讯你的——噢，好吧，让我先解释一下。你的身体释放出的辐射我们可以解读，所以并不是我在每时每刻读你的心思，是你的思维在朝我进行广播。”他又笑了，“我无法阻止。”

“你们想从我这里得到什么？”

“没有，绝对是什么都没有。我们实际上只是想要帮助你。”

“怎么帮？”

“加入大环吧。”

“我不会加入的。”

“我知道。”247欢快地说，“再说一遍，你的一切我都知道。我看过了你的记忆，但你对于大环一无所知。我们是在向你提供一个机会，你可以拯救几百万，也许是几十亿你的同胞。”247顿了顿，“不过让我们面对现实吧。你真正在乎的其实只是其中一个人。”

对面的墙上变出来一段视频，是从大卫的视角拍摄的。里面显示的是一间卧室，有一对法式对开门，门外是一个俯瞰大海的小阳台。是直布罗陀。凯特躺在床上，抬头望着他。她用温柔的眼神朝上凝望着他，发出无声的邀请。

“我们可以救她。”247 说。

大卫几乎下意识地问道 ：“怎么做？”说出口之后他才意识到自己说了。

“她的身体已经遭到了破坏，但在大环中这不是问题。大环存在于时间和空间之外，每一个链接都是永恒的。我们已经超越了原始的生物基础，而她也可以，你也可以。你们可以永远在一起，过着永远没有尽头的生活。甚至还可以得到更多。我们创造了大环，好接触到一个我们称之为起源实在的量子结构。我们相信，一旦我们控制住了宇宙中的每个有生之物，每个通往起源实在的链接，我们将会完全控制住这一实在，让我们真正永在且全能。我们是环绕空间和时间的大环，我们无可阻挡。加入我们吧。”

“你们需要我。”

“我们想要你，我们想要帮助你。”

对面的墙又发生了变化，这次上面显示出了衔尾蛇之战的战场，烽火站最后的几块残片正坠入那片太空垃圾中。一个个飞船组成的巨环在太阳前旋转着，制造出一扇扇蓝白色的传送门。数不清的飞船形成一条无尽的河流，正在传送门间移动。

“这支舰队正航向你的世界。很久以来我们一直在试图寻找那些被隐藏起来的世界，你们的就是其中之一。同样的舰队正朝着哨兵防线内部的每个世界开拔。那条防线本身是来自我们自己所属的文明的遗物，初号环就是在那个世界上被创造出来的。我们的世界分裂了。有些人死抱着过去不放，舍不得他们原始的、寿命有限的存在形式，就像你现在一样。他们创造了哨兵，来为其他的人类世界争取时间。但哨兵现在已经失去作用了。它们正在后撤，它们一直在后撤，已经很长一段时间了。每次它们撤退后都会形成一条新的哨兵防线，每条都比上一条更小，然后每次我们都会再度突破新的防线。”

“你们的舰队要攻击我的世界？”

“我们更愿意用‘解放’这个词。”

大卫审视着这个男人，或者是这个物体，或者是别的什么玩意儿："我的同胞们会怎么样？"

"那要看你了。你们无法和我们对抗，你的世界正处于混乱中。看看这些灾难，你的同胞们自己创造出的灾难，他们自己的灾难。我们可以结束这一切。想想你这辈子。"

那面墙上的显示又变了。大卫看到一套他的生活图景蒙太奇，形成然后消失，组成一个记忆的行列。大部分都是悲伤的记忆。孩子的他，在他父亲葬礼时，冲进自己的房间，在那个阴暗的时刻把自己与世隔绝寻求宁静；研究生的他，在"9·11"那天朝着那两栋大楼飞奔，它们倒塌下来，掩埋了他；痛苦的复健、加入中情局、险死还生、再度出发、加入时钟塔、和多利安的战斗、夺取休达的伊麻里基地、全球大洪水、最后是撤入登陆舰、去向烽火站的历程。

"你一直都在输家一方，大卫。你一直任凭感情驱使，进行着徒劳的战斗，这次用用你的理智吧。加入我们，凯特需要你。"

"你们也需要我？"

"我们不需要，我们不需要任何人。大环的胜利是必然的，但如果你加入我们，这会有助于同化你的同胞。正如我刚才说过的，我们从没见过你这样的东西，你所属的这个物种是全新的，我们相信你们和起源实在有某种特殊的联系。我们觉得那甚至可能改变我们以后的行事方式。"247咧嘴一笑，"让我解释一下。你的身体是由原子组成的，这些原子和你曾接触过的每个人身上的原子都有量子缠结。所有这些原子也都和我们称之为起源实在的力量联系在一起。我们的技术超乎你的理解能力，但如果你接受成为大环上的一节的安排，我们就能访问你和起源实在之间的连接，然后我们也能访问那些和你相连的人的连接。凯特、你的其他同胞……这是个连锁反应。如果我们的理论正确，大环会瞬间通过你们的量子缠结关系扩展开去。"

"这就是你们的目的了：我和这个宇宙性的实在之间的连接？也就是我的灵魂。"

247看起来有些不高兴："你的用语太粗陋了——"

"但是事实。"

"没错。"

"那么如果我拒绝的话？"

"我们总是先试试简单的途径，大卫。我们很久以来一直都这样。如果你拒绝的话，我们还是会试着同化你的。如果不能的话，我们会杀死你。然后，当我们的飞船到达你的世界的时候，它们会杀死所有其他的地球人。我们会杀死任何我们不能同化的东西。这宇宙中的空间只够一个发达种族生存，这一种族就是大环。放聪明点，大卫。想想凯特，她会想要什么。如果你加入大环，那些飞船到达以后会和地球人建立连接。如若不然，就会发生一场大屠杀。凯特也会死的，你也一样。"

"所以，要么加入，要么被杀？"

"这个宇宙的法则就是这样,大卫。无论你是否接受。现在,你要怎么选？"

大卫望了望窗外那几乎无穷无尽的一排排圆环，这里无路可逃。对大卫来说，这个决定是驱动着他一生的信念的反映。他相信每个人都有与众不同的自由。他这一生为之奋斗的目标可以一言以蔽之，那就是自由。一边是自由和死亡，另一边是凯特和被同化。无论哪边，他的整个世界都在劫难逃。但大卫相信，他的世界已经历太多艰难奋斗，不可能接受被同化的。地球人一路奋战，绝不是为了到头来成为一条无穷无尽的链条上的几个环节的。做出选择很容易。"我的回答是，不。"

房间里的白色墙壁渐渐变成了黑色。舒适的床铺变形成了一张坚实的金属桌子，大卫被捆在桌面上。247 的人类外貌消失了，换成了灰色的皮肤，皮肤下隐隐可见有些微小的机器在爬动。

"那就这样吧。"

大卫感到有根针戳进了他的颈部。

CHAPTER 51

玛丽站在贝塔号登陆舰的医疗实验室中陷入了沉思，在黑色的金属地板上踱来踱去。墙上的显示器忽然闪出了一条红色大写字母组成的通知信息。

“准备好了啊。”她嘟囔了一句。然后她意识到她一直在恐惧着这一刻：飞船已经将她几天前接收到的信号中描述的逆转录病毒建造完成了。为什么会恐惧？这是她职业生涯的巅峰成就。如果这个病毒是某个外星文明的通信手段的话，这一突破性成就会让她的整个职业生涯、她的每个选择都显得无比正确。

保罗抬起他埋在自己胳膊里的脑袋，他一直处于半睡半醒之间。玛丽看到了某样他看不到的东西，朝他咧嘴笑笑。

“怎么了？”

她舔了舔自己的大拇指，然后擦擦他的额头：“你往自己脸上做记号啊。”

保罗把笔扔到桌上：“噢。谢谢。”他盯着屏幕，“哦，准备好了啊。”

“你进入医疗舱，贝塔就会给你注入病毒。跟另外那边对凯特进行治疗的机制类似。如果当中出了问题，它会试图抢救你的。”

“你不去接受注入？”玛丽问道。

“不。嗯，我没打算去。这是你的发现，我觉得你应该会想成为第一人。”

“我会的——几天前的话，我会为这个机会欢呼雀跃的。第一次接触，我所有的工作的巅峰啊。但我意识到了些东西，我把自己完全投入到工作中是在我们……分开过之后。我一门心思扑在工作上，是因为我只剩下工作了。我一直在寻找某些东西，但那和外星人或者射电望远镜里收到的信号毫无关系。”

“我完全明白你的意思。不过如果凯特没能从那个大缸中醒来，这就是我们唯一逃离这里的机会了，不然我们就会被困死在这里。”

“我知道。你怎么想？告诉我，保罗。对此你的直觉告诉你了什么？”

保罗转开视线："我知道这个信号对你的意义，玛丽。我知道这些年来你为你的工作牺牲了多少。可如果你问我，我内心的直觉是什么……我还是没法相信一个友好的物种会把一种逆转录病毒发送到太空中。我知道我们别无选择，但我觉得我们应该再等等。"

玛丽笑了。她累坏了，也吓坏了，然而奇怪的是，此刻是她长久以来最快乐的一刻："我同意。而且我想与之一起等待的人，除了你没有别人了。"

保罗的眼神和她的相会在一起："我也一样。"

"我相信我们在等待的时候能找到些事做的。"

保罗不知道自己和玛丽在他们的房间里待了多久，他也不在乎。他搞清楚了怎么锁门，怎么关灯，这就够了。

玛丽在他身边睡着了，床单半掩着身子。他盯着天花板，一直都在忙碌的大脑中空荡荡的，有一种完全满足的感觉。

黑暗中，金属门上响起了敲门声。保罗坐起身来，玛丽几秒钟后也醒了。他们迅速穿好衣服，打开了门。米罗站在门口。

"华纳医生，她醒了。她病得很重。"

凯特在适应性研究实验室里。她再次躺在了卵形医疗舱伸出的坚硬台面上，旁边墙上的屏幕显示着她的生命体征。

她时间不多了。保罗迅速浏览了一下医疗日志。米罗在她最后一次进入那个大缸之后把她放进了医疗舱里，飞船已经做了它所能做的一切，但仍然毫无希望。她最多还有一个小时了。

"保罗……"她用微弱的声音说。

保罗走到她床边。

"那个逆转录病毒。"

"是什么？"

"是衔尾蛇病毒。"

玛丽和保罗露出了一副"好悬啊"的表情。

凯特闭上眼睛，然后屏幕改为显示通信日志。她朝着一颗行星发送了一条信息，显然是用她和飞船的神经连接做的。保罗怀疑这个行星的位置她是不是从记忆模拟中获得的。

“流放者。”凯特说，“他们是我们唯一的希望了，我能救他们。”

流放者？保罗正想问她到底在说什么，可凯特已经开始飞快地进行解释，虽然声音仍然小得像是耳语。她讲述了亚特兰蒂斯公民的分裂，讲述了那位科学家——伊西斯，从遗传上改变了流放者们，让他们成了执行反蛇程序的哨兵的目标。

“他们很快就会到这里来了。”凯特说，“保罗，如果我死了的话，我希望你一定要完成我的工作。”

保罗朝屏幕上的基因序列瞥了一眼，竭力想要理解其中的意义：“凯特，我……我做不到的。这些内容里我能理解的连一半都不到。”

飞船震动了一下，然后屏幕显示切换到了外面的景观。上百个哨兵球悬停在轨道上。它们正朝着这颗行星开火，朝着贝塔号登陆舰开火。

CHAPTER 52

保罗感到玛丽的手滑进了他的手掌中。他们站在贝塔号登陆舰的适应性研究实验室中，望着显示屏上那些下落的物体在大气层中燃烧着，朝他们坠下来。

在卧室中他感到的那种奇异的平静又回来了。此刻他已无能为力，同时却有一种奇怪的平和感，似乎他心中某个破碎的地方被修补好了。

第一发动能炸弹撞到了离登陆舰大约一英里外的地面。一秒钟之后冲击波把保罗、玛丽、米罗和凯特全都甩到了对面的墙上。屏幕上显示出一股尘土和瓦砾——部分来自城市废墟——的喷泉升向空中。

透过云层，保罗看到来了一支新的舰队。它们是三角形的，它们穿过蓝白色传送门的下一刻就分散开来，朝着哨兵们发起了攻击。数以千计的三角形朝着球形飞船的阵列急冲，在一穿而过的同时开火，击碎那些黑色的物体，让残骸散落到大气层中。

尽管中途的尘埃扭曲了画面，这场战斗仍是保罗见过的最让人敬畏的场面。他几乎忘掉了那些还在朝他们高速下落的动能炸弹。

外面的走道上传来了响亮的脚步声。

他转身面对门口，把玛丽和米罗拢到自己身后。几英尺以外的凯特已经失去了意识。

闯入者们来势汹汹地越过了通信室的门槛，保罗的身子绷紧了。是士兵，从头到脚全副武装的士兵。头盔遮住了他们的面部，但他们是人形的。他们冲了过来，给每个人都打了一针不知道什么东西。保罗想要反抗，但他的手脚都软了下来，黑暗从他的视野边缘合拢过来，然后吞没了他。

保罗醒来时已经在另一个地方了：在一间亮堂堂的屋子里，躺在一张舒适的床上。他迅速打量了一下周围：墙上挂着几幅风景画；地上有几株植物，有一张圆桌，桌上放着一罐水；外面是一片休息区，放着一张木头桌面金属桌腿的长桌。看起来像是旅店里的套房。他站起来，走出卧室，进入休息区。这里有一排窗户，能看到外面是一支庞大的舰队。数以千计的三角形飞船排列得整整齐齐。

套房的双开门“哧溜”一下打开了，一个男人闯了进来。地毯很薄，但他落足无声。他比保罗高些，五官分明，皮肤光滑，黑色的头发剪得短短的，类似军人的发型。门关上了,那人在自己的前臂上按了几下。他这是在锁门吗？

“我叫帕修斯。”

保罗惊呆了，这人在说英语。

“我们给你们进行的注射让你们能理解我们的语言。”

“我明白了。我叫保罗 · 布伦纳。谢谢你救了我们。”

“别客气。我们收到了你的信号。”

“我没有发信号。”

帕修斯的神情一变：“你没有发？”

“嗯，我没有。是和我一起的那个女人，重病的那个，是她发的。”

帕修斯点点头：“我们正在给她进行治疗。有些人怀疑这个信号是不是一个消息，又一个假的遇难信号。所以我们这么久才到。”

“我明白了。”保罗对他说的这些完全不明白。他现在才刚开始渐渐理解这一事实：他正在一艘外星人的太空飞船上和一个外星人交谈。他的紧张情绪不断加剧，他努力让自己听起来若无其事：“那个女人的名字是凯特 · 华纳，是个医生。她能帮助你们。”

“帮什么？”

“她是个科学家，而且她看过一位亚特兰蒂斯科学家的记忆——伊西斯的。她能让你们免于哨兵的威胁。”

帕修斯脸上满是怀疑：“不可能。”

“是真的。她设计了一种能让哨兵无视你们的基因疗法。这种疗法能拯救你们。”

帕修斯笑了，但笑容冷冰冰的：“一个科学家曾经这么对我们说过，很久以前，那以后我们变得聪明多了。这个时机也非常可疑，几个小时前，一支新的哨兵舰队攻击了我们的飞船。我们如今生活在太空中。我们试过几十次在不同的星球上扎根，但每次哨兵们都会找到我们。我们变成了游民，不断奔逃。这支今天出现的新哨兵舰队持续攻击，毫无间歇，数量看起来也无穷无尽。它们知道怎么和我们战斗。仿佛它们被建造出来就是为了和我们、而不是和衔尾蛇军战斗的。它们在每一场战斗中都击败了我们。我们相信，这是最终的攻击了，它将会消灭我们。你应该能理解我的怀疑了吧。一个科学家提出有种能拯救我们的基因疗法？在我们的灭亡之日？”

保罗艰难地咽了口唾沫：“我无法证明我说的任何东西，我也无法阻止你们杀了我，但我说的都是真的。你们可以信任我，然后我们就都有机会活下来。你们也可以不理睬我，然后我们就都会死掉。无论如何……我那边还有另一位女性，她没生病，她和我……我在死前想见见她。”

帕修斯审视了一会儿保罗：“你要么是个了不起的说谎者，要么是个超级特工。跟我来。”

保罗跟着这个男人穿过走道。这里的通道和亚特兰蒂斯人飞船上的形成鲜明对比：照明很好，而且里面满是在房间之间穿梭的人流。有些人拿着平板电脑在看，另一些在快速交谈。对保罗来说，这里感觉很像是流行病暴发时的疾控中心。这里正面对一场危机。

“这里是第二舰队的旗舰。我们正在协调平民舰队的防御。”

帕修斯领着保罗走进一间屋子，他觉得这里大概是医疗室或者是研究室。透过一扇大玻璃窗他看到了凯特，她正躺在一张台面上，好几根机械手臂悬在她颅骨周围。

“她得了复活综合征。”帕修斯说。

“是的。她冒着生命危险去观看那位亚特兰蒂斯科学家的记忆。这样她才得以找到关于你的同胞们和基因疗法的信息。”保罗靠近了些，透过窗户往里窥视，“你们能救她吗？”

“我们不知道。自从那次围攻我们的母星之后，我们几万年来一直在研究复活综合征。我们发动攻击的时候，还以为任何我们杀死的人会在战后简单地复活。我们的目标是找到哨兵控制站，关掉哨兵，然后和那些从复活管里回来的公民一起重建我们过去的世界。在入侵中，我们才了解到复活综合征会百分之百地在我们杀死的人身上出现。没人能复生了。哨兵们还在和我们作战，我们无法救活我们母星上的任何人。我们一无所获地离开了，但从那之后我们一直在研究复活综合征。我们希望，总有一天我们能和我们其他的公民重逢，治愈他们。我们基于在围攻期间下载的数据和我们的计算机模拟开发出了一种疗法。我们不知道它会不会有用。”他朝那扇窗户和后面手术台上的凯特点点头。“她是第一个试用我们疗法的。”

“那么，我们所有的希望全要看她的了。”

CHAPTER 53

针刺进大卫的脖子的同时，衔尾蛇飞船上的这个房间消失了。他发现自己身处一个肮脏泥坑的底部。这是个幻象。他正这么想着，就来了一场倾盆大雨，雨水流进土坑里，泡软了土壤，把他的腿吸了进去，把他朝泥浆中拖去。水还在往坑里聚集，形成一个水面不断上升的池塘。

大卫涉水走到坑边，奋力把自己的脚从黏稠的黑色泥浆中拔出来。这不是真实的。

他试着把手插进坑壁。这里还比较干，不算太湿，他的手能抠紧。他往上爬去，两只手交替用力，朝着地面爬。他爬了好几个小时，到底多久已经搞不清楚了。云层后透出了一缕微弱的阳光，太阳慢慢从坑顶的天空上爬过，最后看不见了，只有阳光投出的阴影还能证明它的存在。大卫继续往上爬。这个坑肯定有至少一百英尺深，但他继续奋力向上，仿佛身体里有口不竭的精力之泉。

雨一直没停下来，不过他也一样。他用手抠进去的这面坑壁越来越湿了。于是他弄出放手的地方花的时间也越来越长。他把烂泥一把把丢到坑底下，直到挖到结实的土层，把稳了再继续往上爬。水面在上涨，但他爬得比水涨得快。他两手交替，挖着，爬着。他几乎要够到地表的时候，坑边忽然开始崩坍，一团团泥巴滑了下来，塌了下来，落到他身上。然后泥流淹没了他，盖住了他，把他推向水中。他浑身都沾满了黑色的泥巴，在水下努力挣扎。这些额外的重量在把他朝水底拖去。他用双手把身上的泥巴弄掉，努力把自己解脱出来。他的手臂酸疼，他的双腿酸疼，然后他的肺部也疼痛起来。他快要被淹死了。

他奋力挣扎，挥拳踢腿。最终他冲破了水面，刚好来得及吸了一口气就又沉了下去。他有种感觉，如果他让自己沉了下去，如果他放弃了，任凭自己的意愿破碎，那么巨环就会攫获他，他的灵魂，以及所有他认识的人，他珍爱的人——凯特。想到她让他身体里爆发出一股新的力量，把头再度伸出了水面。他用力吸进空气，拼命挥舞着手臂，泥巴被弄掉了，但雨还在下。

他把手脚笔直伸展，摊开身子，漂在水面上。雨水落在他的脸上。

他现在明白了，他逃不掉的，屈服是唯一的生存之道。但他决不，他们只能淹死他。

多利安睁开自己的眼睛。眼前是玻璃曲面和复活方舟中的那个巨大的船舱。

复活过程将他的肉体修复了，但他还是重病缠心。他深深感觉到这点。我还有多久？几个小时？

就在他对面，阿瑞斯正从另一根管子里朝他望来，眼神冰冷。

他们的管子同时打开了。他们走了出来，面对面站着，都毫不畏缩。他们脚步声的回音远远地传向这个巨大舱室的深处，掠过那好几英里的从地板直堆到天花板的管子。当最后一抹余音消失之后，阿瑞斯开口了，语声冷酷。

“你这件事可做得太蠢了，多利安。”

“你是说杀掉你这件事？我可是觉得这是我很长时间以来做过的最聪明的一件事呢。”

“你并没有想清楚。看看周围，你没法在这里杀死我的。”

“我绝对可以。”多利安朝前冲锋，朝阿瑞斯猛然一击，杀死了他。这亚特兰蒂斯人没想到他会突然攻击，而且多利安好像一只无所顾忌的猛兽般凶猛。阿瑞斯失去生机的身体摔倒在黑色的金属甲板上，血缓缓流出。

多利安往后退开，回到管子里。它能重启他的生理时钟，修正他身上所有的问题——除了复活综合征，这是复活管唯一无法治愈的疾病。

他望着白色的雾气充满了对面的管子。时间流逝，过去了多久他不知道。但最终那些雾气澄清，一个新的阿瑞斯站立在了管子中。

管子打开了。多利安冲向前方，再度杀死了阿瑞斯。

这个循环重复了十二次，那根管子前堆起了十二具尸体，全是阿瑞斯的。

多利安像一个无所顾忌的男人那样战斗，而且他下意识地了解阿瑞斯的每一个行动——这多亏了那些很快就将夺走多利安生命的记忆。

第十三次复活后，阿瑞斯走出管子，立刻跪下，高举双手。

多利安停住了攻击。

“我可以治好你，多利安。”阿瑞斯抬头看去，发现多利安顿住以后，他站起身来，继续说道，“你是得了复活综合征——你的思维不能承受某些记忆。”他朝船舱中成千上万的管子指了指，“他们也一样，我的目标就是治好他们。我死去活来那么多次，都是为了他们。你看到了那些牺牲，于是那些记忆让你病了。我会治好你的，多利安。你就像我的儿子一样，至少是最接近于我儿子的人。我等待了千万年，希望有个人能向我证明他自己，就像你这样。你可以杀了我，但我们也可以都活着——一起活下去。”

那一堆尸体的上方浮出了一个全息图像，一场激烈的太空战争正在进行。画面中闪现出数以千计甚至可能数以百万计的球形飞船，它们正在撕开对面三角形飞船的防线。

“我们的哨兵们正在和流放者们作战，多利安。它们会赢的，我为这场战争准备了很久了。等消灭了流放者们，这个宇宙就是我们的了。一天之内就能完成。我的复仇——我们的复仇。我们可以分享一切。”

多利安朝全息像走去。那些球形飞船大占上风，它们消灭了一支又一支流放者的三角形飞船舰队，每消灭一支就跃迁离去，杀向新的目标。

“你要怎么治好我？”

“你先回到管子里去，我需要点时间来找到疗法。但我会治好你的。”

“地球呢？”

“那已经过去了，多利安。地球不过是汪洋大海中的一颗小石子。”

“给我看看，给我看看我的世界。”

“那已经不是你的世界了。”

多利安冲向前方，再度杀死了阿瑞斯。

这个亚特兰蒂斯人从管子里第十四次出来之后便立刻打开了一个全息图

像。图像中显示，地球被衔尾蛇军飞船包围了。三角形的飞船正和它们作战，但战局不利。

“流放者们正在和衔尾蛇军作战？”多利安问道。

“是啊，这些蠢货。他们为所有的人类世界作战。巨环已经涌了进来，我撤除哨兵防线的时候就知道他们肯定会的。这是我计划的一部分，多利安。”

“我们地球人是一件武器。”

“是的。你见过的那个科学家，伊西斯，我让她分享了部分衔尾蛇病毒的基因信息。她创造了一种反病毒，地球人接受的亚特兰蒂斯基因的真面目就是这个。这是整个宇宙中已知的最复杂的生物技术的结晶。看看它对你们的世界造成的影响吧——没有哪个文明曾发展得如此之快。我把伊西斯给流放者们制造的逆转录病毒和衔尾蛇病毒结合起来了。这就是你们所知的亚特兰蒂斯基因，这就是你们的本质。你们渴望同化，你们想要创造一个单一的团结的社会，大家朝着共同的目标前进；你们想要拥有控制一切的权力[①]。这是你们致命的缺陷，也是我们的同胞们的得救之途。巨蛇吞下你们之后，会被你们的人毒死。”

“这话什么意思？”

“它们会同化吸收其他文明的人，多利安。我的妻子，我其他的同胞们都被它们同化了，就在我的世界沦陷，我们开始大流亡的前夕。有些人会抵制同化，这时候蛇们就会钻进这些人的内心，试着想要获得他们和起源实在之间的连接。它们会给出甜美的果实，一些那些人非常想要的东西。不行的话它们会用火焰吞没那些人，让他们心中充满恐惧。在每个关头它们都会给出虚假的得救之途。如果有人仍然能抵御住，它们就会启动强制同化。这些人的 DNA 将会流进蛇的体内，从内部破坏它。只要一个人就够了。”

“这就是你一直在做的事情。你的军队。”

“是的。我一直在寻找一个拥有抵抗的意志的灵魂。‘宝剑锋从磨砺出’，

① 译者注：原文为“普遍权力”，中世纪政治学用语。

我破坏了你们的世界，希望能创造出一个拥有足够的意志力，能经受住衔尾蛇的同化诱惑的人。也是为了希望让你们的世界在衔尾蛇军眼里看起来是个容易到口的猎物：一个充斥着濒临崩溃的灵魂的世界；毫无防御，无法抵抗的诱饵。”

多利安觉得自己虚弱至极，如此怪异的局面让他快要承受不住了。

“回到你的管子里吧，多利安，等着我的下一步行动。我会治好你的，我也会治好这个船舱里的所有人。我所做过的一切都是为了你和他们。我会保护你的，我会拯救你的。”

多利安非常想要退回到管子里，等着阿瑞斯前来拯救他，来治好他。阿瑞斯就像是他从未拥有过但一直渴望着的父亲。他退了一步，那些尸体堆在他的左手边形成了一个小丘，挡住了后面的管子。

“去吧，多利安。我会回来救你的。”

多利安又后退了一步。

阿瑞斯点点头。

多利安停住了：“你以前骗过我。”他觉得自己的恐惧与时俱增，快要把他压垮了。妄想症，未愈的创伤，他眼前闪过一幅幅画面：他的父亲用鞭子抽打孩提时代的他，惩戒他、离开他，然后在多利安身患西班牙流感的时候回来，把他放进了那根管子里。多利安看着自己在管子里苏醒，发生了改变。他的憎恶，他的渴望，他探寻复活方舟的搜索工作。他在方舟中找到了他父亲，但又再次眼睁睁失去了父亲。他父亲被亚特兰蒂斯人的那个装置——“钟”，杀死了。每一次，阿瑞斯都背叛了他。

阿瑞斯看出了他的犹疑，迅即开口：“你以前没受过足够的教育，你不明白我们面临的局势。你无法理解的。”

多利安心中充满了憎恨：“你最大的恐惧是你会在这个坟墓中享受永恒，永远不能去死，永远被困在炼狱之中。”

阿瑞斯紧闭双颚。

“你背叛了我太多次了。”

多利安冲向前方，再度杀死了他的敌人。

尸体数达到了一百之后，多利安继续等待着，但那根管子中再也没有出现那种灰色的雾气——阿瑞斯再也没有又一次出现了。

多利安沿着走廊朝飞船的舰桥走去。在控制台上，他证实了自己的猜测：阿瑞斯在他第一百次死亡之前的几秒时间里关掉了他自己的复活程序。他用自己和飞船的神经连接进行了操作，确保他再也不会回来，再也不必又一次面对多利安带给他的死亡。他永远消失了。

多利安赢了。好一阵子他都兴奋不已，他战胜了他的原罪。他更胜一筹。然后他回到了现实中，他还有短短几个小时了。

他站在哨兵工厂的巨大窗户下，望着最后一批球形飞船跃迁而去。

他一直是个被利用的走卒，他已经完成了自己的使命，他已经杀死了他的敌人——阿瑞斯。现在他心中满是空虚，没人会来找他，没人会来治好他，没人爱他。在自己的内心深处，他知道理当如此。他不配被爱，他的所作所为不值得任何人爱。他这一辈子都生活在扭曲中，心中充满憎恶。而此刻他的最后一个敌人已经死了，他生命中剩下的只有憎恶了。这憎恶是有毒的，他被这条毒蛇咬了一口，无形的毒液正流遍他的全身，在他的血管中流淌，从他身体内部杀死他。只有一个办法能摆脱它。

多利安回到了方舟里。经过装着那些管子的船舱时，他停下来凝视了一会儿那堆尸体形成的山丘。在舰桥上，他关闭了他自己的复活程序，然后慢慢走到了气闸室。检疫舱里警报声响个不停：未探测到环境服装备。

他关掉了警报。

三片三角形的舱门旋转着在他眼前分开，之前它们在南极洲也是这样分开的。那时候，他觉得它们仿佛在欢迎他走向自己的天命所在。此刻他也有同样的感觉。宇宙真空把他吸了出去，然后他咽下了最后一口气。他的尸体在空空如也的哨兵停泊场上方飘荡着。

CHAPTER 54

大卫漂浮在水中，一动不动。日升日落。大雨袭来，又消歇；水位上涨，又下跌。每当他感到自己的背碰到了地面，他就站起来，走到坑边，向上一步步攀爬，直到大雨再度来临。大雨将坑沿化为烂泥，把他冲回到泥塘底下。在那里他要奋力从泥泞中挣脱，每一次呼吸都要经过一番苦战，但他决不放弃。他的身体在灼痛，他的肌肉、他的肺部、他身上的每一寸地方都在疼。但他拒绝妥协。

然后太阳彻底消失了，接着一切都消失了。

再次睁开眼睛的时候，他发现自己躺在一张金属桌子上。他见过这张桌子，在 247 不再装模作样之后。捆住他的绑带都松开了，于是他坐起身来。透过窗户他看到那些飞船组成的圆环还在，但和之前不同了。先前它们一直在整齐地旋转，现在链条正在破碎，一团团的飞船毫无生气地飘动着，和其他的飞船互相碰撞，彼此失去了连接。

这个单调乏味的房间里只有大卫一个人。

他走到门口，房门敞开着，走廊里空无一人。他沿着一成不变的通道向前走去。所有的房门都开着，仿佛是执行了某个撤退预案似的。

在第三个房门口他看到了墙角上堆着些尸体。它们和 247 一样：灰色的皮肤，看起来类似爬虫的圆形玻璃质眼睛，但没有那些在 247 的皮肤下蠕动着的微小颗粒。这些确实都是无生命的尸体。这里发生了什么？还有，我要怎么才能逃出去？

凯特瞬间就意识到自己不在贝塔号上了。悬在她眼前的那些机械臂和这间明亮的手术室很……非亚特兰蒂斯。某种程度上更像地球人的风格，更人性化，照明很好，亮堂堂的。

她坐起身来，她身后有几个人站在一堵玻璃墙后面。“你感觉如何？”扬声器里传出一个声音。

“还活着。”但其实不仅如此，她觉得自己已经痊愈了。

流放者科学家们把她带到了一间会议室，他们在那里向她简单介绍了一下他们进行的手术。他们对复活综合征的多年研究终于有了成效。她希望自己能报答他们。

她感到自己重新充满活力，恢复了自信。但心灵深处则隐隐感到悲哀：大卫，她将他从自己的思维中挥去。她拥有伊西斯的记忆——所有的记忆。这些记忆是解决问题的关键。流放者的科学家们和舰队指挥官们都聚集到了一间大会议室里，凯特站在他们对面，她身后的墙上那一整块大屏幕上展示着研究结果——包括她自己在这个时代所做出的，还有那些她在伊西斯的时代见到的。她描述了一种基因疗法，一种逆转录病毒，它能让哨兵舰队无法识别出流放者们。

“实施这种疗法后，对它们来说你们和亚特兰蒂斯人是一样的。”凯特说。

“我们上次也听到过这话。”帕修斯说。

“我知道，我看到了。这次不同，这次我了解两边的情况。我知道了全部的真相——那些控制亚特兰蒂斯基因的基因，还有它们放出的辐射。那些哨兵会追踪这些辐射，如果和预期的亚特兰蒂斯标准不同，它们就会进行攻击。伊西斯不知道这件事。她如果知道的话，绝不会调整你们的基因的，她对发生的一切非常非常后悔。”

委员会让她离开。凯特等在外面，不安地来回走动。几分钟后，保罗、玛丽和米罗从拐角那头转了出来。米罗的拥抱差点没把凯特勒得闭过气去，但她丝毫也没有抱怨。保罗和玛丽朝她点点头，她立刻看出了自己恢复健康让他们感到如释重负。凯特从他们俩身上还感觉到了些别的什么，那种东西让她感到高兴——为了他们，同时又有一点悲伤——为她自己。

“风向怎么样？”保罗问道。

“我不确定。”凯特说，“但我知道一件事：他们的选择将会决定他们的命运，以及我们的命运。”

托马斯少校又给娜塔莉亚送上一杯咖啡。

“我换了脱因咖啡。”他说，“我希望你不会介意。”

“很好的选择。”

他们都聚精会神地听着收音机。里面重复广播的内容变了，从号召军人去消防站报到变成了对全美各地战事的报道。报道里面美国军方节节胜利，但有些地方却压根儿不被提起。娜塔莉亚在害怕会不会是最糟糕的那种可能：有些城市和州已经沦入了伊麻里武装之手。

新的报道出现了：有个人打电话到电台，声称他用望远镜发现天空中出现了些黑色的不明飞行物。

主持人对此一笑置之，认为这是个企图把公众的注意力从正在发生的大事上转移开来的疯狂之举。

帕修斯从会议室里探出头来的时候凯特还在走廊里踱来踱去：“你可以进来了。”

她走进房间，再度站到那张木制会议桌前头。

“我们决定了。”帕修斯说，“我们会在我们的一批飞船上施用你的疗法——之前作战失败后的一个集群。已经开始进行。”

“谢谢。”凯特说。她想拥抱他，但还有件事她必须先问问：“我有个要求。”

迎接她的是一阵令人尴尬的沉默。

“请你们救救我的世界。”

“我们已经在尝试了。”帕修斯背后的屏幕上显示出了地球。上百艘巨大的衔尾蛇军飞船正和数量更多的流放者们的三角形飞船作战。“我们损失惨重啊。”

“我想到那边去。”凯特说，“我知道我们正在走向失败，但我必须去那里，也许我能做点什么。”

帕修斯点点头："一支增援舰队几分钟后就要出发，我会和你一起去。我觉得科研团队也会想去的——以防他们对于这个反哨兵疗法有什么不解之处。"

地球进入视野的一刻，凯特朝观景窗靠近了几步。保罗、玛丽和米罗也都选择和她一起回来，现在他们肩并肩站在流放者们的这艘飞船里的通信舱中。他们的飞船在战线之外等待了差不多一个小时，看着战况好几次翻转。流放者们的飞船是以哨兵飞船为假想敌建造的，它们不是衔尾蛇军的对手。

最终，凯特慢慢走回了分配给她的特等舱。

即便流放者们得以扭转战局，从衔尾蛇军手中救出地球，她的同族们仍有麻烦缠身：哨兵飞船的威胁仍然存在。地球人会不得不加入流放者舰队，过起流浪生活。

如果地球陷落，即便凯特的疗法成功地解除了哨兵飞船的威胁，凯特、米罗、玛丽和保罗在流放者中也将是孤单的。然后她意识到，无论如何，她都是孤单的，因为没有大卫。她不知道这一切是不是值得。但坐在床边，看着客房里的灯光暗淡的此刻，她知道那是值得的。她做了自己所能做的一切，做了自己认为正确的事情，而且她为此感到自豪。

CHAPTER 55

凯特已经快把她客房里的地毯给磨出窟窿来的时候，门终于打开了。

“起作用了。”帕修斯说，“那些哨兵球不再追着我们的飞船打了。”

凯特长出了一口气：“这是个好消息。”

“还有个坏消息，外头这场仗我们要输了。又一支衔尾蛇舰队正在赶往这里的路上，一旦它抵达，我们就只能撤退了。”

“你们能从星球表面救出些人来吗？”

“没办法。”帕修斯说，“我很抱歉。我们建立的舰队不适合跟衔尾蛇军的飞船作战，也不适合从行星表面进行撤离工作。我们设计飞船的目的是抵御哨兵飞船。”他在休息区等了一会儿，凯特觉得他还想说点什么，但他实在已无话可说，也已无能为力。

最终凯特在一张太空椅上坐下，平静地说：“谢谢你。我知道你们努力过了。”

帕修斯在门口又停了一下，但还是没说什么就走了。凯特在椅子上坐了很久。她不知道该做什么，也不知道自己能做什么。

双开门“哧”的一下打开了，保罗、玛丽和米罗走了进来。凯特能从他们脸上的表情看出来，他们也听到坏消息了。

“你想做什么？”保罗问道。

“我觉得我们没什么能做的事情了。”凯特说。

门又打开了，帕修斯冲了进来，满脸激动：“你得来看看。”

大卫最终找到了他认为是这艘衔尾蛇飞船的指挥中心的地方。这是个圆形的房间，周围有好几百个屏幕，上面显示着悬停在数百颗行星上空的衔尾蛇舰队。所有的衔尾蛇舰只都处于无动力飘浮状态，正在被一些三角形的飞船逐渐摧毁。

有什么东西感染了巨环中的每一个环节，切断了巨环。这条巨蛇仿佛失去了头脑。这是个好消息。还有个坏消息：他被困在这里了。

凯特站在这艘流亡者飞船的舰桥上，望着外面的衔尾蛇飞船在地球周围飘荡。

“这和你消除哨兵威胁的疗法会不会有关？”帕修斯问道。

“不，我觉得没关系。”实际上，凯特对此毫无概念，“嗯，也许有关。”

“到底是？”帕修斯追问道。

“我不知道。”凯特绞尽脑汁地想着，有什么东西从内部杀死了衔尾蛇军。是阿瑞斯？他的武器？伊西斯的研究？闪念之间凯特把这一切都串起来了：“是我们——地球人。我们就是对付衔尾蛇的终极武器。我们的DNA，亚特兰蒂斯基因，亚特兰蒂斯瘟疫，都是为了这一刻。当衔尾蛇军同化我们的人的时候，我们的DNA就成了一个反病毒，杀死了它们。”

“这不可能。”帕修斯说。

“为什么这么说？”

“它们压根儿还没有登陆你们的行星，还没同化任何人。”

这说不通。凯特非常肯定自己是对的。

“我们不能碰运气。旗舰已经下令让我们摧毁所有的衔尾蛇飞船。”

“我觉得这样十分明智。”仍然沉浸在思考中的凯特嘟囔着回了一句。

她不知道衔尾蛇军怎么会已经同化到……

大卫。当衔尾蛇之战的战场上那个军事烽火站被摧毁之后，它们可能看到了在那里发生了什么。如果它们发现了大卫的身体……

“我知道怎么回事了。”凯特说，“它们试图同化我队伍里的一个人。他的名字叫大卫·威尔。我们得找到他。”

“你的建议是？”

“他在一艘衔尾蛇飞船上，我们得启动搜索——”

帕修斯举手投降："你脑子短路了吗？我们甚至都不知道衔尾蛇军到底有多少飞船。起码数以百万，很可能要数以十亿计。而且目前的状态可能是暂时的，也可能是个陷阱。我们绝不会为了一个人的生命冒这么大的风险。"

"你们会的。你们会这么做的，因为我还有另外一样你们需要的东西。"

帕修斯怀疑地望着她。

"哨兵工厂——以及它们的控制中心——的方位。而且如果我没搞错的话，复活方舟也在那里，上面装载着所有亚特兰蒂斯的幸存者，还有你们自己的一位要员，莱克斯。"

帕修斯站在舰桥上原地不动，仔细思量着凯特的话。最终他说："我会把这些向最高评议会报告。但即便他们同意展开搜索，他们也会要求你先给出工厂位置的。"

凯特点头表示同意。这一刻她完全明白了雅努斯的计划的真正天才之处。他把那些记忆放在了三个不同的地方——衔尾蛇之战的战场，哨兵工厂，还有搁浅在那个废土世界上的登陆舰——把记忆和这些地方的线索加起来就能揭开全部的真相。这是他最后的后手，他对付阿瑞斯的最后一招。凯特希望在这最后的时刻它也能起作用。

"他们同意了。"帕修斯说，"不过有条件。他们会在摧毁衔尾蛇飞船之前先扫描船上的乘员生命信号，没有生命信号就随意开火。如果探测到人类生命信号，他们会派机器人登上飞船去检查。有任何可疑迹象，也立刻开火。如果机器人找到你的那个人，我们会把他带回来，但要执行严格的检疫程序，进行彻底的检查。"

凯特冲了过去，抱住帕修斯。

接下来的几个小时是凯特一生中最漫长的。她望着三角形的流放者飞船把那些衔尾蛇舰船朝太阳推去。那些黑色的物体渐渐开进燃烧的恒星，变得越来越小。她知道这一幕正在数百甚至可能数千个世界附近发生。她只希望大卫不在其中的某一艘飞船上。

保罗、玛丽和米罗也和她一起待在她的客房里，但谁也没说话。这感觉就像是医院里的候诊室。每个人都是为了凯特而来，但谁都无话可说。

大卫在衔尾蛇飞船上的指挥中心里观望着那些三角形的飞船有条不紊地摧毁着衔尾蛇军的舰队。上百个屏幕里现在还显示有衔尾蛇军飞船的已经寥寥无几了。这是一场大屠杀。正中央的屏幕上显示的是大卫所在的飞船外头那些由飞船构成的巨大环形，现在那上头出现了一个传送门。门打开了，一支三角飞船的舰队到来了。

从之前的情况来看，它们一点时间都不打算浪费，还没有冲进那些衔尾蛇飞船的大环里头就立刻开火了。毁灭的浪潮要不了几秒钟就会波及大卫了。

他看着那支舰队到来，硬着头皮打起精神。在他心灵深处，他有些怀疑这一切是不是又一个幻象，又一个考验。领头的三角形飞船停了下来，大卫发现自己屏住了呼吸。

帕修斯进入了房间，凯特霍然起立。

“我觉得我们可能找到了。”他说，“在衔尾蛇的中心环上，有一个生命信号。”

“他……”

“他们正在对他进行一系列测试，但他看起来很健康。”

大卫坐在检疫舱中等待着，心里考虑着该做什么。如果他的获救是衔尾蛇的又一个幻象，那么这次的诱饵会是什么？他要怎么像击破那个泥坑的幻象一样打破它？他必须抵制住。他在心中给自己打气：这只是一个幻象。无论他们抛出什么来，我都会抵制住的。

门打开了，门外的走廊墙壁是白色的，灯光明亮。凯特就站在走廊里。她褐色的头发垂下，披散在双肩上。她容光焕发，眼神充满活力，健康，生机勃勃，这是他遇到的那个女人，那个他爱上的人。大卫呆呆地站在原地，动弹不得。

她冲了进来，搂住他。然后他发现米罗也来了，伸出双臂抱着他。

大卫决定了。如果这也是衔尾蛇的幻象，那它们赢了。对他来说这太真实了，他无法抵制她。

凯特撑起身子，望着他的眼睛："你还好吗？"

"现在非常好。"

凯特和大卫走进哨兵工厂，驻足在那扇巨大的窗户下，望着外面的装配线。哨兵球们正成群结队地返回工厂。凯特有些好奇这里到底有多少哨兵飞船，也许有数以百万计吧。

"你们要怎么处理它们？"她向帕修斯问道。

"我们还在讨论中。我们倾向于利用一部分哨兵飞船去摧毁剩下的衔尾蛇军飞船。这可以让整个过程的耗时缩短好几年。那之后，我们要么把它们全部报废，要么把它们储存起来，以防出现新的威胁。"

帕修斯领着他们走进工厂的过道。地上有一条干涸的血迹，通往方舟的方向。

方舟外面的大门开着，让凯特想起了自己在南极洲冰盖下两英里深处第一次看到这道大门的时候。

在检疫舱门口，她停了一下。她曾在这里扯下自己身上的环境服，把它放在阿迪和苏利耶穿过的两套小号环境服旁边。

方舟里到处都是人，一支支队伍正在仔细搜索这艘古代巨舰的每一寸甲板。

"你们找到莱克斯了吗？"凯特问道。

"找到了。医生们还在给他治伤。"帕修斯说。

"我能见见他吗？"

帕修斯同意了，带着他们穿过昏暗的金属走廊，进入一间大房间。医疗技师们正在里面搭建设备。

“莱克斯，”帕修斯说，“这位是凯特·华纳医生。是她创造了使哨兵们无害化的疗法，也是她帮助我们找到了你。”

“我们欠你的情，华纳医生。”

“你们不欠。我想让你们知道：我只是完成了伊西斯那里开始的工作。她对于发生的事情非常、非常抱歉。如果她知道那些真相的话，她做事的方法会很不一样的。”

莱克斯点点头：“我觉得早知道的话，我们都不会那么做的。过去的就过去了。”

“我同意。”她望了望那些设备，“你们准备动手治疗那些亚特兰蒂斯人了吗？”

“是的。”帕修斯说，“我们认为我们用来治疗你的复活综合征的疗法对他们也会起效的。我们很快就会知道结果了。”

“然后呢？”

“大体上我们觉得我们应该回到我们的母星上去。流放者世界地表的所有东西都被破坏了，退回到地下其实感觉并不舒服。我们觉得我们可以一起创造出一个全新的起点。”

凯特笑了。她觉得这样一个全新的起点会让伊西斯非常高兴的。

“还有件事，我们希望你能帮我们搞清楚。”

帕修斯带着凯特和大卫走进那间装着一排排复活管的巨大船舱。地上堆着一大堆尸体——就在入口处的双开门往里一点的地方——全是阿瑞斯的。

“我们还在点数到底有多少。死亡原因大多数是钝器击打所致外伤，有少数是被窒息致死。飞船的记录上说他关掉了他自己的复活进程。”

“你们还找到了别的尸体吗？”大卫问道。

“有一具，在外头。”帕修斯拿出一个平板电脑。多利安·斯隆的尸体在太空中飘荡，背景是哨兵装配线。

大卫朝凯特望去。

她想到了多利安和阿瑞斯共有的憎恶之心，想到了他们做的那些事——他们在亚特兰蒂斯人的世界上和在她的世界上的种种所作所为。她想着创造出一个全新起点的地球，想着重新团结一致，一起重新建设他们的文明的亚特兰蒂斯人。

“你在想什么？”帕修斯问道。

“我在想……种瓜得瓜，种豆得豆。”

尾声

佐治亚州

亚特兰大市

保罗望着玛丽在他们曾共同拥有的家中四处走动，脸上的表情半是惊讶半是好笑。“你一直没把那些照片收起来？”

“我，嗯……没有。”

“我觉得我们应该把它们收起来了。”

“当然，我可以——”

“然后把新照片摆上去。”

“新照片会很好看的。”保罗说。他有很长时间没听到过这么棒的主意了。

前门打开了，他的外甥马修冲了进来，直奔向保罗。男孩抱住他，他也用尽全力反抱过去。

娜塔莉亚和托马斯少校随后进来了。他们看起来疲惫不堪，但脸上都挂着笑容。

保罗为大家互相进行了介绍，然后说：“玛丽和我刚才正在讨论我们以后要干什么。”

“我们也一样。”娜塔莉亚说话的当中瞟了托马斯少校一眼，“我们准备去市中心的救灾部门报到，看看我们能帮上什么忙。”

他们互道告别，然后玛丽和保罗开始收拾照片。他们小心翼翼地把旧相片从相框里拿出来，把它们放到梳妆台下的一个抽屉底部。相框他们留着，那些是别人送的结婚礼物。

凯特不知道是她的听力下降了，还是她已经习惯了锤子和电动工具不绝于耳的声音。这些大卫一直在进行的建筑工程发出的噪声是附近好几英里范围内唯一的声音。这里没有都市的喧嚣，没有飞机的吵闹，附近也没有体育场。他父母的旧居建在一片宽阔的土地上，有个美丽的庭院，周围的树木那种鲜绿是她从未见过的。

她以前有些怀疑自己会有多喜欢这里，毕竟她从未在城市以外的地方生活过。但让她惊讶的是，她发现乡村生活很适合她，或许其实是因为这里的同伴吧。她透过厨房的窗户能看到米罗，他正和阿迪和苏利耶一起玩耍，充当着大哥哥的角色。他打算过个把月就搬出去。大卫和凯特非常害怕那一天的到来，但米罗有自己的远大计划。

大卫走了进来。他身上汗津津的，头发上沾满了白色的尘粒，耳朵后面夹着根铅笔。凯特很喜欢他这副样子。

“我们今天是破坏模式还是建设模式啊？”

大卫给自己倒了杯水，咽下一口水：“是拆除，不是破坏。不过，好的，管家大人。”

“管家大人——也许是我该这么叫你才对[①]。或者你更喜欢叫你少校大人？”

他喝光了杯子里的水，把它放在岛式厨房中央的台面上，然后抓住她：“噢，我觉得我们都知道，我只是这位女士麾下一位卑微的列兵。”

凯特用力把他往外推：“嘿，你身上又是汗又是泥的。”

“没错，我就是了。”

电话铃声响了，大卫松开一只手伸过去，刚好能够到电话，凯特还是没法从他的另一只手中挣脱。但几秒钟后他松开了她，将注意力完全投入到通话中。

他用飞快的语速问了几个问题。听着那边的回答，他表情越来越严肃。

他挂掉电话，朝凯特望去：“他们找到了。”

---

① 译者注：原文的“管家”为法文阳性 / 男性格式，所以其实不适合用来称呼凯特。

凯特曾怀疑过这个电话到底会不会打来。当她在摩洛哥让大卫发誓的时候，她濒临死亡，本以为她没法活着看到这天的。现在她满心都在害怕。她知道为什么：因为抱有希望。

直升机紧贴水面悬停。驾驶员通过耳机对大卫说："我们等在这里。"

凯特往下瞅了瞅海水，又看看大卫。他侧过身子吻了她一下，戴上潜水面具从侧门跳了出去。

他在水面下方一点的地方漂了一会儿，欣赏着被淹没的旧金山城。

他开始朝着胳膊上的仪表标示出的位置游去。抵达了那栋低矮的楼房之后，他通过一扇破了的窗户游了进去，很小心地没有划伤自己。然后他沿着走廊往前缓缓游动，靠着头盔上的灯光照亮道路。所有的门都开着——这地方的撤离进行得很迅速。伊麻里的实验室里有大量怪异的设备和其他大卫完全搞不懂的东西。好在他对自己要找的东西非常熟悉。在小楼中心的一间实验室里，他和那四根管子来了个面对面。帕特里克·皮尔斯在将近一百年前从直布罗陀湾海底的阿尔法号登陆舰上把它们弄了出来。也正是这四根管子曾把四个人装在其中：凯特，她父亲帕特里克·皮尔斯，后来成为他们的死敌的那两个男人——多利安·斯隆和马洛里·克雷格。他们四人在1978年苏醒过来，那以后这些管子都一直闲置着，但后来出现了一个例外：多利安把他从凯特身上取出的胎儿放进了一根管子里。至少多利安几个月前在南极洲的一间审讯室里是这么对凯特说的。凯特和大卫至今也不知道多利安究竟是在耍弄凯特，还是胎儿真的在一根管子里。但大卫在摩洛哥曾发过誓，他一定会找到凯特的孩子——哪怕付出生命的代价。

他游近了些，让头上的灯照向第一根管子，等待着，期盼着。光柱直接穿了过去——是空的。第二根——空的。第三根——空的。照到第四根的时候，光柱遇到了一团灰白色的浓雾。大卫抽了口气。雾气分开，现出了一个胎儿。这小男孩无知无觉地漂在那儿，紧闭着双眼，手脚笔直摊开。大卫觉得自己松了口气。

他们回到了加利福尼亚州新的海岸线上的美军基地里。大卫能感觉到凯特的紧张。

“他们认为只要个把星期他们就能把那些管子搬出来。”他说，“那些管子有独立能源，但我们还是要小心。”

“我一直在想……我们该怎么做。”

“我也是。我想我们的儿子该有个跟他年龄差不多的兄弟或者姐妹。”他扬了扬眉毛，“我发誓会在你妊娠期第二阶段[①]之前把屋子修好的。”

“成交。”

① 译者注：怀孕 4 ~ 6 个月的阶段。

作者的话

你做到了！在写完三部曲的一刻，就是这种感觉。就在几个月前，我还不确定我到底行不行。这本书该写成什么样让我万分苦恼。我多年以前就想好了亚特兰蒂斯人的背景故事，我原本一直想要在最后一本书里把这故事讲出来。但在《亚特兰蒂斯 2：末日病毒》出版之后，我对此有些不安了。《亚特兰蒂斯 3：美丽新世界》和前两本书在许多方面都有所不同（大部分情节并非发生在地球上，而且和我们的科学与历史的关联很少，更多的是和我们可能的未来和一直驱动我们前行的神话有关）。

最后我决定写出一本我会想要读的书，我希望那些热爱前两本书的粉丝会喜欢看的书。我希望你阅读愉快,但是如果它并不完全合乎你的期待和希望，我也完全理解。我做事喜欢全力以赴。在这件事上，我希望能写出一本一小批粉丝绝对会热爱的书，而不是一本一大批读者会泛泛地喜欢的。我自己作为一个读者会更想看这样的书。我希望作者能这样：冒点风险，要么打出全垒打，要么三振出局。生命短暂，不能老玩安全打。

在过去的一年里，我学到了很多关于写作的东西，还有很多关于生活的。当一个作家并不容易，但现在我决心继续在这条小路上走下去。我希望你们也将伴我同行。

——盖里

又及：如果你想要知道我什么时候有新书出来，你可以通过访问我的网站 www.AGRiddle.com 加入我的邮件列表。只有在新书放出时我才会发送邮件。

致谢

太多人对这本小说做出了贡献，我必须向他们致以诚挚的谢意。这些人是：

安娜。没有你的话，我绝对不可能把这本书这么迅速地送到读者手上，我的生活也将会远不如现在这么健全和快乐。我爱你，我每天都在感激你。

卡洛里·杜伯特，西尔维·德莱扎，还有丽萨·温伯格，我顶尖的编辑们。为了那些精彩非常的校对、编辑工作和建议，我要再次感谢你们。你们发现了我可能永远也发现不了的问题，并帮助我看到哪些地方我需要继续努力。

祖安·卡洛斯·巴屈特，为了那些绝妙的原创封面画。和你一起共事创作这个系列令人愉悦。你赋予了我笔下那些世界生动的形象，将人们邀入我的书中。

试阅者们。你们是一个作者能拥有的最好的试阅者了。是你们大家让这本小说比初稿变得好看许多，我将为此永远感谢你们。你们的名字是：弗兰·马松、辛迪·普兰德盖斯特、琳达·温顿、琳妮·麦克基弗隆、艾米丽·秦、斯基普·佛登、戴夫、珍·马可尼、N.J. 弗里茨、特里·代格尔、米欧拉·汉森、杰夫·贝克、肖恩·科克、米彻尔·达夫、克莉丝汀·米勒、杜恩·斯皮勒凯西、弗吉尼亚·麦克克莱恩、薇琪·吉宾斯、布莱恩·普佐、斯蒂文·尼兹、詹妮弗、荣·瓦茨、科里·马宏尼、李·埃姆斯、罗宾·柯林斯、桑迪·莫伊兰、尼基塔·普哈尔斯基、保罗·杰米森、特奥朵拉·热忒甘、卡缇·里根、麦克·柯恩、詹姆斯·詹金斯、杰瑞德·沃瑟姆、凯西·贝尔福德、马克·维兰纽瓦、米彻尔·舍克勒斯、约翰·斯坎伦，以及唐娜·菲茨杰拉德。为了你们寻根问底的精神。

最后但并非最不重要的是，我还要谢谢你，无论你身在何方，无论今夕何夕：感谢你阅读了我的第一套小说。创作这三部曲对我而言既是辛劳工作，也同样充满乐趣。我真诚地希望你阅读愉快。再会。多加保重，一路顺风。